# 鷗外と『ファウスト』

## ——近代・時間・ニヒリズム

鳥影社

# 鷗外と『ファウスト』——近代・時間・ニヒリズム　目次

# はじめに

最初に、本書に付したサブタイトル「近代・時間・ニヒリズム」について必要最小限、ここで触れておきたい。考察の基本となるゲーテ（一七四九―一八三二）の詩劇の主人公ファウストこそは、「近代的人間の典型」とも呼ばれてきた形象である。

その「近代」であるが、前世紀の七〇年代後半以降、芸術・思想界を中心に流行のように使いまわされた「ポストモダン」の概念もはるか彼方に遠のいた（かに見える）いま、今さら「近代《モダン》」でもあるまい、という向きもあるかもしれない。――だが、そうだろうか。

先年急逝したドイツの社会学者ウルリヒ・ベック（一九四四―二〇一五）に、チェルノブイリ以前に構想され、事故直後に公刊された主著『リスク社会 *Risikogesellschaft*, 1986』（邦訳では『危険社会』法政大学出版局、一九九八）がある。そこでベックは、「リスク Risiko」に特別な意味をこめて、今日のグローバル化した世界を「リスク社会」と明察している。すなわち、人間自身が生みだし、その影響の広がりの点で「空間的・時間的・社会的に」限界のない、「宿命的な」危険《リスク》に曝された世界である。まだ二十余年を経たに過ぎない今世紀にかぎっても、思い当たる「リスク」は枚挙にいとまがない――。

アメリカでの同時多発テロに始まり、グローバル化した金融市場の破綻、大震災とチェルノブイリを上回るフクシマの原発事故の災厄、地球を蔽う温暖化に因る異常気象、挙句は新型コロナのパンデミックに、先の見えない理不尽な侵略戦争……。いずれも個人の力や努力では制御しがたい「リスク」である。しかも絶えず世界をリスクに曝すことになったこうした事態は、進展する近代化の挫折の結果もたらされたものではない。逆にその勝利そのものが「近代化の最高段階における産物」として、制御不可能な災禍を惹き起こしたのである。

コロナ禍のごく早い段階で鳴らされたイタリアの若い作家による警鐘は、この「リスク」の本質を的確に言い当てている。「僕は忘れたくない。今回のパンデミックのそもそもの原因が、〔……〕自然と環境に対する人間の危うい接し方、森林破壊、僕らの軽率な消費行動にこそあることを」(P・ジョルダーノ(飯田亮介訳)『コロナの時代の僕ら』早川書房、二〇二〇)。――とすれば、現代は近代とまさしく地続きであって、パンデミックの芽は近代そのものに胚胎していると見なければならない。自然を搾取し、大量のエネルギーを消費する「近代化」が本格化するのは、資本主義が軌道に乗るまさに産業革命以後のことである。新型コロナウイルス禍は、今後もくり返しわれわれを襲うであろう災厄の先駆けにすぎないだろう。

それにしても『ファウスト』は不思議な劇である。そもそも舞台は、いつ、どこなのか。「魔女の厨」の秘薬によって主人公は「三十歳ほど」若返るとしても、中世風の書斎でのモノローグに始まる「悲劇　第一部」から、海岸一帯の大規模な干拓・植民事業を描く「第二部」終幕まで優に三百年の時の流れを実感させる。一芸術作品としての統一が云々されるのも、そのあたりにひとつの因があろう。最新の『ファウスト文学 *Faust-Dichtungen*, 1999』の編者U・ガイアーは、ファウストを一人の個性的な人格としてより、「ある種の原理として」読むことを提唱する。「この三世紀半、形作られては形を変えながら持ちこたえてきた原理」、「西欧近代の人間、その意識と志向、そしてその悲劇的な運命の〈揺らめく影〉(一行)」として、である——。歴史上のファウスト(一四八〇頃—一五四〇)の生きたルネサンスや宗教改革期から、フランス革命、産業革命を経て、ゲーテ晩年に至る「三世紀半」が、西欧「近代」の草創期とぴたりと重なるのはいうまでもない。そしてこの「近代」は、たんなる歴史的な時代(それも含んでいるけれど)の名称にはとどまらない。

「原理 Prinzip」の実質については、ゲーテ自身がかなり詳細に述べたことがある。

新たな造形によって、古い荒削りな民話から高みへと引き上げられたファウストの性格が表すのは、あらゆる地上の制約のなかで絶えず焦燥と不満を感じている男である。最高の知識の所有も、どんな素晴らしい財産の享受も、彼には己れの渇望をほんのわずかでも満たすには足りないと思われる。それゆえ、あらゆる方面に向かっていっては、ますます不幸を募らせてしまう精神《モダン》——これがファウストである。

こうした志操は近代的な心性にあまりに似ているので、そのような課題をぜひ解決してみたいと感じた優れた頭脳も一、二ではない。(「ヘレナ・ファウストの幕間劇」)

一八二七年、独立して発表された「ヘレナ」の「予告」の一節である。前年に書かれた文学論『果てしのないシェイクスピア』では古代との対比において、古代悲劇の本質を「当為 Sollen」と捉えたゲーテは、近代の本質は「欲望 Wollen」だという。当為が「専制的」なのにたいし欲望は「自由」であり、「欲望こそ近代の神である」。――「plus《プルス》 ultra《ウルトラ》（さらに彼方へ）」をモットーに、生涯の大半を遠征に過ごし、帝国を「そこでは陽の沈むところがないほどに大きく広げた最初の皇帝」、カール五世（一五一九〜五六在位）を衝き動かしていたのも同じ渇望であろう（菊池良生『ハプスブルク家の光芒』作品社、一九九七参照）。

もうひとつ、この「三世紀半」の間に大きく変容したものに西欧人の時間意識がある。月の満ち欠けや季節の巡りという自然のサイクルとともに生き、土地を同じくする人びとと農事や宗教的祭事を共有する「関係とともにある時間」（内山節）は、次第に本来の所有である「神の手」を離れてゆく。農村から都市へ、農業中心の手作業から商業や工場での「労働」へと生活の比重が移るにつれて、時間もまた「世俗化」が進んでゆく。フランスの中世史家J・ル・ゴフが比喩的に「〈教会の時間〉から〈商人の時間〉へ」と呼んだような変化である。

人口に膾炙したファウストの「賭け」の文句も、無限に「自由」な（とはつまり、限界を知らない）欲望と並んで、おそらくこの「新しい」時間意識とかかわりがある。

もしおれが、瞬間にむかって、とどまれ、
おまえはじつに美しい、といったら、
そのときには、きみはおれを鎖につなぐがいい、
そのときには、おれはよろこんで滅びよう！
（一六九九行以下）

「近代的人間」ファウストも、明らかに新しい時間意識を生きている。契約にさいして署名を

求めるメフィストに、「世界は奔流のように転変して一刻の休みもないのに」、紙切れ一枚でおれを縛ろうというのか、と不平を鳴らし、「静止（停滞）したら最後、おれは奴隷だ」と言い放つ。「さあ、〈時〉の急湍《はやせ》、／事件の渦潮のなかに飛びこもう！」（一七五四行以下）。

沸騰し胎動を始めた時代を背景に、ファウストの意識のもとでは、「時」はいよいよ加速の度を加え、「急湍」となって流れ過ぎている。

ところで注目すべきことに、ファウストが賭けの核として挙げた肝心の「瞬間」自体も、新しい時間意識の形成と相俟って、いわば近代の「発見」であった。しばしば「最初の近代人」と呼ばれるペトラルカ（一三〇四—七四）の「自分自身への書簡」と呼び慣わされる詩「自己自身に」の一節には、つぎのような詩行を読むことができる。

おまえには見えないだろうか。「時」の翔ぶように逃れ去るのが。
瞬間は刻々とかろやかに一時間一時間を押し進め、
各時間はつぎつぎに昼と夜を追いたてる。
……………
こうしていっさいを動かしつつ「時」は過ぎ、一刻もとどまらず生は移ろう。
生は二度と還ることなく走り去る。その速いこと、急湍の
水勢すさまじく峻嶺の高みより海へと落つるにまさる。

（ペトラルカ（近藤恒一編訳）『ルネサンス書簡集』岩波文庫、一九八九）

一三四八年、ヨーロッパを襲ったペスト大流行を機に、「ペストの猛威による悲惨な現実、さしせまった死の脅威を背景として」書かれた（近藤恒一「解題」）とされるこの詩には、深いペシミズムと無常感の影が色濃くただよっている。「〈時〉は過ぎ、一刻もとどまらず生は移ろう」と歌われる無常感、生の焦燥には、昼と夜を、いっさいを動かし追いたてる「瞬間」の発見、そしてそれと対をなす、二度と還ることなく走り去る「生の一回性」の発見が深くかかわっている。〈時〉はここでもすさまじい「急湍」となって翔ぶように流れ去る。

十七世紀フランスの神学者J・B・ボシュエは、「われわれを無からひきはなすには一瞬しかない」という。「いまわれわれがその瞬間をつかんだかと思うと、いまその瞬間が滅び去る。そしてその瞬間とともにすべてのわれわれも滅び去るであろう、もしすみやかに、時をうつさずに、われわれがおなじ他の瞬間をとらえないならば」（J・プーレ〈井上究一郎ほか訳〉『人間的時間の研究』筑摩書房、一九六九）。

ほぼ明らかだろう。ファウストの生の焦燥は、「加速」しつつ流れ過ぎて還らぬ不可逆的な「時」の意識、そしてその基にある瞬く間に移ろう「瞬間」の発見と不可分である。つかんだと思った途端、たちまちそれが「滅び去る」とすれば、どうしてひとはそのような「瞬間」に信をおくことができよう——。いつか、おれが満足することなど、ありはしない、という不遜なまでのファウストの自信は、じつは「瞬間」に対する彼の不信と表裏一体である。

社会学者・真木悠介は、その画期的な時間論『時間の比較社会学』（岩波書店、一九八一）の序章を「〈死の恐怖〉および〈生の虚無〉」から始めている。「死すべき者」として有限な生を定められた人間の最期の問題である。だが彼によれば、「私の死のゆえに私の生はむなしい」と感ずる感受性は人間（人類）一般に普遍的なものではない、という。すなわち彼のいわゆる〈時間のニヒリズム〉は「特定の文化の様式と社会の構造を基盤として存在している」。いうまでもなく近代社会、人間の自然からの自立と疎外、および共同体（ゲマインシャフト）からの個の自立と疎外の進んだ現今《いま》の時代《とき》である。問題は、それがなぜ「ニヒリズム」に帰着してしまうのか——。

「プルス・ウルトラ」そのままに、無限の「欲望」に駆られて「ひたすら世界を駆け抜けてきた」（一一四三三行）ファウストもまた、最期に臨んで「死」の姉妹の一人「憂い」の侵入を阻むことができない。不可逆かつ無限の直線時間はたしかに近代科学技術の発達を大いに推進したが、本来有限な「死すべき《モータルな》」存在たる人間に永遠の成長はありえない。「近代」のはらむパラドクスである。では有限な生は、メフィストのいうように、本当に無意味なのか。

「神は　すべて／努力なすものを／すくいたもう」——若き手塚治虫の『ファウスト』（不二書房、一九五〇）のエンディングである。子供向けの漫画ならいざ知らず、まさにゲーテ畢生の大作、作家が生涯をかけた文字どおりの「ライフワーク」である『悲劇　ファウスト』は、極めて多義的な作品であり一筋縄ではゆかない。そして——いまだに「漫画」レベルの楽天主義的な読みの多いなか——、その多義性におそらく最初に気づいていた日本人が鷗外である。

『ファウスト』翻訳の委嘱をうける二年前に書かれた『当流比較言語学』（明治四十二）において『ファウスト』随一のキーワードというべきStreben（一般には「努力（すること）」）を取りあげた彼は、対応する動詞の語源にまでさかのぼって、その語が「総《すべ》て抵抗を排して前進する義」であると闡明する。また、日本語にStreber（軽蔑的に「出世主義者、がり勉」）に相当する語が欠けているが、「それは日本人がStreberを卑《いやし》むという思想を有していないからである」と。言語はもとより、日欧両文化に通じた鷗外らしい至当な指摘である。

昨年（二〇二二年）没後百年を迎えた鷗外（一八六二―一九二二）は、その生年をゲーテの没年と比べると、ドイツの文豪が長命だったこともあり、わずか三十年しか隔たっていない。ゲーテは統一国家ドイツ帝国（一八七一）を見ることなく亡くなったが、二十二歳の鷗外が念願のドイツ留学を果たしてベルリンに足跡をしるしたとき、大道「ウンテル、デン、リンデン」ではまだ、初代皇帝（在位一八七一〜八八）「維廉《ヴィルヘルム》一世の街に臨める窓に倚り玉ふ」(『舞姫』）姿が仰ぎ見られたという――。

ドイツと日本、それぞれ特殊な事情によっていわば「遅れてきた国」で、遅ればせながら急速に近代化が進もうとしている。そして近代世界という特異な世界の「創世期」をその光と影ともども存分に生きたのが、科学者・自然研究者でもあった二人の作家である。両者の作品を通してあらためてくだんの難問《アポリア》を考えてみたい――。もとより、比較文学ないし文化論といった、大それたことを企図しているわけではない。だが、『ファウスト』という多面的で多義的な作を介することで、それぞれの芸術を含め両作家の、さらには「近代」そのものの、思いがけない一面が浮かび上がってくることも、あるいは期待できるかもしれない。

# 序章　ファウストは救われるか？　あるいは近代と時間（予備的考察）

## ――いくつかの日本近代文学作品を手掛かりに――

## 一　「近代西欧人」ファウスト――その矜持と葛藤

オイディプスやドン・キホーテらと並んでしばしば神話的な人物像のひとりに数えられるファウストという人物についても、たんなる文学上の一形象としての域をはるかに超えて、「西欧的人間」の原型であるとか、「近代的人間」の典型といった捉えかたがなされてきた。たしかに「西欧〔人〕」や「近代」について少しでも考えをめぐらすなら、この人物がそのような深い象徴性を獲得してきたのも充分にうなずかれる。たとえば「西欧人」を生みだした源泉として通例二つの要素が指摘されている。すなわち、ひとつはギリシア・ローマの科学と哲学であり、いまひとつはユダヤ・キリスト教である。第一の源泉、特にギリシア的要素を指して〈ロゴス〉、第二のそれを〈パトス〉とすれば、「西欧人」はいわば〈ロゴス〉と〈パトス〉の二本足で立っているということができる。

ギリシア人の見方によれば、万物を調和させている要素にして、宇宙の秩序を創り支える原理である〈ロゴス〉は、人間自身においても理を立てる能力のうちにあらわれている。つまり、本来人間には宇宙の理法を把握し、それを究明する潜在的能力が備わっている、と考えられる。これにたいし〈パトス〉は元来〈Leiden〉、「受動状態」をいう語であり、普通には特に絶対的なもの、超個人的なものへの畏れ、帰依、献身といった感情を意味している。西欧人がその世界観を形成してゆく過程において〈ロゴス〉と〈パトス〉との（その融和、相克を含めて）出会いは、それゆえ、決定的に重要な意味をもつ。

約五世紀から十六世紀頃まで続いたとされる中世は、組織化された教会の強大な力のもと、〈パトス〉が圧倒的優位に立った時代である。だが時代が下るにつれ、沈潜していた〈ロゴス〉が徐々に〈パトス〉の羈絆を脱し、やがて両者の関係は逆転するようになる。こうした趨勢は、啓蒙の十八世紀には、理性の時代と科学技術の革新が社会的な変革をもたらすなか、ほぼ決定的になる――。

こうしてみると、中世から近代への過渡期となる十六世紀、宗教改革の時代を背景に「ファウスト伝説」が形づくられるのは、きわめて象徴的である。伝説の魔術師ファウストは、法外な知識と力を手に入れるためには魂を引き替えにすることも辞さず、呼びだした悪魔と躊躇なく取り引きする。伝説をもとにした最初の民衆本『ヨーハン・ファウスト博士の物語《ヒストーリア》』（一五八七）でファウストは、「天地の奥の奥を窮め尽くそうと」、「鷲の翼」を身につける。もっとも、まだ「忌まわしき例《ため》し／おぞましき見本」として、一面的に教会の側からまとめられたこの書では、代償としてファウストは悲惨な最期を遂げ、地獄に堕ちなければならぬのであるが……[1]。

無限の知への衝動がそれ自体では有罪とされず、「救われる」ファウストが構想されるには、理性と啓蒙の世紀、十八世紀を待たなければならない。結局、完成されずに断片に終わったが、ドイツ啓蒙主義の作家レッシング（一七二九―八一）のファウスト構想では、最後に悪魔の軍勢がファウストの魂をさらおうとすると、突如あらわれた天使が彼らに向かってこう叫ぶことになっていた。――「勝ち誇るな。おまえたちは人間と学問に勝ちはしなかった。神は人間を永遠に不幸にするために、彼らにもっとも高貴な衝動をあたえたのではない」[2]。

たしかに、「近代的西欧人」ファウストを考えるうえで、〈ロゴス〉と〈パトス〉の背反・相克という視点はきわめて示唆に富み啓発的である。理性よりも直接的で真実な感情を重視する、シュトゥルム・ウント・ドラング（疾風怒濤）の若い詩人によって構想されたゲーテ（一七四九―一八三二）の『ファウスト』においても、基本的にこの構図は踏まえられている。「世界を奥の奥で／統べているものを知りたい、／一切の生きてはたらく力と種子が見たい」（三八二行以下）と切望するファウストは、交換条件を提示して契約へと誘う悪魔メフィストに向かって、「あの世なんか、おれにはどうでもかまわない。／きみがまずこの世を粉々に打ち砕いたら、／あの世だろうと、どの世だろうと、生まれるがいい」（一六六〇行以下）と、言い切ってはばからない。

しかし、「生きてはたらく力と種子が見たい」ということばにも暗示されているように、ファウストが求めているのは、もはやたんなる知識ではない。彼自身、「一切の知識にはとうに吐き気をもよおしている」（一七四九行）と、率直に吐露してもいる。――むしろ、ゲーテが彼の『ファウスト』の出発点に据えたのは、知を求め、知によって生きてきた人間を襲った、はるかに深刻な問題だったと思われる。そして、そこにはすでに「近代」がはらむ問題性の一端が鋭く看取されている。

「悲劇」冒頭の「夜」の場は、うずたかい書巻の山に埋もれた「石壁の穴蔵」（三九九行）のような書斎で、ひとり怏々として楽しまぬ学者ファウストの姿を描きだしている。彼の心を占めているのは、「われわれは肝心の必要なことはいっこう知らず、／知っていることは、何の役にも立たない」（一〇六六行以下）という絶望的な思いであるが、さらにいけないのは、虚しく知を求めるそうした生き方のなかで、「なぜか得体の知れぬ苦痛が、／あらゆる生命《いのち》の躍動をせきとめている」(四一二行以下）ことである。「おれは懐疑や疑念に悩まされはしない、／地獄や悪魔も恐れはせぬ——／そのかわり、おれにはいっさいの喜びがなくなった」(三六八行以下)。「神は生きた自然の中に生きよと／人間を創ったのに、／おまえは煤と黴にまみれて、／けものや人間の骸骨に取り囲まれているのだ」(四一四行以下)。

「こんな生活を続けるのは犬だってお断わりだろう！」(三七六行）という悲痛な叫びが、「学者」ファウストのおかれた危機的な生の状況を物語っている。「生きた自然」と真正の生に寄せる彼のつよい憧れは、かえって自然と生命から疎外された「知のひと」ファウストの生のありようを鮮やかに浮かび上がらせる。「わびしげな友」(三九一行）として彼が語りかける、色ガラスをとおして射しこむ「月の光」は、まさしくすこやかな自然と生への憧憬の象徴である。

ああ、おまえのやさしい光に照らされて、
山々の尾根を歩いてみたい。
……………
あらゆる知識の垢を洗いおとし、
おまえの露を浴びてすこやかな自分にかえれたら！
(三九二行以下)

「生きた自然」のうちに生きる「すこやかな」生が、「知識の垢」に対置されている。「知識の垢 Wissensqualm」にまみれ、「生命《いのち》の躍動」の阻まれた現在の生は、ファウストには「牢獄

Kerker」と意識されている。——「ああ、おまえはまだこの牢獄につながれているのか、／呪わしい陰気なこの石壁の穴蔵に」（三九八行以下）。

ところで、注目すべきなのは、ファウストを襲った危機がひとり彼だけのものではなかったことである。「夜」の場の問題の箇所は——『原形《ウル》ファウスト』中にすでに見いだされることから——一七七二年から七五年のあいだに（二十代の若きゲーテによって）書かれたものと推定されるが、一七五〇年にはルソー（一七一二―七八）が、「学問・芸術の進歩は習俗の純化に役立ったか」という命題に否定の回答をもって（『学問芸術論』）答えている。また若きゲーテの師にしてシュトゥルム・ウント・ドラング運動の精神的指導者でもあったヘルダー（一七四四―一八〇三）は、『一七六九年の私の旅日記』のはじめに、「嘆かわしいことに私は何年間も本当に人間らしい生活が送れなかった」（傍点ヘルダー）と記し、知的生活のために費やした日々を憾んで、「著作家にさえなっていなければ」という仮定に、長々と非現実話法の文を連ねている。

> そうすれば、小難しい文章を作りだすインク壺にも、自分が見たこともなく、分かりもしない芸術や学問の字引にもなっていなかったろうに。書類や書物が一杯で、書斎にしか置けない書棚にもなっていなかったろうに。自分の精神を閉じ込めた、それも内向きの誤った人間知識に限定した、そうした状況からも逃れられただろうに。じっさい私の精神は、世界に足を踏み入れるや、きびきびとたゆまずにあちらこちらへと走り回る若者のように、活発で旺盛な好奇心をもって外に向かい、世間、人間、いろいろな社会、女性、楽しみなどを、よく知っておくべきだったろうに[3]。

みずからをなぞらえる「インク壷」「字引」「書棚」といった非有機的な形象が、若い「著作家」を襲っていた危機意識の深さを思わせて痛々しい。彼の「精神を閉じ込め」、真の「人間らしい生活」を奪った状況とは、ファウストのいう「牢獄」と別のものではない。それは知を求め、知によって生きようとする人間、文字どおりの「知識人」にとっての危機だったといえようが、やがてそれが時代の危機、近代固有のものであることが明らかになってくる。

最後の裁断を下したのは、ここでも、「神の死」を宣告した同じニーチェ（一八四四―一九〇〇）である。『ウルファウスト』から百年後、第二の『反時代的考察』「生に対する歴史の利害」（一八七四）においてニーチェは、「近代人は人格性の衰弱を病んでいる[4]」という命題を論じて、「学問の営みの今日のあり方にひそむ危険、生をむしばみ毒するもの[5]」を暴きだす。すなわち、知識としての歴史の過剰によって、外に向かってはたらきかけ、みずからの生に形式をあたえ、形成することができなくなり、「内面と外面との対立が生みだされ、それによって人格性が弱体化される[6]」というのである。生に対する知識としての学問の「害」を剔抉した考察の劈頭に、ニーチェがゲーテのことばを据えたのは、けっして偶然ではない。いわく「それにしても、私の活動を増進したり、あるいは直接に活気づけたりすることなしに、たんに私を教えるだけのものは、私にはすべて厭わしい」（一七九八年十二月十九日付、シラー宛書簡）。

「ファウスト伝説」という古い素材を借りてはいるが、ゲーテが悲劇冒頭の「夜」の場に盛ったのは、きわめてアクチュアルな、つまり「近代的」な問題であった。

## 二　西欧近代の時間意識と漱石『道草』の時間

さて、ここで視点を転じ、日本のいくつかの近代文学作品に目を向けてみたい。明治維新以降、「脱亜入欧」のスローガンのもとに日本が急速な「近代化」を遂げてきたのは周知のとおりであるが、そこで日本が受容した西欧とは、もっぱら近代以後のヨーロッパ、〈パトス〉的要素をまったく無視し、いわば一面的な〈ロゴス〉だけの西欧であった。そのようにして進められた日本型の近代化を「跛行的」なものだったと指摘するのは、日欧両文化に通じたインドネシアの学者・外交官アリフィン・ベイである。彼は「経済と工業技術の面では日本は非常な進歩を遂げたが、それは絶対的善の思想に欠けた〈価値とは無縁〉の進歩でもあった」と述べ、「この点から、日本は〈極東のファウスト〉と呼ばれうるだろう[7]」と結論づけている——。同じ意味のことをほぼ四十年後に山本義隆は、日本における西欧近代科学技術の受容の観点から、つぎのように述べる。

〔……〕明治期の日本では、科学は技術のための補助学として学ばれたのであり、今日にいたるまでの日本の科学教育は、世界観・自然観の涵養によりも、実用性に大きな比重をおいて遂行されることになった。日本が近代化に素早く成功したひとつの理由でもあるが、それはまた、日本の近代化の底の浅さの原因でもある[8]。

しかし、いま問題にしようとするのは、そうした主張の当否それ自体ではない。

ここで日本の近代文学に目を向けようとするのは、日本の近代化が「跛行的」だったにしても、そうであればいっそう、そこに近代そのものの問題性が凝縮的にあらわれていると思うからである。とりわけそれは知識人たち、みずから身をもって西欧を体験した文学者たちにおいて最も先鋭的なかたちであらわれた。

たとえばあまり意識されていないが、明治の「文明開化」によって大量に流入した西洋の文物のうち最も重要なもののひとつに「時間」、近代的時間の観念がある。そもそも「時間」という言葉じたい、数多い明治の翻訳語のひとつなのだが、太陽暦とともに移入された「近代の時間」のもとで、江戸の不定時法のゆるやかなリズムに合わされた人びとの日々の営み、その心性もとうぜん変容を被らずにはいなかった。そしてこの微妙な変化を最初に鋭く感受し、予言者的に敏感に反応したのが、逆説的にも、知によって立つ作家たちであった。それは西欧自身、ほんの数世紀まえに経験したばかりのものでもあった。

中世から近代にかけて、西欧人の時間意識は大きな変容を経験したとされる。それはフランスの中世史家J・ル・ゴフが比喩的に〈教会の時間〉から〈商人の時間〉へ、と呼んだような変化であるが(9)、西欧近代を考える場合、時間の問題は決定的に重要である。時間とともに生きる人間にとって、時間意識はファウストが問題にした生の感覚と不可分に結びついている。己れの「牢獄」の生を嘆くファウストは、一方で「忍耐 Geduld」を呪い、「静止(停滞)したら最後、おれは奴隷だ」(一七一〇行)と、嵐のように突き進む「性急・直進の人」でもある——。見方を変えると、生の感覚はなによりも時間の感覚として顕著にあらわれる、ということもできる。以下、「近代と時間」というモチーフに主眼をおいて、ファウストにその兆候をみた近代の問題性を日本近代文学のいくつかの作品に探ってみたい。

夏目漱石（一八六七―一九一六）の完成された最後の小説『道草』(一九一五）は、自伝的作品だといわれている。江戸の最後の年(慶応三年)に生を享け、文字どおり明治とともに生きた漱石は、文部省第一回給費留学生としてのイギリス留学（一九〇〇～〇二）から帰朝後、大学教師として教えるかたわら創作活動を開始している。その後（一九〇七年)、四十歳で大学を辞し作家活動に専念したあとも、西欧に学んだ知識人として一貫して近代人の生き方を追究することになる。死の前年に発表された『道草』は、新帰朝者の健三を主人公に、作家漱石がみずからの生を問い直したような趣がある。

ある時、健三は弟子らしい青年と池の端あたりを散歩しながら、唐突に、自分たちとはまったく無関係な、罪を犯した女の身の上を話題にする。昔、芸者をしていたころ人を殺した罪で、二十年も牢獄に囚われていたその女は、最近許されて社会に帰ってきた。二十年ものあいだ隔離されていた世間にいまさら戻ったところで「さぞ辛いだろう」と、健三は新聞ででも読んだらしい縁もゆかりもない女のことがどうにも他人事とは思えないのである。

健三はその芸者の身を我が身に重ね合わせて考える。「そういう自分もやっぱりこの芸者と同じ事なのだ」。――だが、春の日が永遠に自分のまえに続いているように思っている二十三、四の青年には、とうてい師のこの気分は分からない。

「しかし他事《ひとごと》じゃないね君。その実僕も青春時代を全く牢獄の裡《うち》で暮したのだから」

青年は驚ろいた顔をした。

「牢獄とは何です」

「学校さ、それから図書館さ。考えると両方ともまあ牢獄のようなものだね」

青年は答えなかった。

「しかし僕がもし長い間の牢獄生活をつづけなければ、今日《こんにち》の僕は決して世の中に存在していないんだから仕方がない」

健三の調子は半ば弁解的であった。半ば自嘲的であった。過去の牢獄生活の上に現在の自分を築き上げた彼は、その現在の自分の上に、是非とも未来の自分を築き上げなければならなかった。それが彼の方針であった。そうして彼から見ると正しい方針に違なかった。けれどもその方針によって前《さき》へ進んで行くのが、この時の彼には徒《いたず》らに老ゆるという結果より外に何物をも持ち来《きた》さないように見えた。

「学問ばかりして死んでしまっても人間は詰らないね」

「そんな事はありません」

彼の意味はついに青年に通じなかった。〔……〕（二十九）

真っ先に目を引くのは「牢獄」の比喩である。それは、二十年間もそこに囚われていた女の身の上と重ねられることで、異様なリアリティーをもって迫ってくる。健三は、もっとも、「牢獄」を生みだすものの正体をほぼ正確に見抜いている。過去の生活の上に現在の自分を築き上げ、その現在の自分を基礎にさらに未来の自分を築こうとする「方針」がそれである。その方針を正しかったと肯定しながらも、それに従って生きつづけることが「老ゆるという結果」しかもたらさないという健三の認識は苦い味がする。それは彼が今も「牢獄生活」を脱し切っていないせいでもある。妻の目からさえ「自分の勝手で座敷牢へ入っているのだから仕方がない」（五十六）と見られる彼の日常は、いわば時間との競争として描かれている。

健三は実際その日その日の仕事に追われていた。家《うち》へ帰ってからも気楽に使える時間は少しもなかった。その上彼は自分の読みたいものを読んだり、書きたい事を書いたり、考えたい問題を考えたりしたかった。それで彼の心は殆んど余裕というものを知らなかった。彼は始終机の前にこびり着いていた。〔……〕そうして自分の時間に対する態度が、あたかも守銭奴のそれに似通っている事には、まるで気がつかなかった。

自然の勢い彼は社交を避けなければならなかった。人間をも避けなければならなかった。彼の頭と活字との交渉が複雑になればなるほど、人としての彼は孤独に陥らなければならなかった。彼は朧気《おぼろげ》にその淋しさを感ずる場合さえあった。けれども一方ではまた心の底に異様の熱塊があるという自信を持っていた。だから索寞《さくばく》たる曠野《あらの》の方角へ向けて生活の路を歩いて行きながら、それがかえって本来だとばかり心得ていた。温かい人間の血を枯らしに行くのだとは決して思わなかった。（三）

問題の要点はすでに的確に押さえられている。「〔……〕まるで気がつかなかった」「〔……〕決して思わなかった」健三のことではない。そう描く漱石自身によってである。漱石の感じている

「温かい人間の血を枯らしに行く」こととは、「あらゆる生命《いのち》の脈動をせきとめている」というファウストの感覚と正確に同じものである。近代的個我の「孤独」と「人間らしい生」からの疎外は、ここでもさしあたり知によって立とうとする「知識人」の危機として描かれているが、その描写に健三の「時間に対する態度」を対置することで、漱石ははっきりと両者のあいだの連関を見据えている。

「あたかも守銭奴のそれ」と形容された「時間に対する態度」が、ル・ゴフのいわゆる〈商人の時間〉──「未来を先取りしつつ、未来を現在に到来させる」(10) 近代の時間意識を指すのはまちがいない。そして、未来に向けて人生を設計するそうした意識が健三の現在を「築き上げた」こともまた疑いようがない。新しい時間意識の存立なくして科学技術の進歩・発展も、近代的自我の自律も、自由という理念すらおそらくありえなかったであろう。しかし、たとえばつぎのような一節には、すでに「近代の時間」に対する懐疑がはっきりと読みとられる。──「彼は時間に対して頗《すこ》ぶる正確な男であった。〔……〕彼は途中で二度ほど時計を出して見た。実際今の彼は起きると寐《ね》るまで、始終時間に追い懸けられているようなものであった」(二十四)。

五十歳を目前にして漱石には、これまでそれによって人生を築き上げてきた「方針」がひどく心もとないものに見え始めている。「時間に追い懸けられて」ひたすら「前《さき》へ進んで行く」ことは、ただ「徒らに老ゆる」こととしか思われず、生きることの意味がにわかに覚束ないものに見えてくる。作家漱石の経歴に即していえば、それは、やはり西欧に学んだ自己を恃んだ生き方──『それから』に始まり『行人』『こころ』において極まったとされる、漱石のいわゆる「自己本位」が大きな転換点に立たされていることと照応している。『道草』はこうした疑問に対する答えを未決に残したまま、迷える健三の姿をもって実質的に結ばれている。


人通りの少ない町を歩いている間、彼は自分の事ばかり考えた。

「御前は必竟《ひっきょう》何をしに世の中に生れて来たのだ」

彼の頭のどこかでこういう質問を彼に掛けるものがあった。彼はそれに答えたくなかった。なるべく返事を避けようとした。するとその声がなお彼を追窮し始めた。何遍でも同じ事を繰り返してやめなかった。彼は最後に叫んだ。

「分らない」

その声は忽《たちま》ちせせら笑った。

「分らないのじゃあるまい。分っていても、其処へ行けないのだろう。途中で引懸っているのだろう」

「己《おれ》のせいじゃない。己のせいじゃない」

健三は逃げるようにずんずん歩いた。〔……〕　（九十七）

## 三　「役」としての生――鷗外『妄想』『青年』ほか

漱石より五歳年長で、彼より十歳ほど長生きした森鷗外（一八六二―一九二二）も若き日に西欧を体験している。陸軍省派遣の留学生として誕生間もない近代国家ドイツに学んだ（一八八四～八八）鷗外は、帰国後ドイツでの体験をもとに『舞姫』を始めとする三部作によって創作活動を開始する。職務上の事由もあり、一時文壇的な活動から離れた時期はあったが、漱石とは異なり、終生官職を辞することなく作家生活と両立させている。一九一一（明治四十四）年、文壇復帰の翌々年に発表された短編『妄想』は、五十歳を直前にした鷗外が、明治という時代を公人・私人として二律背反《アンチノミック》的に生きざるを得なかった自らの生を思索的に回顧した体裁をとっている。

生れてから今日まで、自分は何をしてゐるか。始終何物かに策《むち》うたれ駆られてゐるやうに学問といふことに齷齪《あくせく》してゐる。これは自分に或る働きができるやうに、自分を為上《しあ》げるのだと思つてゐる。其目的は幾分か達せられるかも知れない。併《しか》し自分のしてゐる事は、役者が舞台へ出て或る役を勤めてゐるに過ぎないやうに感ぜられる。その勤めてゐる役の背後《うしろ》に、別に何物かが存在してゐなくてはならないやうに感ぜられる。策うたれ駆られてばかりゐる為めに、その何物かが醒覚する暇がないやうに感ぜられる。勉強する子供から、勉強する学校生徒、勉強する官吏、勉強する留学生といふのが、皆その役である。赤く黒く塗られてゐる顔をいつか洗つて、一寸舞台から降りて、静かに自分といふものを考へてみたい、背後の何物かの面目を覗いてみたいと思ひ思ひしながら、舞台監督の鞭《むち》を背中に受けて、役から役を勤め続けてゐる。此役が即ち生だとは考へられない。背後にある或る物が真の生ではあるまいかと思はれる。併しその或る物は目を醒まさう醒まさうと思ひながら、又してはうとうとして眠つてしまう。〔……〕

分析じたいは冷静できわめて客観的になされているが、その内容は重く、痛切に胸に迫ってくる。五十路を前にして、鷗外もまた生に惑い始めている。「生まれてから今日まで、自分は何をしてゐるか」という問いは、「御前は必竟何をしに生れて来たのだ」という健三の問いとも共鳴して、独特の重い余韻を残す。それにしても、両者の響きのあまりの相似にはただ驚かされる。いずれも懸命に生を生きながら、まさにそれゆえに、これは「真の生」ではない、本来の自分の生でないという疑念を拭いきれないのだ。たえず「策《むち》うたれ駆られて」、つぎつぎと仮面を取り替えながら勤め続けている「役」としての生とは、畢竟「牢獄」の生というにほかならない。

「役者」や「舞台監督」といった表現が暗示するように、西洋演劇の伝統に通じた鷗外がここで「世界劇場 theatrum mundi」の観念を踏まえていることはほぼまちがいない。スペインの劇作家カルデロン（一六〇〇―八一）に代表される、十七世紀バロック演劇において隆盛を極めた、世界は神が天上の侍臣たちと共に主宰する芝居の舞台であり、人間はその役者であるとする観念である。演目はいわずと知れた「生」（「人生」）であり、芝居が終わると「死」が役者たちを舞台から呼び戻し、監督である神が審判を行う。そして神は、役柄を上手く演じた役者を天上の祝宴へと招待する――。

「世界は演劇である」とするこうした観念を、『痴愚神礼讃』（一五一一）のなかでエラスムス（一四六六頃―一五三六）は簡潔に、つぎのように述べている。

人生にしても同じこと、めいめいが仮面を被って、舞台監督《コラグス》に舞台から引っこませられるまでは自分の役割を演じているお芝居以外のなにものでしょうか？　そのうえ舞台監督は、同じ役者に、じつにいろいろ雑多な役をやらせますから、王様の緋の衣をまとった人間が奴隷のぼろを着て、また出てまいりますね。あらゆる場合が、要するに仮装だけなのでして、人生というお芝居も、これと違った演じられかたはいたしませんよ(11)。

「世界は演劇である」という比喩が、バロック時代の生の意味に対する問いへの鮮やかな答えだったように、自分の生きている生が「役」にすぎないという鷗外の感覚もまた、彼の生きる時代の生の意味を端的に伝えている。しかし両者は酷似しているように見えながら、じつは本質的なところで決定的に異なってもいる。「世界劇場」において芝居を主宰する「舞台監督《コラグス》」とは神自身であり、すべては究極的には「神の喜劇 Comoedia divina」に収斂するとすれば、鷗外には信仰すべき神がそもそも欠けている。そして、神に代わって近代を——「金《かね》」と並んで——確実に支配し始めた「舞台監督」の存在について、鷗外はそれとなく示唆している。

『妄想』は、海辺の松林のなかに立つ別荘の一室から「白髪の主人」が海を眺めている光景に始まるが、その風景描写のあと、鷗外は「主人」の回顧的な思索に先んじてさりげない一文を挿んでいる。——「それを見て、主人は時間といふことを考へる。生といふことを考へる。死といふことを考へる」(傍点引用者)。ここにいう「時間」が、人びとを駆りたて急きたてる時間——健三が「始終追い懸けられている」と感じていた「近代の時間」であることに疑問の余地はない。そして、それこそは神なき時代の「舞台監督《コラグス》」の正体であろう。『妄想』の前年から連載が始まった『青年』は、漱石の『三四郎』や『それから』に刺激を受けながら、現代社会に生きる若者の生き方を追求した作品とされているが、そこには同様の感覚が主人公の個人的な感慨として、より直截に表現されている。

小説家志望の小泉純一の「日記の断片」には、こんな一節が見いだされる。

そんならどうしたらいいか。

生きる。生活する。

答えは簡単である。しかしその内容は簡単どころではない。

いったい日本人は生きるということを知っているだろうか。小学校の門をくぐってからというものは、一しょう懸命にこの学校時代を駆け抜けようとする。その先には生活があると思うのである。学校というものを離れて職業にあり付くと、その職業をなし遂げてしまおうとする。その先には生活があると思うのである。そしてその先には生活はないのである。

現在は過去と未来の間に画した一線である。この線の上に生活がなくては、生活はどこにもないのである。

そこでおれは何をしている。

（十）

青年の述懐というより、「人生の下り坂」（『妄想』）に差し掛かった作者鷗外自身の感懐というのが真相かもしれない。また「日本人は」という限定には、日本の近代化の特殊事情が反映しているであろう。明治維新以来、日本は先進国に追いつこうと、「齷齪」と息せき切って駆け足のしどおしであった。国家のレベルでは「文明開化」「脱亜入欧」のスローガンがあり、個人のレベルでは功名や立身の督励である。明治五年（奇しくも「太陽暦」が採用された同じ年）、「学制」の発布に際して発表された「被仰出書《おおせだされしょ》」のなかの一文は象徴的である。これはいわば明治政府の教育宣言ともいうべき文書であるが、そこには「学問は身を立るの財本《もとで》ともいふべきもの」であり、「人たるもの誰か学ばずして可ならんや」と宣べられている。(12) また作詞者は不祥だが、明治十七年の「小学唱歌集(三)」に採用された「仰げば尊し」の一節には、師への感謝というかたちを借りて、「身をたて名をあげ、やよはげめよ」と謳われる。国家のレベルで採択された「方針」が個人のレベルで浸透してゆく過程の顕著な一例である。漱石と同年生まれの十六歳の正岡子規(一八六七―一九〇二)が、大学予備門(のちの第一高等学校)入学を志し、叔父加藤恆忠に宛てて上京の希望を伝えた書簡(明治十六年二月十三日付)の一節は、そうした時代の空気の典型的な表現となっている。

功名は天下衆人の相争ふて得んと欲する所なり。私共も亦此一大競争場に入て試に一鞭を加え天下萬人と後先を争はんと欲するなり。乍然《さりながら》功名豈富貴人のみの専ら占有する處ならんや。然れば學べは庶人の子も亦公卿となるべく私共は假令公卿となるを欲せざるも社會の上流に立つを願ふ者に有之候へば學問勉強して其域に至るの手段を爲さゞるべからず。

いずれにしろ、知識の蓄積を貨幣の蓄えになぞらえる「財本《もとで》」の比喩に端的にあらわれているように、社会全体が手近な結果を求めてこうして前のめりに突き進んで行くとき、「今ここ」に生きる実感が稀薄になる(「そこでおれは何をしている」)のは必然的である――。明治四十四年(鷗外が『妄想』を発表した同じ年)の講演において漱石が、「現代日本の開化」の「外発」性を指摘し、このような「皮相上滑り」の「開化の影響を受ける国民はどこかに空虚の感がなければなりません」というのも同じ意味である。

　しかし思うに、日本の特殊事情はあるにしても、そもそも「近代の時間」とはそうしたものだ、ということもできる。知の獲得に捧げた日々を悔いて「人間的な生活が送れなかった」と嘆いたヘルダーは、著作家にさえならなければ「私はどれほど時間をむだにせずに済んだ（原義は「稼いでいた」）ことだろう」と述べて、それまでの生を植物の有機的な生長と対比している。「おお、花しかつけてはならない時に、無理に実をつけようとしたり、またつけねばならないとは、なんという取り返しのつかない損失だろう。その実は本物ではなく、あまりに時期尚早で、ひとりでに落ちるばかりか、木が枯れ死ぬことまでも示している[13]」。

　時間を「稼ぐ gewinnen」という（まさに〈商人の時間〉の本質というべき）感覚じたい近代固有のものであるが、すでにここには、有機的な生長を追い越してひたすら先を急ぐ「近代の時間」の不毛の危険が示唆されている。たえず結実を急がされる時間のもとでは、せっかくの結んだ実もつねに「時期尚早」で熟すことなく落果するばかりか、木そのものの生命力までが蝕まれるという危機《リスク》である。

　真木悠介は西洋近代の知識人たちを襲った「生の虚無」、ニヒリズムの淵源を探るなかで、帰着した「私の死のゆえに私の生はむなしい」とする感覚の根底に、固有な時間感覚を指摘し、結局それは「最終結果のみに意味があるということ、すなわち〈未来が現在の意味である〉という感覚(instrumentalism)」であるとして、こう述べている。


　存在の意味が、つねにそのあとにくる時間に向って外化されているとき、ひとはつぎつぎとより遠い未来の視座から現在をみるということになる。するとどのような未来のはてにもそのさきにはかならず死があるのだから、存在の意味も生きることの意味も総体としてむなしいということになるのは、いわば論理の必然である。

時にたいする〈コンサマトリー〉な、すなわちその時自体のうちに完結して充足する感覚が疎外されているとき、消滅の意識はもはやたんなる詠嘆ではなく、絶対的な虚無感となる。[14]

明治の知識人たちがすでに「生の虚無」に囚われていたというのではない。が、始終「追い懸けられる」ようにして生きてきた果てに「老ゆるという結果」しか望むことのできない健三にも、「自分は此儘《このまま》で人生の下り坂を下つて行く。そしてその下り果てた所が死だといふことを知つて居る」という『妄想』の翁にも、潜在的にその資格は十分に認められる――。彼らにとっては、学校時代を「駆け抜け」、職業を「駆け抜け」ることが、すなわち「自分を為《し》上《あ》げる」ことであった。そのように「自分にある働きができるやうに」為上げ、社会的地位を駆け上がることが、加速化し、急激に変化する時代を生きのびる唯一の道でもあった。だが、山崎正和が的確に指摘するように、[15] 絶えず昨日の自己を超えることを、進歩や上昇を要請され続けるところでは、過去は現在のための通過点にすぎず、現在はつねに未来のための「手段」に貶められてしまう。そしてその未来も、進歩に究極の到達点がない以上、さらにかなたの未来のための踏み台にされてしまうであろう。こうして目まぐるしく移り変わる過去と未来とのあいだの不安な境界線と化した「現在」に生きる人間は、生への安定した「帰属感」を失い、どの場所もいつか仮の住み処にみえてくる。その虚しさ（「空虚の感」）を『青年』の主人公は「生活がない」と表現したのだが、同じ苛立ちをよりリアルなことばで述べたのが、『行人』（一九一二）のつぎの一節である。

兄さんは書物を読んでも、理窟を考えても、飯を食っても、散歩をしても、二六時中何をしても、其処に安住する事が出来ないのだそうです。何をしても、こんな事をしてはいられないという気分に追い掛けられるのだそうです。

〔……〕

兄さんの苦しむのは、兄さんが何をどうしても、それが目的《エンド》にならないばかりでなく、方便《ミィンズ》にもならないと思うからです。ただ不安なのです。従って凝《じっ》としていられないのです。兄さんは落ち付いて寐ていられないから起きるといいます。起きると、ただ起きていられないから歩くといいます。歩くとただ歩いていられないから走《かけ》るといいます。既に走《か》け出した以上、どこまで行っても止まれないといいます。止まれないばかりなら好いが刻一刻と速力を増して行かなければならないといいます。その極端を想像すると恐ろしいといいます。冷汗が出るように恐ろしいといいます。怖くて怖くて堪《たま》らないといいます。（「塵労」三十二）

表現はいささか過激であるが、反応じたいはむしろきわめて正常といわなければならない。ここには、一分一秒も停止することを許さぬ、しかも刻々と加速化されてゆく、近代の直線としての時間に触れた不安と怖れが余すところなく活写されている。そして、開化以後の日本にあって最初にこうした反応を示したのが、率先して西欧近代の洗礼を受け、近代に追随してきた明治のエリートたちであった。『妄想』の主人も、大学教授である『行人』の一郎もそうした人たちの一人である。

前田愛は『都市空間のなかの文学』の、明治日本における西欧近代の時間の受容を扱った章(「塔の思想」)において、北村透谷の日記の一節(明治二十二年四月一日)を引いて、「分秒の時間にせきたてられる近代人の不安な落ちつかない気分」について述べている。いわく「実に余が眼前には一大時辰機あるなり、実に此時辰機が余をして一時一刻も安然として寝床に横らしめざるなり。……自ら悟れよ、自ら慮れよ……独立の身事、遂に如何んして可ならんとする(16)」。

開化によって流入した「時計」(「時辰機」)は、いわば「文化的な記号」として『道草』にも使われていたが、健三が「途中で引懸っている」という思いを拭い切れないのも、じつは一郎同様、彼の心に「こんな事をしてはいられない」という渇くような焦りがあるからである。――もっとも、不安に脅えながらも、すでに一郎は自分を駆り立てているものの正体にうすうす感づいている。「人間の不安は科学の発展から来る。進んで止《とど》まる事を知らない科学は、かつて我々に止まる事を許してくれた事がない。徒歩から俥《くるま》、俥から馬車、馬車から汽車、汽車から自動車、それから航空船、それから飛行機と、どこまで行っても休ませてくれない。どこまで伴《つ》れて行かれるか分らない。実に恐ろしい」(「塵労」三十二)。

進んで止まる事を知らない「科学」を近代文明、あるいは端的に「時間」に置き換えさえすれば、加速度を増しつつ直進し、急速に近代を支配するようになったものの実体を正確に言い当てたことになる。そしてそれは「立ち遅れた」日本に限った問題ではない、と漱石が見抜いていたことを、一郎のつぎのことばは紛れもなく示唆している。――「今の日本の社会は――ことによったら西洋もそうかも知れないけれども――皆な上滑りの御上手ものだけが存在し得るように出来上がっているんだから仕方がない」（「帰ってから」二十二）。

　ここではもはや洋の東西は問題ではない。近代そのものの、そして近代を動かしている「時間」の問題性が見据えられている。進歩と向上を目指して、たえず現状を打破しようとする近代精神の「理想主義」を形容して、田中美代子はいみじくも「いわば、魔に憑かれているのである」(17)と述べている。

　それにしても漱石のことばと、ほんの一世紀足らずまえに近代を経験した「西洋」人のことばとの調子《トーン》の酷似には、驚きをとおり越してある種の感慨を覚えないわけにゆかない。ゲーテは晩年――「立ち遅れた」ドイツにも確実に近代化の波が押し寄せていた一八二〇年代――友人の作曲家ツェルター（一七五八―一八三二）に宛てた書簡（一八二五年六月六日付）のなかで、こんなふうに書いている。

　　富とスピード、これこそ世の人びとが賛嘆し、誰もが求めているものなのです。鉄道、急行郵便、蒸気汽船、ありとあらゆる便利な通信手段を教養ある人びとはわれ勝ちに求め、結局は行き過ぎ、教養をつみ過ぎたあげく、かえって凡庸にとどまってしまうのです。〔……〕元来が、今日は有能な頭脳のための世紀、呑みこみの早い実際的な人間のための世紀なのです。そうした人たちは、最高度のものをなすだけの天分には恵まれていなくとも、ある種の器用さは備えていて、一般多数の人びとにたいして優越感を抱いているのです。わたしたちは、これまでわたしたちを育て支えてきた志操を、能うかぎり保持し守り続けましょう。そして、まだいるはずの志を同じくするわずかな人びとと共に、すぐには再びやって来ることのない時代の、最後の者となろうではありませんか。

日本が「極東のファウスト」であるか否かは、ここでは一義的な問題ではない。たとえそうであるとしても、その「救済」はもはやひとり日本だけの問題ではない。問題はむしろ「ファウストは救われるか」あるいは「近代に救いはあるか」と、問い直されなければならないであろう。

## 四　記号としての鉄道——漱石『草枕』『それから』、芥川『トロッコ』ほか

「近代に救いはあるか」——言い換えれば「近代的人間は救われるか」といった難問に、むろん簡易な答えの用意されているわけはない。『ファウスト』の制作に六十年の歳月を費やしたゲーテが、最後まで腐心したのがファウストの「救済」だったのもそのためである。たとえば、いまわれわれがその恩恵によって豊かな生活を享受している科学技術の発展や経済的繁栄を否定できないように、安易に「近代の時間」を否定することはできない。そもそも、その問題性にもかかわらず、もはやわれわれが近代以前の時間に還ることなどできないのは自明の道理である。しかも、すでに漱石や鷗外が提起した近代的人間の「救い」、充溢した生きる実感の問題は、まさに近代の延長線上に生きているわれわれにとっても、同様に本質的な問題である。万人向けの簡便な答えなどあり得ないことを承知のうえで、やはり一、二の近代文学作品を手掛かりに、解答のためのささやかなヒントなりとも探ってみたい——。

しかしその前に、すこし回り道をして、「文化的な記号」としての「鉄道」について触れておきたい。

「進んで止まる事を知らない」スピードの時代としての近代を象徴するもののひとつに、ゲーテも漱石もともに鉄道ないし汽車を挙げているのは特徴的であるが、「近代の時間」の浸透にとって鉄道の果たした重要な役割についてはつとに指摘されている。『時間と習俗の社会史』において福井憲彦は「じっさいフランスばかりでなく、イギリスでもアメリカ合衆国でも、鉄道が網目状にはりめぐらされてゆくことと、正確な計時の要請、および時計の一般への普及とは、ほぼ並行現象としてあらわれてくる」と述べ、「鉄道が時間の統一をうながしたと同時に、正確さへの配慮を人びとの心のなかに有効に浸透させていった」[18]として、近代人の心性にあたえた鉄道の大きな影響を強調している。鉄道の建設は結果として標準時間の設定を促しただけでなく、「時間の厳守」という正確な時間の秩序を人びとの心に内在化することで、近代人の時間意識をつよく規定することにもなった。

いうまでもなく、鉄道と並んで「時間の厳守」という徳目を植えつけるのに力があったもうひとつの強力な機関は「学校」であった。そうであれば、明治の日本において太陽暦と定時法が施行（つまり「近代の時間」が導入）され、学制が布かれた同じ明治五（一八七二）年、新橋―横浜間に最初の鉄道が開通したという符合は、じつに象徴的な出来事であった。「学校」とともに急速に近代の時間を浸透させ、人びとの心性を「開化」へと規定することになった「鉄道」は、やがて「文化的な記号」の意味合いさえ帯びてくる。漱石は四十歳の作『草枕』（一九〇六）においてすでに、作品の終盤、俗界を脱して「非人情」の世界に遊ぶそれまでの設定を破ってまでも、

「現実世界」の描写によって小説を締めくくる。

いよいよ現実世界へ引きずり出された。汽車の見える所を現実世界という。汽車ほど二十世紀の文明を代表するものはあるまい。何百という人間を同じ箱へ詰めて轟《ごう》と通る。情け容赦はない。詰め込まれた人間は皆同程度の速力で、同一の停車場へとまってそうして、同様に蒸気の恩沢に浴さねばならぬ。人は汽車へ乗るという。余は積み込まれるという。人は汽車で行くという。余は運搬されるという。汽車ほど個性を軽蔑したものはない。文明はあらゆる限りの手段をつくして、個性を発達せしめたる後、あらゆる限りの方法によってこの個性を踏み付けようとする。〔……〕余は汽車の猛烈に、見界《みさかい》なく、すべての人を貨物同様に心得て走る様を見る度に、客車のうちに閉じ籠められたる個人と、個人の個性に寸毫《すんごう》の注意をだに払わざるこの鉄車とを比較して、——あぶない、あぶない。気を付けねばあぶないと思う。現代の文明はこのあぶないで鼻を衝《つ》かれるくらい充満している。おさき真闇《まつくら》に盲動する汽車はあぶない標本の一つである。（十三）

主人公である画工の叫びは、そのまま近代の文明に対する漱石自身の見方を映したものととることができよう。画工は「汽車」によって「二十世紀の文明を代表」させている。周知のように、「汽車」は開国をせまったペリーによって西洋文明の象徴として持ちこまれ（再航に際して提督は幕府への献上品のひとつとして、いみじくも蒸気機関車の模型を持参した）、鉄道の敷設は明治維新以来「文明開化」と「脱亜入欧」の象徴になったのだが、同時にそれは、浸潤してくる「近代止《とど》まることを知らない進歩を追って「猛烈に、見界《みさかい》なく」突き進む近代の直線としての時間そのものの表徴ともなっている。「おさき真闇に盲動する汽車」は、その時間という「汽車」に乗せられ、行き先も知らされずに運ばれてゆくことへの漱石の直感的な危機意識が、「あぶない、あぶない」という叫びに凝縮的に表出されている。十川信介は、画工の引きずり出された「現実世界」に配された、那美さんと汽車に乗せられて出征する元の夫との別れの場に触れて、「大量輸送を可能にした汽車は、人間を兵力や労働力に還元する機械でもあった⒆」と述べている。

『草枕』から三年後、『それから』(一九〇九) の代助は、かつて学生時代にひそかに思いを寄せながら学友に譲った女、今はその友の妻となっている三千代との間にあらためて愛をはぐくもうとする。そして、三千代との道ならぬ愛の世界を守るために、彼はまったくの親がかりで生きてきたこれまでの「高等遊民」という一種のユートピアから、いやおうなく「現実世界へ引きずり出され」ることになる。そこで職を探しに「表へ飛び出した」代助が最初に乗る（そして発狂しそうになる）のが「電車」なのは、けっして偶然ではない。

代助は暑い中を馳《か》けないばかりに、急ぎ足に歩いた。日は代助の頭の上から真直《まつすぐ》に射下《いおろ》した。乾いた埃が、火の粉のように彼の素足を包んだ。彼はじりじりと焦《こげ》る心持がした。

「焦る焦る」と歩きながら口の内でいった。

飯田橋へ来て電車に乗った。電車は真直に走り出した。代助は車のなかで、「ああ動く。世の中が動く」と傍《はた》の人に聞えるようにいった。

（十七）

こうした「記号」としての「鉄道」を念頭においてみるとき、芥川の小品にも多少ちがった読み方が可能になるかもしれない。

『トロッコ』(一九二二)は、その短い生涯からすれば、芥川龍之介(一八九二―一九二七)の晩年に差し掛かる時期に書かれたものである。この佳品において芥川は、持ち前の機知と諧謔、風刺と冷笑の仮面を脱いで、珍しくじかに素顔をのぞかせている(この後に続くいわゆる「保吉物」の先蹤と目されたりもするゆえんである)。

作品の舞台は「小田原熱海間に、軽便鉄道敷設の工事が始まった」ころ、史実によれば明治四十一(一九〇八)年にさかのぼる。この年、大正五年に完成する国鉄東海道線工事に先がけて、大日本軌道会社はこの区間に軽便鉄道を敷設している。

八つになる少年・良平は工事に使われるトロッコ見たさに、連日村外れへ見物に行っている。ある日のこと、気のいい若い土工に許されてトロッコを押すのを手伝った良平は、本線になるはずの線路をトロッコを押して、思いがけず遠出してしまう。家路が遠くなるにつれて、最初は弾んでいた心もしだいに不安に重く沈んでくる。いつ還るか、いつ還るかと待つうちに、良平は突然「われはもう帰んな。おれたちは今日は向う泊りだから」と告げられる。その時の少年の衝撃と怯えが、おそらく小品の主題である。黄昏の迫るなか、良平は不安と心細さに泣きだしそうになるのを必死でこらえて、果てしなく続くかにみえる線路を駆けだしている――。

それだけの物語である。――しかし、ただそれだけの物語だろうか。

小品のテーマはむしろ、はじめて「直線的な時間」に触れた少年の怖れではないか。近代以前の時間がそうであるように、子供の時間は日の出・日の入り、季節の巡りといった基本的に自然のサイクルにそくした、緩やかな円環を描いて流れている。日が暮れると昨日と同じ夜が還ってき、正月や誕生日が近づいてくると、子供たちは去年のその日を思い浮かべ、前の年と同じ正月がめぐってくるのを楽しみに待つ。春とともに花の季節が回帰し、夏には蝉の季節が戻ってくる。そして「直線的な時間」の外の世界で生きている子供にとって、時間はけっして等速で均等には進まない。良平の生きていた世界もまたそのようであったろう。が、昼から夜、夜から昼へという日々の営みのなかで自然とともに循環し完結していた時間のサイクルが、このとき初めて破られる。不意に今まで知らなかった「時間」が顔を見せる。

還らない「トロッコ」は直進する時間の象徴でもあった。それは良平が子供の時間の閾《しきい》をこえて、いやおうなしに大人の時間へと踏みこんだ瞬間でもあった。その瞬間から、ひとは直線的な時間に追われつづけ、自分のまえから、二度と還ることのない時間が過ぎ去りつづけるであろう。小説が完全に大人の時間の世界に身をおいた主人公の視点で締めくくられるのもそのためである。──「塵労に疲れた彼の前には今でもやはりその時のように、薄暗い藪や坂のある路が、細々と一すじ断続している。……」。

『トロッコ』において「大人の時間」に触れた体験が、日本における近代化の歩み（「鉄道敷設」）と重ね合わされるように描かれているのは偶然ではない（軽便鉄道への移行過程として明治二十八年から四十一年まで、同じ「小田原熱海間」を人力による鉄道「人車鉄道」が運行され、「発着時間表」も作られていたという歴史的事実を知らされるとき、感慨はいっそう深く複雑になる）[20]。

明治も半ば（二十五年）に生まれ、はやばやと開化の空気を吸って生きてきた芥川には、ゆっくりと「子供の時間」を味わっている余裕はなかったであろう。気がついてみると、芥川も良平とともに息を切らして駈けている。行き暮れて道遠い良平の頼りなさ・心細さは、芥川自身のものでもあったはずである。彼の前にもまた、細々と一すじの路がどこまでも「断続している」。そして、誰しも「泣きそうに」なるのをこらえて「駈け通す」しか道はない。

最晩年（自死によってみずから生を閉じる同じ年）、芥川は『機関車を見ながら』という短い随想を残している。そのなかで芥川は、機関車ごっこをする子供たちを見ながら、そこにはっきりと人生の比喩・象徴を見いだしている。一方に「どこまでも突進したい欲望を持ち」、同時に、定まった「軌道の上を走る」しかないという逆説において——。

大方の人間は、突進しすぎて軌道をはずれ顚覆しないまでも、未来の成功を信じて、欲望とエゴイズムの枕木に敷かれたレールをひたすら走りつづけて「さびはてる」。「我々はいづれも機関車である」という端的な言説には、「逆説的な人生」の冷厳な事実への芥川の苦い洞察と諦念がこめられている。

## 五　「おこ」の智慧、あるいは「自然」としての人間——宮沢賢治『虔十《けんじふ》公園林』

きわめて知的な詩人ではあるが、漱石や鷗外、そして芥川ともまったく異質な生を生きた稀有な存在に宮沢賢治（一八九六—一九三三）がいる。芥川とは生年で四年、没年で六年しか違わないが、同時代人であることが一瞬想像しにくいほど、二人の生の描いた軌跡は大きく隔たっている。賢治は生前それぞれただ一冊の詩集と童話集（『春と修羅』『注文の多い料理店』、いずれも一九二四年）を刊行しただけで、中央ではまったく無名のまま、理想社会を夢見て貧しい東北農民の生活の改善のために献身的な活動をつづけながら病に斃れ、短い生涯を終えている。その賢治の残した数多い童話のひとつが、大正十二ないし十三年の作（芥川の『トロッコ』は大正十一年）と推定されている『虔十公園林』である。

主人公の「虔十《けんじゅ》」という名前――賢治は「兄妹印手帳」のある箇所にKenjü Miyazawaと署名したことがある(21)――が暗示するように、この一人の「おこ」の物語は賢治の一種の精神的な自画像として読むこともできる。そしてこの物語にも、「記号」としての「鉄道」が目立たぬが重要な意味をもたされてあらわれてくる。(22)

皆から「少し足りない」と思われていた虔十は、「いつも縄の帯をしめてわらって杜の中や畑の間をゆっくりあるいている」。まるで自然の一部のような虔十が、たった一度ものをねだったことがある。空き地になっている家の裏の野原に植える杉苗である。虔十の願いを容れて植えられた杉は、おおかたの予想どおり、その粘土地で九尺ほど伸びたあと成長がとまってしまう。だが、枝打ちして明るくなった杉林は、かえって子供たちの格好の遊び場になる。「虔十もよろこんで杉のこっちにかくれながら口を大きくあいてはあはあ笑いました」。

ある時、虔十は自分の畑が日陰になるから杉を伐れとせまる平二の要求を拒み――これが虔十の生涯ただ一度の「人に対する逆らいの言《ことば》だった」――、杉林を守りとおしたあと、その秋チブスで死んでしまう。

「ところがそんなことには一向構わず林にはやはり毎日毎日子供らが集まりました」。

虔十が死んでから二十年近く経ったある日、昔その村から出てアメリカのある大学の教授になった若い博士が十五年ぶりで里帰りする。頼まれて小学校で講演したあと、外に出て虞十の林の方へ向かった博士は驚きの目をみはる。——「ああ、ここはすっかりもとの通りだ。木まですっかりもとの通りだ。木は却って小さくなったようだ。みんなも遊んでいる。ああ、あの中に私や私の昔の友達が居ないだろうか」。

博士はその林が虔十の唯一の形見として大事に守られてきたいきさつを聞き、感嘆の声を漏らす。——「ああ全くたれがかしこくたれが賢くないかはわかりません。ただどこまでも十力《じゅうりき》の作用は不思議です」。結局博士の提案で、林は「虔十公園林」と名づけられて永久に保存されることになる。

全く全くこの公園林の杉の黒い立派な緑、さわやかな匂《におい》、夏のすずしい陰、月光色の芝生がこれから何千人の人たちに本当のさいわいが何だかを教えるか数えられませんでした。

そして林は虔十の居た時の通り雨が降ってはすき徹る冷たい雫《しずく》をみじかい草にポタリポタリと落しお日さまが輝いては新らしい奇麗な空気をさわやかにはき出すのでした。

物語を読み終えたあとに訪れる、言い知れぬ深いやすらぎと安堵感はどこからくるのだろう。自分もまた大きな自然の一部（というより「自然」そのもの）となって、虔十の林とともに「すき徹る冷たい雫《しずく》」を滴らせ、爽やかに「新らしい奇麗な空気」を発散しているような解放感・浄福感がある。それは漱石にも鷗外にも、まして芥川にはなかったものである——。

この物語において、虔十という「おこ」の人生をとおして「知」の逆説が語られているのは明白である。アメリカ帰りの博士は、誰からも「少し足りない」と思われていた虔十の植えた杉林を見て、「ああ全くたれがかしこくたれが賢くないかはわかりません」と思わず表白する。あきらかにここで「賢」と「愚」の通念の逆転が起こっている。「少し足りない」はずの虔十こそが「かしこ」い、とされるのだが、博士はどこに虔十の「かしこ」さを認めたのだろうか。――これを解くひとつの鍵は、博士の帰郷を描くくだりの前段に挿まれた「記号」としての「鉄道」にあると思われる。

次の年その村に鉄道が通り虔十の家から三町ばかり東の方に停車場ができました。あちこちに大きな瀬戸物の工場や製糸場ができました。そこらの畑や田はずんずん潰れて家がたちました。いつかすっかり町になってしまったのです。その中に虔十の林だけはどう云うわけかそのまま残っておりました。

平二に「まわりがみんなまっ青に見え」るほど殴られるのにも耐え、命を賭して杉林を守り抜いた虔十が死んだあと、村は急速に都市化と工業化、要するに「近代化」の波に洗われる。静かな村に「鉄道が通り」、「停車場ができ」、「畑や田はずんずん潰れて」宅地化が進んでゆく。消えてゆく自然とは対照的に、「轟と」音を立てるように「近代の時間」が流れだす。そのなかにあって、虔十の杉林だけが奇跡のように生き残っている――。

しかし、誰よりも「近代の時間」に曝されてきたのは、虔十の杉林を賛嘆した当の博士ではなかったろうか。若くして村を出、アメリカに渡った一人の日本人として、異国（先進国）の大学に教授の職《ポスト》を得るまでに彼が一体どれほど「近代の時間」との格闘を、健三のいう「牢獄生活」を耐えねばならなかったかは想像に難くない。その博士の目に虔十の杉林は文字どおり奇跡と映ったであろう。

そこには博士が生きてきたのとは全く異質な時間――かつて子供の彼が生きていた、永遠に循環し回帰する円環としての時間が息づいている。杉林は「雨が降っては」雫を落とし、「お日さまが輝いては」爽やかな空気をはき出している。――「ああ、ここはすっかりもとの通りだ。木まですっかりもとの通りだ。〔……〕みんなも遊んでいる。ああ、あの中に私や私の昔の友達が居ないだろうか」。移りゆくもののなかにあって永遠に移ろわぬものの象徴として、虔十の杉林は「本当のさいわいが何だか」を教えている。

それにしても、「少し足りない」虔十（おそらく彼は「学校」とは無縁である）の、どこにそんな力が秘められていたのだろう――。物語は対照法を駆使して神話的な簡潔さで叙されているが、際立っているのは虔十の並外れた自然との交感能力、無欲さ、無償性などである。

虔十は「雨の中の青い藪を見てはよろこんで目をパチパチさせ」、「風がどうと吹いてぶなの葉がチラチラ光るときなどは」「もううれしくてうれしくてひとりでに笑えて仕方ない」。賢治自身が、そうした自然との強烈な一体感の持ち主であったことは、つぎのような詩の一節にもうかがわれるが、それはおよそ近代の「知識人」には見られない稀有な性質のものである。

あゝ何もかももうみんな透明だ
雲が風と水と虚空と光と核の塵とでなりたつときに

風も水も地殻もまたわたくしもそれとひとしく組成され
じつにわたくしは水や風やそれらの核の一部分で
それをわたくしが感ずることは
水や光や風ぜんたいがわたくしなのだ
（「種山ヶ原」先駆形A）

杉苗のほかには「何一つ」ねだったことがない虔十の無欲さについては、今更いうまでもない。彼が生涯にただの一度「逆ら」ったのが、自分の畑が陰るから杉を伐れという平二の欲得むき出しの要求にたいしてだったのは示唆的である。虔十の無欲さは「足るを知る」精神《こころ》――それは「虔」の字にも表れている――ということができるが、賢治が「雨ニモマケズ」のなかで「慾ハナク／決シテ瞋ラズ」と詠ったのもそのことであろう。よく知られているように、手帳に書き留められたその詩は、「アラユルコトヲ／ジブンヲカンヂャウニ入レズニ」「ミンナニデクノボートヨバレ／ホメラレモセズ」と続いている。それは、どこまでも己れの欲求を追求して満足することを知らない、ファウスト的な「近代的自我」のおよそ対極にあるものである。虔十と虔十の意を汲んだ家族の無償の行為によって守られた杉林こそは、そうした精神の結晶であり、その象徴と見るべきであろう。

虔十のこうした「智慧」の収斂する先が「たれがかしこくたれが賢くないかはわかりません」という「知」の逆説であるが、注目すべきなのは賢治がそれを「十力《じゅうりき》の作用」とみていることである。「十力」とは「仏に特有の十種の智力、十の知慧のはたらき」を指す仏教用語であるが[23]、また「十力」を有する者をも意味しており、ここでは後者、つまり「仏自身」のことであろう。

若い博士の口を借りて賢治は、虔十の杉林に示現した智慧が「十力の作用」であり、仏をつうじて顕われた宇宙を支配する透明な知慧のはたらきだというのである。

「……どこまでも十力の作用は不思議です」という博士のことばに「法華経の常不軽菩薩《じょうふぎょうぼさつ》の精神にも通うもの[24]」を指摘したのは哲学者谷川徹三であるが、おそらくここに宮沢賢治の最も本質的な側面のひとつがある。科学者にして宗教家であった賢治はけっして〈ロゴス〉だけの人ではない、〈パトス〉の人でもあった。なによりまず、つねにみずからを「修羅」と意識せずにいられない〈パトス〉の人であった。そして、それはやはり近代の「知識人」に本質的に欠けていたものでもある――。

たえず何かに苛立っている『道草』の健三を漱石はこんなふうに描いている。

「己《おれ》が悪いのじゃない。己の悪くない事は、仮令《たとい》あの男に解っていなくっても、己には能《よ》く解っている。」

無信心な彼はどうしても、「神には能く解っている」という事が出来なかった。もしそういい得たならばどんなに仕合せだろうという気さえ起らなかった。彼の道徳は何時でも自己に始まった。そうして自己に終るぎりであった。(五十七)

また『行人』の一郎は「死ぬか、気が違うか、それでなければ宗教に入るか。僕の前途にはこの三つのものしかない」(「塵労」三十九)という。しかも、近代文明のもたらす不安を一身にひきうけて、なおかつ進歩の観念を脱しきれない彼は、自分が「宗教にはどうも這入《はい》れそうもない」ことを誰よりよく知っている。「ああ己はどうしても信じられない。どうしても信じられない。ただ考えて、考えて、考えるだけだ。二郎、どうか己を信じられるようにしてくれ」（「兄」二十二）という一郎の叫びは悲鳴のように聞こえる。

『行人』を解説した三好行雄のつぎのことばは、きわめて啓発的である。――「漱石が一郎のかなたに見えているのは、近代の洗礼を受け、近代に追随しつづけてきた知識人の知性の煉獄である。〔……〕一郎のさほど遠くない未来に実現するのは、たとえば芥川龍之介の描いた『歯車』の世界――果てもなく続く知性の黄昏の風景であるかもしれない[25]」。

賢治に話を戻すなら、『農民芸術概論綱要』（一九二六）「序論」に「世界がぜんたい幸福にならないうちは個人の幸福はあり得ない」と書くことになる賢治は、同年、花巻農学校教師の職を辞し、みずから貧しい東北農民のレベルに身をおこうとする。いわば「デクノボー」の神話を地で行くわけであるが、この一見不可解な行動の根底にあるのは、「宗教は疲れて近代科学に置換され然も科学は冷たく暗い／芸術はいまわれらを離れ然もわびしく堕落した」（『綱要』「農民芸術の興隆」）という賢治の絶望的な認識であった。それは破壊的な「近代の時間」から「本当のさいわい」を守ろうとする、賢治流の究極の「逆らい」でもあった。

宗教家としての賢治の稀有な資質を度外視していえば、賢治がその生き方を貫きえたのは、皮肉にも彼が「陸奥《みちのく》」という二重の意味で中心から締めだされた「周縁」に生きたからこそだったのかもしれない。早くから国家の「方針」によって教育された鷗外や漱石――二人は（そして芥川も）ともに東京帝国大学の出身者であり、日本の近代化の先兵として派遣された官費留学生であった――には、宿命的に西洋的知の「配電盤（もしくは伝導装置[26]）」の使命が担わされていた。

それは同時に近代の時間の「配電盤」をも意味しており、そこに近代「知識人」としての彼らの葛藤や相克があった——。

もっとも、ゲーテがファウストその人ではなかったように、『行人』と『道草』、また『妄想』を書いた漱石や鷗外がそのままその主人公たちと同じであったわけではない。『行人』や『こころ』において「自己本位」の大きな転換点を迎えていた漱石は——早すぎる死によって十分に展開されなかった憾みはあるが——、やがて「則天去私」へと超脱する。また明治天皇崩御を機に『興津弥五右衛門の遺書』を書いて歴史小説へと転じた鷗外は、晩年、澁江抽斎や伊沢蘭軒といった江戸の儒者の世界へと回帰する。西洋文化の受容とそれへの同化から出発した二人の知識人の、それぞれ苦悩の末に到達した、近代と「近代の時間」に対するひとつの処し方だったであろう。

最後にファウストの「救い」について予見的にすこしだけ触れておくなら、「静止したら最後おれは奴隷だ」（一七一〇行）と公言し、「瞬間」に止《とど》まることを承認せずに、「近代の時間」さながら「ひたすら世界を駈け通してきた」（一一四三三行）ファウストが救われるのは、その彼の、よくいわれるような Streben（普通には「努力」と訳される）によるのではない。すくなくとも、それだけによるのでは決してない。彼の救済には「上からの愛があずかって」（一一九三八行以下）いる。おそらく「救い」は、この下からと「上から」との両極《ポラール》的な力の協同の作用として成就している。そして「永遠にして女性的なるもの」（一二一一〇行）を体現し、ファウストの「不死なるもの」を引き上げる（「自然」の化身でもある）「かつてグレートヒェンと呼ばれた」贖罪の女こそは、まさしく一貫して〈教会の時間〉に生きた女性、〈パトス〉の人であった——。このあたりに、ゲーテの深い「智慧」をうかがうことができそうに思われる。

真木悠介は、「死の恐怖と生の虚無」を本質とする近代人の〈時間のニヒリズム〉からの解放の可能性に触れて、つぎのように述べている。「われわれが現時充足的《コンサマトリー》な時の充実を生きているときをふりかえってみると、それは必ず、具体的な他者や自然との交響のなかで、絶対化された〈自我〉の牢獄が溶解しているときだということがわかる」[27]。

ファウストにもたしかに、「無垢な愛の思いに身も心も溶けて流れそうな気がする」（二七二三行）という瞬間があった。そのとき、「おれが、おれが」（五〇〇行）という彼の鞏固な自我意識、「絶対化された〈自我〉の牢獄」はまちがいなく溶解し始めていた。そればかりか、「牢獄 Kerker」（二六九四行）とも形容された、質素で狭苦しいマルガレーテの小部屋で、ファウストは「ここにおれは、このままいつまでもじっとしていたい」（二七一〇行）とまで吐露している。それはほとんど、瞬間に向かって「とどまれ、おまえはじつに美しい！」（一七〇〇行）と口にしたに等しいかもしれない――。

悲劇に終わりはしたが、長い時を経て、この彼の「アウロラの恋」「こよない宝」は記憶のうちによみがえって（一〇〇五八行以下）彼を慰め、励まし、力強く鼓舞するかのようである――。第四幕冒頭、全篇フィナーレの「救い」を先取りするように、ヘレナの世界から「雲の乗物」に運ばれて降り立った「高山」で、ファウストを取り巻いた柔らかな霧はやがて「なつかしい姿」となって天空指して大気のなかを昇ってゆき、彼の「心のなかの最善のものを、ともに高みへと引き上げてゆく」（一〇〇六六行）。

【註】

『ファウスト』には以下の版を底本として用い、訳出にさいして各種の既訳を参照した。テクストからの引用にさいしては、本文中（　）内に詩行の行数のみ記した。

Goethe: Faust. Goethes Werke (Hamburger Ausgabe), Band III, 13., neubearbeitete u. erweiterte Aufl., München 1986.（いわゆるハンブルク版「ゲーテ全集」第三巻、改訂新版）

また、本書における『ファウスト』解釈は基本的に拙著『「ファウスト」研究序説』（鳥影社、二〇一六年）に拠っており、部分的に記述の重複する箇所があることをお断りしたい。

夏目漱石、芥川龍之介、宮沢賢治のテクストは（森鷗外についてのみ本章に限って）、主として以下の版に拠り、他に随時それぞれ二、三の版を参照して適宜ルビを付した。

『漱石全集〈新書版〉』（全三五巻）岩波書店、一九七八年。

『鷗外選集〈新書版〉』（全二一巻）岩波書店、一九七八年。

『芥川龍之介全集〈文庫版〉』（全八巻）筑摩書房、一九八六年。

『宮沢賢治全集〈文庫版〉』（全十巻）筑摩書房、一九八六年。

1 Historia von D. Johann Fausten. Kritische Ausgabe. Hrsg. v. S. Füssel u. H. J. Kreutzer, Stuttgart 1988. 松浦純訳『ファウスト博士――付　人形芝居ファウスト』（ドイツ民衆本の世界Ⅲ）国書刊行会、一九八八年。

2 Lessing: D. Faust. In: Gotthold Ephraim Lessing: Werke und Briefe in zwölf Bänden, Bd. 4. Hrsg. v. Gunter E.

Grimm, Frankfurt /M. 1997, S. 65. および拙論「〈飛ばない〉ファウスト、または理性の時代のファウスト像——レッシングの『ファウスト断片』」、弘前大学人文学部「人文社会論叢」（人文科学篇）第一二号、二〇〇四年をも参照。

3 Herder: Journal meiner Reise im Jahr 1769. In: Johann Gottfried Herder: Werke. Hrsg. von Wolfgang Pross, Bd. 1, München 1984, S. 358f.　J・G・ヘルダー（嶋田洋一郎訳）『ヘルダー旅日記』九州大学出版会、二〇〇二年参照。

4 Nietzsche: Unzeitgemäße Betrachtungen. In: Friedrich Nietzsche: Werke in 3 Bänden. Hrsg. von Karl Schlechta, Bd. 1, München 1966, S. 237.（ニーチェ『反時代的考察』）

5 Nietzsche: Ecce homo. A.a.O., Bd. 2, S. 1113.（ニーチェ『この人を見よ』）

6 Nietzsche: Unzeitgemäße Betrachtungen. A.a.O., Bd. 1, S. 237.

7 アリフィン・ベイ『近代化とイスラーム』めこん、一九八一年、五六頁。

8 山本義隆『近代日本一五〇年——科学技術総力戦体制の破綻』（岩波新書）、二〇一八年、三三五頁。

9 J・ル・ゴフ（新倉俊一訳）「教会の時間と商人の時間」（「思想」一九七九年九月号）およびJ・ル・ゴッフ（渡辺香根夫訳）『中世の高利貸』法政大学出版局、一九八九年を参照。

10 今村仁司『近代性の構造——〈企て〉から〈試み〉へ』講談社、一九九五年、七四頁。

11 エラスムス（渡辺一夫・二宮敬訳）『痴愚神礼讃』、『エラスムス／トマス・モア』（〈世界の名著22〉中央公論社、一九八〇年、九四頁。

12 天野郁夫『学歴の社会史——教育と日本の近代』新潮社、一九九二年、一一〇頁参照。

13 Herder, a.a.O., S. 359.

14 真木悠介『時間の比較社会学』岩波書店、一九八一年、六頁。
15 山崎正和『不機嫌の時代』新潮社、一九七六年、特に第三章「『それから』の時間」参照。
16 前田愛『都市空間のなかの文学』筑摩書房、一九八二年、一五三頁。
17 田中美代子「昼の生活・夜の生活」、「森鷗外全集」第二巻『普請中／青年』（ちくま文庫版）「解説」一九九五年、四〇〇頁。
18 福井憲彦『時間と習俗の社会史――生きられたフランス近代へ』新曜社、一九八六年、三四、三八頁。
19 十川信介『近代日本文学案内』（岩波文庫）、二〇〇八年、二八五頁。
20 伊佐九三四郎『幻の人車鉄道――豆相人車の跡を行く』河出書房新社、二〇〇〇年を参照。
21 宮沢清六・入澤康夫編集『新修　宮沢賢治全集』第十一巻、筑摩書房「後記（解説）」一九七九年、三二〇頁参照。
22 十川信介は、大正末年とされる『銀河鉄道の夜』の成立に関して、「このころから、汽車には次第に象徴的な意味が与えられるようになった」と述べている。十川信介、前掲書、二七七頁。
23 中村元『佛教語大辞典』東京書籍、一九七五年、および原子朗『新・宮澤賢治語彙辞典』東京書籍、一九九九年参照。
24 谷川徹三『童話集　風の又三郎　他十八篇』（岩波文庫）「解説」、一九五一年、三〇七頁。
25 三好行雄『行人』（岩波文庫）、一九九〇年改版「解説」、四三一頁。
26 司馬遼太郎『本郷界隈』（「街道をゆく37」）朝日文芸文庫、一九九六年、二九六頁ほか。
27 真木悠介、前掲書、二九七頁。

# 第一章　『団子坂』での「対話」、あるいは「メフィスト鬼」のこと

## 一　『ファウスト』の翻訳者・森林太郎

鷗外と『ファウスト』と並べたとき、まず誰しもが思い浮かべるのは、『ファウスト』全巻（「第一部」一八〇八／「第二部」一八三二）の最初の翻訳者、鷗外・森林太郎（一八六二―一九二二）であろう。たんに最初の完訳者というにとどまらず、鷗外訳『ファウスト』といえば、せまくドイツ文学の分野にかぎらずとも、およそ日本の翻訳文学のなかにあって「格調の高さにおいて、やはり白眉と呼ぶに足る訳業」(1)ということで声価はほぼ定まっている。

この西欧近代文学の古典の訳出は、意外にも、文部省の肝入りで発足したばかりの文芸委員会からの嘱託で、明治四十四年から翌年一月にかけて短時日で進められている（刊行は大正二年）。鷗外、五十歳を直前にしての業績である。

ところで、鷗外と『ファウスト』との出会いそのものは、遠く、彼のドイツ留学時代（明治十七～二十一年）にまでさかのぼる。滞独二年目（一八八五年）の夏、最初の留学地ライプツィヒの寓居で早くも青年鷗外は、「架上の洋書は已に百七十余巻の多きに至る。〔……〕ダンテの神曲は幽昧にして恍惚、ギョオテの全集は宏壮にして偉大なり。誰か来りて余が楽を分つ者ぞ」（『独逸日記』八月十三日）と昂然と書き留めている。同じ年のクリスマス休暇に巽軒《そんけん》井上哲次郎（一八五五―一九四四）とともに訪れたアウエルバハの酒場（Auerbachskeller）では、『ファウスト』が当然話頭にのぼり談論風発、いずれ「漢詩体を以て」訳してみては、との若き哲学者の慫慂にたいし「戯に之を諾す」に至った次第も、翌年二月、すでに居を移していた第二の滞在地ドレスデンで『ファウスト』の上演に遭遇し早速「往いて観」たことも、同じく『独逸日記』によって知ることができる。

もっとも、鷗外がゲーテの大作を厳密にはいつ読んだのかとなると、この作の性格もあり、それを確定するのは必ずしも容易ではない。現在「鷗外文庫」として遺されている、問題の「ギョオテ全集」中の『ファウスト』の巻の扉には、「明治十九年一月於徳停府、鷗外漁史校閲」の文字が書き付けられている（ということである）が、小堀桂一郎は、さまざまな事情を綜合的に判断して、その日付はむしろ「読み始めの時期を示すもの」と解すべきだろうという。(2)

手沢本に残された鷗外の多数の書き入れにもとづく小堀の考証は綿密周到であり、その「臆測」はきわめて信憑性が高いと思われる。すなわち、小堀の整理によれば、鷗外が本格的に『ファウスト』の講読にとりかかるのは「井上巽軒の激励を受けてから間もない明治十九年一月」、ドレスデン時代のことであり、その後二度の中断を経て最終的に通読したのは「どうやら鷗外の帰朝後のこと」、しかし、「どんなにおそくとも明治二十六年五月〔……〕ころには『ファウスト』全篇を読了してゐた」ことが（これも他の有力な資料から推して）「推定できる」という。(3)

ともあれ、青年鷗外がはじめて『ファウスト』を繙いた日からそれを訳出刊行するまでに、ゆうに四半世紀をこえる時が流れたことになる。実際に翻訳にとりかかると、「第一部」「第二部」を合わせて半年ほどで一気に訳し終えている事実からみて、鷗外のなかでこの作が、いかに苦もなく口をついて出るまでに熟成していたかがうかがわれる。

## 二　鷗外と『ファウスト』――最初の受容

肝心の『ファウスト』を鷗外がどのように見ていたか、さらに、このゲーテのライフワークが文豪・鷗外自身の創作にどうかかわったか、という点になると問題はいっそう難しく、簡単には答えられない。

大正二年、『ファウスト　第一部』『同　第二部』公刊後、鷗外は「訳本ファウストに就て」と「不苦心談」を書いている。しかしそれらはいずれも訳者としてのみずからの立場を述べたもので、それも「私が訳したファウストに就ては、私はあの訳本をして自ら語らしめる積でいる」ということばにほぼ尽くされており、この場合あまり参考にならない。また同年十一月、鷗外は「ファウストの附冊」として『ギヨオテ傳』と『ファウスト考』を同時に世に送っているが、両書がそれぞれ実質的に、アルベルト・ビールショウスキー『ゲーテ伝』（一八九六〜一九〇三）とクーノー・フィッシャー『ファウスト研究』（一九〇八）の編訳・抄訳に近いものであることは、「訳本ファウストに就て」のなかの言及からも明らかである（二書の扉には〈森林太郎鈔〉と明記されてもいる）。結局、管見のかぎりでは、ゲーテの『ファウスト』についての鷗外その人のまとまった発言は見当たらない。

鷗外の最初の戯曲『玉篋《たまくしげ》両《ふたり》浦嶼《うらしま》』が、広い意味で『ファウスト』の影響下に成った作であることはつとに指摘されている[4]。これは明治三十五年、小倉での任を終えて帰京した鷗外（四十歳）が、新派劇の伊《い》井《い》蓉峰《ようほう》の依頼を受け、興行用脚本として書いたもので、翌年一月、市村座で上演されている。

当初、鷗外から『ファウスト』の筋を聞いた伊井の求めが中幕用「ファウスト劇」だったとすれば、執筆の契機がゲーテの『ファウスト』にあったことは争えない。それにしても、『ファウスト』を「中幕に仕組む」という要求が論外だったにしても、「浦島と極めたのは、ファウストが老人であつて若返るのと、丁度反対に壮年のものが忽ち老翁になるといふ処を考へたのも、一つの原因になつてゐる」(「浦島の初度の興行に就て」)という鷗外の解説は、奇警をこえていささか苦しいといいわざるをえない。龍宮を去る太郎の帰郷を動機づけている「事業欲」にしても、一幕物というこの劇の性格からも、その制作の契機からも、そこにゲーテにおける〈Tat(行為・事業)〉、すなわち「第二部」の主要な「ファウスト的主題」を見ることは、かなり無理なように思われる。「明らかな失敗作」(長谷川つとむ)という評価の当否はここでは措くとして、忌憚なくいえば、ゲーテの悲劇と鷗外の「戯作」との結びつきに本質的なものはあまり認められない。

ゲーテの『ファウスト』との影響関係をいうなら、むしろ、同じく鷗外の戯曲、というのもはばかられるような小品――『玉篋両浦嶼』とともにのちに戯曲集『我一幕物』(大正元年)に収められた「対話」『団子坂』(明治四十二年九月、「東亜之光」)を挙げるべきではなかろうか。小品ながらこの作には、本質的な関係といわぬまでも、すくなくともそうしたものへと発展しうる問題の芽が、さらには『ファウスト』に対する鷗外の見方をうかがわせるようないくつかの視点が含まれていると思われる。

## 三　二組の恋人たち

『団子坂(対話)』が書かれた明治四十二（一九〇九）年は、同年一月に創刊された『昴《スバル》』を拠点にして鷗外の本格的な創作活動が再開される年である。背景には「朝日新聞」での作家・夏目漱石の登場、数年前からの自然主義文学の台頭による刺激（漱石『三四郎』は前年九月から十二月、田山花袋『蒲団』は前々年の発表）があったとされるが、この年、鷗外自身が『半日』『ヰタ・セクスアリス』という「私小説」、というか、きわめて大胆な告白的作品をものしている事実はここで記憶しておいてよいように思う。

標題の「団子坂」は、いうまでもなく本郷千駄木の団子坂、その坂の上に「観潮楼」、明治二十五年に越してきた鷗外終生の住まいがあった。

この坂が舞台に選ばれたのは、鷗外の馴染みの散歩道だったこともあるが、あるいは『三四郎』の例の〝迷える子《ストレイシープ》〟を出すためだったかもしれない。つまり、菊人形見物帰りの三四郎と美禰子よろしく、ここでも一組の男女(男学生《だんがくせい》と女学生とのみ記されている)が同じ坂を上りながら「対話」を交わしている。ただ、その調子は漱石の場合とくらべると最初からよほど切迫している。

女学生。それでは送つて来て下さるの。御迷惑でせう。

男学生。僕は迷惑だと思へば強いて為やしません。それでも自分の為《す》る丈《だけ》の事は責任を以て為る積です。

すでに二人はかなり親しい間柄であり、たがいに離れがたく感じている。それは、「〔……〕で も、又あなたの処へ寄つたのは秘密よ」という女のことばにもうかがわれる（男の下宿に立ち寄った女をいま送ろうというのである）。ふと、別のもう一組の男女の出会いを思い出す。

**ファウスト**　もし、美しいお嬢さん。不躾ですが、此肘《このひじ》をあなたにお貸申して、送つてお上《あげ》申しませう。

**マルガレエテ**　わたくしはお嬢さんではございません。美しくもございません。送つて下さらなくつても、ひとりで内へ帰ります。

（「街」）

それにしても、「対話」する団子坂の二人の思いは、男と女とでは微妙に行きちがっている。すぐに明らかになるように、話題は男女に「清い交際」というものがありうるか、ということをめぐっている。遠回しのやり取りや、かなりきわどい物言いをはさみながらも、会話はひたすらその一点に収斂する。

「〔……〕あなたはこんな事をいつまでも継続しようと思つてゐるのですか」と、男。

「それぢやあ矢つ張御迷惑なのね。さうならさうで好くつてよ」と、拗ねてみせる女。

そういうわけではない。「こんな事を継続するのは不可能だと思ふから、さう云ふのです」と、食い下がる男。

攻勢に転ずるように女は、「不可能だと仰《おつし》やるのは、お嫌《いや》だからでせう」

男も退《ひ》くわけには行かない。「〔……〕嫌だの嫌でないのといふわけではありません。こんな事は継続が出来ない。〔……〕僕が何と思つたつて、変化しないわけには行かないと云ふのです」女にも男のいおうとするところはうすうす見えている。男と女、いずれ欲望に流されて行きつくところへ行かずにいない、ということだろう。「変化」という言葉で、要するに、婉曲に女の同意を求めているのである。

「〔……〕意志次第ではないでせうか」と、抵抗する女にたいして、男はさらに追い討ちをかける。

「僕の意志は弱いといふことを、僕は発見したのです」

ここでもまた、思わず『ファウスト　第一部』のある場面を連想する。「マルテの庭」では、やはり一組の恋人が互いの存在をかけて渡り合っている。愛ゆえに、相手の男の不信心を気遣い、怪しげな連れ（悪魔メフィスト）と手を切ってほしいと迫る少女の切なる願いを、男はあるいは大げさな美辞麗句ではぐらかし、あるいは言を左右にして言い抜ける。

「詰まり性《しやう》が合はないのだなあ」

団子坂の二人は、やがて『三四郎』のくだんの辺りに差しかかる。

男。三四郎が何とかいふ綺麗なお嬢さんと此処から曲つたのです。

女。えゝ。Stray sheep《ストレエ　シイプ》！

男。Sheep《シイプ》なら好いが、僕なんぞはどうかすると、wolf《ヲルフ》になりさうです。

このまま交際をつづけては、きっと欲望を抑えられなくなるときがくる、という男のことばに、さすがに女も切羽詰まる。

「あなたがそんな事を言つて下すつては、わたくしはどうして好いか分からなくなつてよ。あなたとお話が出来なくなつてしまつては、わたくしの生活には光明も何もなくなつてしまふのですから」

哀切さにおいて比較にはならないが、ここにも、もう一人の恋する女の悲傷の余韻を聞くことができるように思う。

彼人《かのひと》まさねば、いづかたも
冢穴《つかあな》にしも異ならず。
苦《にが》きを嘗《な》むる所とぞ
世の中は皆なりにける。

（「マルガレエテの部屋」）

男の持ち出す〝清い交際〟という言葉をきっかけに、会話はいよいよ核心に向かおうとするかのようである。男は、相手の女学生の考えがいかにも「女性的」だという。

「なんでも物を情緒の薄明《うすあかり》で見てゐるのですから」

注目すべきことに、二人の議論のなかに、ここで不意に西洋が顔を出す。『三四郎』でもそうだが、「文明開化」してすでに四十年を経て、あらゆる面でヨーロッパが知識人の思考の基準になっている。

一体あなたのいつも言つてゐる清い交際といふものですね。僕の方でも云つてゐたのですが、そんな事が不可能だといふことは、欧羅巴《ヨオロッパ》なんぞには一人だつて知らないものはありますまい。〔……〕あれはつひ此頃《このごろ》皮相な西洋風の学問をした日本人の言ひ出した事です。小説家なんぞも手伝つて広めたのでせう。Nonsense《ノンセンス》です。

いうまでもなく、プラトニック・ラブのことであり、当時この言葉は知的読者階級の流行語のような趣があった（そもそも、柄谷行人によれば、「内面」じたいが開化以後の「発見」である）(5)——。それを逆手にとって、男学生は間接的に「深い交わり」（明治文学の用語では〝肉交〟）を求めるのである。

負けじと女も西洋で応酬する。

あなたは此頃きつと何かお読みなすつたのね。Mephisto《メフィスト》とかいふ鬼なんぞは、そんな事を言ふのでせう。

明治の女学生が『ファウスト』についての知識をどこから仕入れたのかは差し当たり措くとして、〈Mephisto《メフィスト》〉の一語とともに、期せずして二組のカップルが重なってくる。

恋する女の直感でマルガレエテは、恋人の同伴者がどこかいかがわしいと感づいている。あの人、誰ひとり人間を愛せない人だってことは顔に書いてあるわ、という少女のことばに、男がうろたえるのは当然である。ファウスト自身、当の「同伴者」からおのれの「永遠に渝《かわ》ることのない」愛をあざ笑われていたのである。

〔……〕あしたになると済まし込んで、
心《しん》からお前を愛するなんぞと、
あのグレエテを騙すのでせうが。　（「街」）

嘘いつわりではない、真心から愛しているのだ、という重ねての誓いにも、至純の愛など、はなから信じていないメフィストは、「それでもわたしのが本当です」と、うそぶいて——というより自信たっぷりに——譲らない。いくら御託を並べても、どんなに高遠な思索に耽ったところが、

「そこでその高尚な、理窟を離れた観察の尻を、
一寸口では申し兼ねるが、
（猥褻なる身振。）
これで結ぼうと云ふのですね」

そして、ファウストの最大の弱みは、そんな道連れに、結局、「君のが本当だとも」と認めざるをえないことである。

「己れは外に為方《しかた》がないのだから」

むろん、ファウストは烈しい情熱に——生の衝動（「欲動」）そのものの最も鮮烈なあらわれのひとつである「情熱」に衝き動かされている。

問題の「マルテの庭」での逢瀬の別れ際。つらい思いで帰ろうとするマルガレエテに、ついにファウストは決定的なひとことを投げかける。その告白が自然でストレートである以上に、応えるマルガレエテは恋する女の一途さと哀切さそのものである。

**マルガレエテ**　もうわたくし行かなくちや。
**ファウスト**　あゝ。只の一時間も
落ち着いてお前と一しよになつてゐて、
胸と胸、心と心の通ふやうには出来ないのかなあ。
**マルガレエテ**　えゝ。それはわたくし一人で休むのですと、
今晩錠を掛けないで置くのですが、
母《か》あ様がすぐ目を醒ますのですもの。

その返事を待っていたようにファウストの危うい眠り薬の提示があり、恋するものゆえの哀れさで、それさえマルガレエテは受け入れてしまう。

**マルガレエテ**　わたくしなぜだかあなたのお顔を見てゐると、
なんでも仰やる通《とほり》にしなくてはならなくなつてよ。
わたくしもうあなたの為めにいろんな事をしてしまつて、
此上《このうえ》してお上《あ》げ申すことはないかと思ふわ。（退場。）
（「マルテの庭」）

団子坂の二人はといえば、女学生の口から漏れた〈Mephisto《メフィスト》〉の一語で、いったん男の矛先は鈍るかに見える。ややあって、今度は搦め手にでて相手の気を引こうとするように、男学生は――かつて「森と洞」に引き籠もったファウストよろしく――下宿を他所に変わるつもりだという。遠くに移れば、当然女は訪ねて行きにくくなる（「森と洞」の場でマルガレエテは、「冢穴《つかあな》」の孤独にも比せられる別離と喪失の悲しみを味わっている）。


男。僕はあしたまでに越してしまひます。

女。まあ。（真面目に。）越して入《い》らつしやつたつて、あの、わたくしはこれ切《ぎり》お目に掛からずにゐることは出来ないのですから、どこまでも尋ねて参りますわ。


このことばに満足したように、男学生は「越」すといったばかりの自分の提案をひとまず撤回する――。あたかも二人は女学生の家への曲がり角に差し掛かろうとしている。

「それではあした待つてゐます」

これを受けた、口説《くぜつ》の末に吐かれる女の思い定めたひとことで、この一幕物の「対話」劇は結ばれる。

「あしたはわたくしも決心して参りますわ」

女は「小走《こばし》りに」生垣の角を曲がって去る。

## 四　「グレエトヘン」劇とシュニッツラー『短剣を持ちたる女』

『団子坂』について小堀桂一郎はつぎのように書いている。

> 　これは二人の若い男女の、所謂危い一線に触れさうな微妙な会話のやりとりを写したものだが、最後に女がその一線を踏み越えるであらう危険を予期しながら、〈あしたはわたくしも決心して参りますわ〉と言ひざま離れてゆくところは、当時としては甚だ大胆な造型であつて、これは鷗外がそれより一年半ほど前に訳出したA・シュニッツラー『短剣を持ちたる女』の幕切れの形象をそつくり写したやうな気配がある。敢て言へば、女が突然に決断を下す一瞬といふものを造型してみたい、といふのがこの小品の作因だつたのではないかと思はれる。[6]

いちいち、もっともな指摘のように思う。『団子坂』の解題としてほとんど間然するところがない。

　鷗外と同年生まれのオーストリアの作家、アルトゥル・シュニッツラー（一八六二―一九三一）の一九〇〇年の作『短剣を持ちたる女 *Die Frau mit dem Dolche*』にも、まさに「危い一線に触れさうな」男女の微妙な会話のやりとりが写されている。翻訳に付された鷗外自身の前書きによれば、「一幕物の気の利いた作で、女主人公が良人《をっと》のある身であり乍ら、恋愛でなく或美少年に身を任せる」。

舞台はおそらく世紀末のウィーン。ある著名な劇作家の妻とその人妻に執心する青年との「対話」の形で劇は進行する。青年の激情を持て余した女は、夫に事実を打ち明け、関係を清算するために夫とともに翌朝イタリアへ旅立とうとしている。最後の逢引の場となった「絵画展覧所」(あるいは「ウィーン美術史美術館」か)の一室で、一枚のイタリア・ルネサンスの絵「短剣を持ちたる女」を前に別れを告げる人妻に、男はこれを限りにただ一度、その夜を共にしてほしいと迫る。拒みながらも絵に見入っている女の脳裡に奇妙な想念が動きだす。夢幻のうちに彼女は画中の女、短剣によって若い恋人とのもつれた関係にけりをつけた画家の妻に、そして男はその刃に掛かって横たわる絵の中の若者に成り代わっている——。

一瞬の夢想から醒め、その絵に自分と青年との避けがたい運命を読みとった女は、観念して男の最後の願いを容れ、

「今夜は屹度参りまする」

と言い残して去る。

小堀氏の指摘する『団子坂』と『短剣を持ちたる女』における「幕切れの形象」の酷似は争われないようである——。『短剣を持ちたる女』の訳出にあたつて鷗外が「女が突然に決断を下す一瞬」に特に興味を覚えていたことは、「此女が〔……〕一種の本能的人物として、頗る大胆に描かれて居る処が面白いのだ」という前書きのことばにも、うかがうことができる(因みに、『短剣』の女の最後の台詞には、〈次の一言は愛情の表情を以てせず、決心の表情を以てしていふ〉というト書が付せられている)。鷗外の『団子坂』の構想において、シュニッツラーの戯曲の翻訳がひと

つの契機となり「技癢を感じた」（『ヰタ・セクスアリス』）としても不思議ではない。そのことを認めたうえで、対話劇『団子坂』に『ファウスト』が鷗外に及ぼした作用の跡を見ようとすることは、まったく無益だろうか。

『団子坂』一篇があたえる全体の印象は、男女の愛欲の世界を描かせたら右に出る者はいないといわれる、〈若きウィーン〉の作家シュニッツラーの織り上げた微妙繊細な情念の劇によりは、はるかに『ファウスト』、それも若いゲーテによって原形をつくられた、可憐なマルガレエテを核にする「第一部」の世界に近いように思われる。それにはもちろん、シュニッツラーとゲーテの劇、それぞれが扱う対象の違いもあずかっている。一方は世紀末ウィーンの洗練された文化を背景にする享楽的な「上流社会」、他方は狭い近世ドイツの小都市を舞台にした平凡な「市民社会」（「小世界」）。（この相違は、二組の男女の逢引の場である「伊太利《イタリヤ》復興時代の作を掛け並ぶ」画廊と民家の「庭」や「四阿《あずまや》」との対比にはっきりと表れている。）また、二人の作家の資質の違いによる、現実と夢幻の交錯する不思議な超現実的な味わいと、トーマス・マンが「〈蒸留された〉民謡」と形容した（「ゲーテの『ファウスト』について」一九三九年[7]）、マルガレエテの存在に体現される生彩ある抒情性との際立った対照、ということもあるだろう。しかしなにより決定的なのは、二つの戯曲における主題の取り扱い、その「愛」の形にあると思われる。

シュニッツラーにおいて［恋］愛（Liebe）は基本的に遊戯、いわば〈Liebelei〉（つかの間の情事）に近い（女の最後の決意は、「愛情の表情を以てせず」に伝えられる）。そこでは〝清い交際〟も愛と欲望との葛藤も本来問題になりえない。二人の恋人のあいだで交わされる対話の重さ・真剣さ（見方によっては「野暮ったさ」）において、『団子坂』は「グレエトヘン」劇により近づいている。

## 五　鷗外と「グレエトヘンの事」

まず最小限、事実関係について確認しておきたい。

これまで『ファウスト』は（一、二の表記を例外にして）すべて「森林太郎訳」で引用してきたが、もちろん、『団子坂』が書かれる明治四十二年の時点で鷗外訳は現れていない。すでに述べたように、その訳業が進められるのは、おそらく明治四十四年七月から翌年一月にかけて、刊行は大正二年（一月「第一部」、三月「第二部」）である。

鷗外訳のみならず、そもそも『ファウスト』の完訳がまだ存在していない。鷗外以前の日本語の『ファウスト』としては、抄訳ないし引用という形での部分訳を度外視すれば、明治三十七年の高橋五郎訳、同四十五年の町井正路訳、それと新渡戸稲造による『ファウスト物語』（明治四十三年）があるばかりである。(8)

高橋、町井訳とも第一部のみの翻訳で、そのうち町井訳『ファウスト』は「後編梗概」が添えられているが英語からの重訳である。新渡戸の『ファウスト物語』は、「第一高等学校生徒の依嘱に応じ世界文学の代表的作物としてゲーテの『ファウスト』を講じて、其梗概を話した」（「序」）、その講義録をまとめたもので、やはり第一部にとどまっている。いずれにしろ、『団子坂』の時点で日本語で読むことのできた『ファウスト』は高橋五郎訳だけということになる。

第一部のみにしろ「本邦初訳」の栄を担うことになった高橋訳『ファウスト』については評価が分かれている。翻訳にさいして「高橋君の訳を参考しなかつた」という鷗外は、訳了後に読んでみて「努力を十分に認めた」と、先業にたいして型通りの敬意を表する一方で、「尤《もつとも》高橋君のは昔発表せられた時瞥見して、舞台に上すには適してゐぬと云ふことだけは知つてゐた」（「不苦心談」）と重ねている。町井正路は自身の『ファウスト』の序文のなかで、「高橋氏訳の方は原書と同じく頗るむづかしいもので、素人には到底難解たるを免れぬ」と述べ、あえて新訳を試みる根拠づけにしている。さまざまな事情を綜合すると、「極めて忠実に、原文一行訳文一行、両々相対して形影明鏡裡に相対照するが如く、翻訳せんことを期せり」（「自序」）との意欲にもかかわらず、高橋訳の実質はむしろ町井評に限りなく近かったといえよう。

邦訳『ファウスト』が置かれたこのような状況のもとで、明治四十二年の『団子坂』の女子学生が（かなり教養があったとしても）当時すでにゲーテの戯曲に親しんでいた、とは考えにくい。そこでの『ファウスト』理解は、（女子学生のものというより）むろん、作者鷗外自身のものであろう。

もうひとつ、『団子坂』がいわば鷗外その人の内面で交わされた「対話」であることを傍証するかすかな、しかし重要な手掛かりがある。例の〝清い交際〟をめぐる男女の学生の議論のなかで、「Mephisto《メフィスト》とかいふ鬼」云々ということばが女の口から漏れている。いうまでもなく悪魔メフィストフェレスを指すこの新奇な表現は鷗外固有のものであり、『ファウスト』との出会いの時期にまでさかのぼって確認できる。帰朝後まもなく書かれた評論「演劇場裏の詩人」（明治二十三年）から、『ファウスト』「第一部」ゆかりの「アウエルバハの旗亭」に遊んだ日を回想するくだりを引いてみる。

嘗て巽軒氏とライプチヒに在り。一夕倶にアウエルバハの旗亭に酌む。亭はギョオテが学生たりし日に頻に来往せし処なり。其「ファウスト」の傑作にも、主人公をしてメフイスト鬼と共に此に飲ましめたり。

この後に、『ファウスト』の両篇、之を訳して日本に伝ふべきもの君に非ずして誰ぞ」という巽軒の例の慫慂がつづくのだが、ここでは差し当たりひとつのことを確認しておけばそれで足りる。『団子坂』の女学生が口にする「メフイスト鬼」は、要するに、早くから鷗外馴染みの措辞だったのである。

この「アウエルバハの旗亭」訪問は明治十八年十二月二十七日であるが、これもすでに触れたとおり、それからわずか一月ほど後に鷗外は（すでに前年十月から移っていた）ドレスデンで『ファウスト』を観ている。翌（明治十九）年二月五日の日付で『独逸日記』に残された、「劇ギョオテの『ファウスト』を演ず。往いて観る」という記述がそれを伝えている（明記されてはいないが、当然「第一部」だけの上演である）。

ところで、この観劇のいわば余波ともいえる出来事がより重要である。一週間後の十二日、鷗外はある舞踏会で司法官ヴィーザント氏の令嬢と知り合い、おそらくは例の上演が糸口となって、初対面の少女とのあいだで『ファウスト』が話題にのぼっている。例によって『独逸日記』の記載は簡潔この上ないが、『ファウスト』にたいする鷗外の見方をうかがわせて興味深い。記述は唐突に問題の会話に触れている。

曰く。妾《われ》頃日始て「ファウスト」を読むことを許さると。蓋しグレエトヘンの事あるが為めに禁ぜられたりしならん。

「蓋し」以下はもちろん鷗外の感想である。そこで「グレエトヘンの事」によって鷗外が何をいおうとしたかも、おおよそ推察することができる。それは当然、男女の関係に必然的に介在する「Mephisto《メフィスト》とかいふ鬼」の存在にかかわっている。〝清い交際〟との関連で即座にメフィストを持ち出させるような見方は、鷗外自身のうちにあったといわなければならない。とはつまり、『団子坂』での「対話劇《ドラマ》」はあくまで鷗外その人の内面で演じられている。

このように考えることはできないだろうか。

『団子坂』を構想した鷗外の作因に「女が突然に決断を下す一瞬といふものを造型してみたい」という意図があったのは確かであろう。そこには、おそらく、訳出したばかりのシュニッツラーの戯曲が念頭にあった。『三四郎』の刺激もそれに加わったかもしれない。ところが、「そのような「一瞬」を幕切れに置いて、その最後の形象にむけて「対話」を紡いでゆくうちに、作者鷗外にも思いがけなく、親しんでいた『ファウスト』のいくつかの場面が浮かび上がってきたのではなかろうか。『ファウスト』「第一部」の後半では、同じように一組の男女が決定的な瞬間にむかって対話を重ねている。

むろん、形だけの問題ではない。「文明開化」の洗礼を受けたはずの明治の男女のあいだで交わされる会話が、テーマのうえでも、近世ドイツの少女マルガレエテの交わした重い対話と重なってきたということである。そしてそれは、鷗外自身が胸底深くに沈めていた問題とも、当然、無関係ではない。

鷗外もまた若き日に、帰国に際して苦い別れを味わっていた（それは、あとを追って来日した女性によって、舞台を日本に移して再現されもした）。「渝らぬ愛」を誓いつつも身内の「鬼」を否定し切れない男の問題は、鷗外にとっても他人事《ひと》ではなかったはずである。『団子坂』の「対話」を紡ぎながら鷗外が、いったんは葬り去ったと思っていたテーマが再び胸の奥でかすかに響き（疼き）だすのを覚えたとしても、すこしも不思議ではない。

あるいは、事情はむしろ逆なのかもしれない。

『団子坂』の構想にさいして鷗外のうちに、いま一度おのれの暗い内面をのぞいてみたい、ひそかに心のうちを告白してみようという衝動がなかったとは言い切れない（この年の三月には『半日』が、七月には『ヰタ・セクスアリス』が発表されている）。そして、そのとき鷗外の心に浮かんできたのが若き日に親しんだゲーテ、愛と欲望をめぐる「グレエトヘン」劇ではなかったろうか――。『団子坂』には、知的な男女の学生の「対話」にことよせて、ひそかに作者がおのれの心の深淵に測鉛を降ろしているような気配がある。

いずれにしろ、一幕物という劇の性格からも、鷗外が重ねてきた経験からしても、それがたとえば『舞姫』（明治二十三年）のように深刻なものになることはない。同じテーマに最終的に決着をつけようとした、ともみえる『普請中』が書かれるのは翌四十三年のことであり、そして当時すでに（明治四十年以来）鷗外は軍医としての最高位である陸軍省医務局長の地位にまでのぼりつめていた――。

青春の悲傷はもはや彼のものではない。その意味では「グレエトヘン」のこだまも、晩年に向かおうとする作家の内面で演じられた気軽な実験にすぎない、ともいえる。すくなくとも、『ファウスト』終幕の、愛ゆえに挫折し罪を犯した女、「かつてグレエトヘンと呼ばれし」一人の贖罪の女の愛による「救い」が、鷗外自身の問題として受けとめられていた形跡はない。「フイリステル」として生きてきた一官吏を主人公にする『普請中』における同じテーマの扱いは、むしろそのことを、エロスとしての愛による救済を描くことのできなかった鷗外が愛をもとめながら、冷たく醒めたMephisto《メフィスト》的な自意識のゆえに、ついに愛によっては救われなかったことを証しているようにも思われる。

『団子坂』の男学生と女学生のあいだに浮上した「Mephisto とかいふ鬼」の問題は、『普請中』と並行して執筆・発表された『青年』(明治四十三年三月〜四十四年八月、「スバル」)の小泉純一に形を変えて再燃していると見ることもできる(主人公の愛なき肉体「閲歴」は、結局「幻滅」に終わる)。ともあれ、ささやかなひとつの「対話」をとおして、おぼろげながら、作家鷗外の『ファウスト』にたいする見方の一端が浮かび上がってくる。

【註】

1 川村二郎『翻訳の日本語』(「日本語の世界15」)中央公論社、一九八一年、特に第六章「『即興詩人』と『ファウスト』」参照(引用は二二四頁以下)。

2 小堀桂一郎『西學東漸の門――森鷗外研究――』朝日出版社、一九七六年、特に第二部「『ファウスト』への道」を参照(引用は一六五頁)。

3 小堀桂一郎『森鷗外——文業解題・翻訳篇』岩波書店、一九八二年、三一一頁参照。

4 たとえば星野慎一『ゲーテと鷗外』潮出版社、一九七五年、長谷川つとむ『魔術師ファウストの転生』東京書籍、一九八三年を参照。

5 柄谷行人『日本近代文学の起源』講談社、一九八〇年、「II 内面の発見」参照。

6 小堀桂一郎『森鷗外——文業解題・創作篇』岩波書店、一九八二年、二七三頁以下。

7 Thomas Mann: Über Goethe's *Faust*. Gesammelte Werke in 13 Bänden, Bd. IX, Frankfurt/M. 1974, S. 614.
トーマス・マン（山崎章甫訳）『講演集 ゲーテを語る』（岩波文庫）一九九三年に所収。

8 日本における『ファウスト』の受容（翻訳を含む）については、木村直司『続 ゲーテ研究——ドイツ古典主義の一系譜——』南窓社、一九八三年に詳しい。特に第五章「ゲーテと翻訳問題」および第七章「明治期における『ファウスト』の受容」を参照。

# 第二章　時間論的にみた『舞姫』／「グレートヒェン悲劇」

## 一　『舞姫』と「グレエトヘン」の谺

近代国家日本へのゲーテ『ファウスト』の移入において、鷗外森林太郎訳『ファウスト』（大正二年）のもった意味は、おそらくどんなに高く評価しても評価しすぎることはない。いうまでもなく、それは、この西欧近代文学の古典の最初の傑出した完訳として、その後の『ファウスト』訳に決定的な影響を及ぼすことになる規範としてはたらいた、といった受容史的な意味に尽きるものではない。鷗外の『ファウスト』はもっと本質的な意味で重く、逍遥におけるシェイクスピアの場合に比べても、鷗外のもうひとつの優れた訳業にかぞえられる『即興詩人』の場合ともまったく別な意味で、はるかに重要である。そして思うにそれは、山下肇もいうように、[1]「鷗外とゲーテ（特にその『ファウスト』）という両者の組合せのもつ両側からの問題性が他とは比較にならぬ大きさをもっている」からにちがいない。ゲーテの『ファウスト』と鷗外の出会いは、たしかに、たんに翻訳文学としての問題であるばかりでなく、「西欧と日本との対決という重大な精神史的形成の問題」として、ほとんど汲み尽くしがたい意味をはらんでいる。

ところで、肝心のゲーテの『ファウスト』を鷗外がどう見ていたか――それを直接うかがわせるようなことばは、意外にも、鷗外自身はほとんど残していない。鷗外の『ファウスト』との最初の出会いが彼のドイツ時代（明治十七～二十一年）、正確にはおそらく、留学生活も三年目に入ったドレスデン時代にまでさかのぼることは、『独逸日記』に読むことのできるわずかな関連の記述や、鷗外愛用の「ギョオテ全集」中の『ファウスト』の巻への書き込み等から推し量ることができる。

さらに、鷗外が『ファウスト』全篇を読了するのが多分帰朝後、おそらくは明治二十六年ころまでのことであることも、やはり手沢本に見られる鷗外の多数の書き入れその他にもとづく、小堀桂一郎の信頼に足る綿密な考証によってほぼ明らかである(2)。

自明のことのようであるが、青年鷗外のまえに『ファウスト』は差し当たりまず「第一部」としてその姿を現した。そして、なかでも「グレエトヘンの事」(『独逸日記』明治十九年二月十二日)が特に彼の心につよい印象を残したであろうことは――『ファウスト』の最初の読書体験としてはごく自然ともいえるが――かなりの精度で推断できるように思う。

迂遠な推論を積み重ねるまでもないだろう。ほかでもない鷗外自身の作がひとつのたしかな拠り所をあたえてくれている。帰国の翌年（明治二十二年）に執筆され、作家鷗外の誕生を告げると同時に近代日本文学の最初のみごとな成果となった『舞姫』に、まぎれもなく「グレエトヘン」のいわば谺を聞くことができる。鷗外のこの「小き Sturm und Drang のかたみ」(「改訂水沫集序」明治三十九年）には、「グレエトヘン」におけると同じように、作家とそして時代の青春が共振しつつ鳴り響いている。

## 二　『舞姫』研究の現状

鷗外とゲーテについては（そして『舞姫』と『ファウスト』についても）、当然、鷗外研究や比較文学研究の側から、つとにいくつかの論及がなされている。

古くは、鷗外作成の「ギョオテ年譜」から『舞姫』の「影の部分を抽出」しようとする野溝七生子が、意図してゲーテと鷗外との並々ならぬ親近性を浮かび上がらせながら、そこにさらに『舞姫』の主人公太田豊太郎の「二重焼き」（長谷川泉）を構成して見せたのち、最終的に『ファウスト』第一部を「『舞姫』の粉本」として論定しようとした。(3) いわく「悲壮劇の第一部、〔……〕「街」の場面から始まる、若きファウストとマルガレエテとの戀物語とすれば、筋（プロット）は、一直線に『舞姫』に繋がつて行く」。

比較文学的方法による鷗外研究の記念碑的労作『若き日の森鷗外』のなかで、「『ファウスト』第一部の諸モティーフのうちでも最もポピュラーなものとなったグレートヘンの誘惑と破滅に幾分似た形にエリスの運命も織り成されてゆく(4)」と書いた小堀桂一郎は、のちにこれを敷衍してつぎのように解説する。

話の筋は、――才能もあり志も高い、苦學力行型の青年が異國留學中にふと貧しい娘と戀仲になる。娘は圖式化して言へば小世界のつつましく温かな幸福の化身である。しかし青年が本來屬すべき人生の場はそれとは次元を異にする大世界にある。〔……〕主人公は、甘くつつましい小世界での滞留を束の間の夢とみなしてこれを捨て、大世界の荒波の中へと還帰してゆかなくてはならない。そこに生ずる葛藤が一篇の主題である。〔……〕鷗外がドイツ滞在中、原書で讀み、舞臺の上に觀劇もした『ファウスト』第一部に於けるファウストとグレートヘンというのがまさにこの型にはまつた關係に描かれてゐる。[5]

いずれも——論旨は微妙かつ決定的に異なるとはいえ——鷗外の「ドイツ土産」の処女小説をゲーテの『ファウスト』、特にそのなかの「グレートヒェン悲劇」になぞらえようとする。たしかに、二つの作品をあわせ読む者なら、だれしも容易に両者の類似性に気づかずにはいないだろう。しかしそのことを指摘するだけでは、ほとんど何をいったことにもならないに等しいこともまた明らかである。同じ解題において小堀桂一郎も、「別段少しも新しい主題ではない。徳川時代の武士と町人の社會を舞臺とした人情本の中にも、大陸の清代の小説中にも同工の物語はいくらも見つけられよう」と書き添えている（現にこの方面からの比較研究も散見される）。

のちに『舞姫』の素材を問われて鷗外自身（額面どおりに受け取ることができるかどうかはともかく）、「『舞姫』は事實に據つて書いたものではありません。能くあゝいふ話はあるものです」として、ことさらしくボーデンシュテットの名を挙げている（「自作小説の材料」明治三十年）。さらに、グレートヒェンの破滅に直面して悲憤慷慨するファウストに難詰され、いつの世にもよくある話で〈今に始まったことではない〉——「なにもあの娘がはじめてというわけじゃありませんぜ」（「曇れる日」）——とうそぶくメフィストの台詞を考え合わせるなら、いまさらエリスとグレートヒェンの悲劇を重ね合わせて、そこに『舞姫』生成の跡を探ろうとすることに何らかの新味があろうとは思われない。[6]
むろん、両作品の構成上の近似、たんにその「型」の一致を指摘することが本章の意図ではない。いわんや、ゲーテの『ファウスト』を「『舞姫』の粉本である」などと主張しようというのではない。そうしたことには、おそらく本質的な意味はないであろう。そうではなく、『舞姫』に「グレエトヘン」の谺を聞こうとするのは、ほかならぬ鷗外のこの処女作に「西欧と日本との対決という重大な精神史的形成の問題」が反映していると考えるからである。そして現在、『舞姫』研究は、そのような読み方をも許すほどに、豊かな成熟期を迎えているように思われる。
『舞姫』の発表（明治二十三／一八九〇）から優に百年を超える時が流れたことになるが、この四半世紀ほどのうちにその研究は、門外漢の目にもあきらかに、新たな段階に入ったように見受けられる。そこでは作品分析の多様な方法によって、袋小路に陥りつつあった、すべてを作家に還元しようとする従来の見方に風穴を開け、〈恋愛／功名〉や〈自我／社会〉といった同時代評以来の「パラダイム」を転換する試みがなされている。[7]
たとえば竹盛天雄は一連の『舞姫』論において、[8] この小説を「近代における貴種流離譚の変奏の一つ」と見立て、方法と構造の両面にかかわる解釈の新視座を提示した。
『舞姫』を「都市小説」として読もうとする前田愛は、[9] そこに「ベルリンの都市空間を〈内〉と〈外〉の対立項で分節化したテクスト」を見て、「外的空間から内的空間に入りこんだ異邦人の豊太郎が、最終的にはエリスを破滅させ、ふたたび外的空間に帰還して行く、ほとんど神話的と呼んでもいい構図」を浮かび上がらせる。
また豊太郎の「手記」という小説の形式に着目し、「語り」の構造そのものから『舞姫』の意味に迫ろうとするアプローチもいくつかなされている。[10]

こうした多様な研究から刺激を受け、そのうちのあるものには部分的に依拠もしながら、本章はいわば「時間論」――近代と時間という観点から二つの作品を比較考察しようとするものである。いうまでもなく、それによって鷗外とゲーテ（特にその『ファウスト』）という「両者の組合せのもつ両側からの問題性」の一端なりと浮かび上がることを期待してのことである。

## 三　『ファウスト』と時間、あるいはファウストは「努力する」人間か

かねがね、『ファウスト』の中心的な主題のひとつは「時間」だと考えている。[11]

もっとも、ひとくちに「時間」といっても、そこは養老孟司もいうように、様々な意味を含んでいる。――瞬間から永遠にまでいたる純粋な「時」、いわば哲学的・美学的な時間。作品の背景となる、また作品を生みだした「時代」としての時間（そこには、二十代半ばから死の前年までの、詩人が実際に制作に当たった六十年に及ぶゲーテの「生」という狭義の時代も当然含まれる）。さらに「時代」と密接に関連して、そこに生きた人びとによって表象され、生きられた「社会的な」時間。

「時代」としての時間ひとつをとってみても、ゲーテの「生」という面からは、長い生涯のちょうど中心に位置するフランス革命に象徴的にあらわれた、旧体制が崩壊し近代へと向かう流動と変革の時代であり、素材的には、錬金術師ファウスト博士の活動した宗教改革と農民戦争の十六世紀にさかのぼり、また舞台となる時間という点では、たとえばヘレナ悲劇では「トロイの没落からミソロンギの占領にまでいたる丸まる三千年の時」（一八二六年十月二十二日付、ヴィルヘルム・

フォン・フンボルト宛書簡）を包含している。生涯のあらゆる段階における思考や感情――詩人の思想と世界観のすべてを反映した文字どおりのライフワークとして、『ファウスト』にはこうした多様な相の「時間」が刻み込まれている。鷗外と『ファウスト』、特に『舞姫』と「グレートヒェン悲劇」というテーマに関連してここで扱われるのは、そうしたなかのごく限られた小部分（上の分類では主として第二、第三の「時間」）にすぎない。

周知のように、『ファウスト』第一部には一七七二年から七五年にかけて書かれたと推測される「原形」『ウルファウスト』があり、「グレートヒェン悲劇」は本質的にこの段階に属している。前年（七一年）シュトラースブルクでの学業を終えフランクフルトに戻ったゲーテがヴァイマルに移る（七五年）までの、詩人としての本格的な活動が開始される時期であり、文学史的には――七四年の『ヴェルテル』に代表される――〈シュトゥルム・ウント・ドラング（疾風怒濤）〉期ということになる。生地フランクフルトはまだ多分に中世的な遺制を有していたが（嬰児殺しの女が衆人環視のなか、カタリーナ教会前の中央広場で処刑されるのは、ゲーテが弁護士を開業した翌七二年一月）、時代は予兆として確実に流動と変革へと動きだしていた。帝国直属自由都市の裕福な上昇市民階級の息子（ゲーテの曾祖父はテューリンゲン地方出の仕立職人）として生まれた詩人のなかにも、時代の鼓動は他のだれにもまして強く脈打っており、こうした生活感情はその作品にもはっきりと反映している。ほかでもない、ファウストこそは、まさにそのような人物像として造形されている。

一見、静的な中世的秩序の世界にあって、ファウストを性格づけている顕著な特性は運動――激しい自我の衝動に衝き動かされた絶えざる前進運動である。しかもその衝動は、深いところで時代の動向と正確に呼応している。ファウスト素材が宗教改革と農民戦争の十六世紀、変動と危機の時代に根をもつことはすでに述べたが、あらゆる危機、あらゆる過渡には時間の崩壊が潜んでいるとすれば、同じ時期に汎ヨーロッパ的な時間意識の変容が起こっているのは、もちろん偶然ではない。それは中世史家ル・ゴフが比喩的に呼んだ〈教会の時間〉から〈商人の時間〉への、不定時法から定時法への変化であり、教会の鐘から都市の機械仕掛けの時計への移行はその外面的な表徴にすぎない[12]。同じ変化を今村仁司は、ル・ゴフを踏まえ、「近代性」との関連で、日の出・日の入り、四季といった自然のリズム・サイクルに則した「円環時間」から機械的・数量的・抽象的な「直線時間」への変容として捉えて、つぎのように述べている。

十四世紀以降の西洋の都市では大時計がつくられ、都市のセンターに据えつけられていく。これは産業リズムの計算の先駆であった。したがって、鐘と時計の争いは円環時間と抽象時間の争いであり、ついには鐘の時間が敗北して時計の時間が勝利する。これは農村に対する都市の勝利ともいえる。その意味で、商人や職人は、彼ら自身の頭のなかやエートスはかならずしも近代人にはなっていないが、すくなくとも時間の意識を円環時間から直線時間に切りかえていく役割を果たしたという意味で、時間意識における近代の先駆者として位置づけられるだろう[13]。

こうした傾向のいよいよ顕在化してくるのが——立ち遅れたドイツにもいやおうなく「近代化」の波が押し寄せてくる——ゲーテ晩年の時代であり、そこでは、世界はさながら「時」の関節が外れたかの如くに、生活は急速にそのテンポを速め、伝統的な暮らしはしだいに失われてゆく。伝統的な、つまり文化に固有な「時」そのものが背後で消失しているのである。そして、この新しい「直線時間」を体現するように、直進のパトスに憑かれたファウストは、「瞬間」のうちにとどまることを承認しようとしない。

もしおれが、瞬間に向って、とどまれ、
おまえはじつに美しい、といったら、
そのときには、きみはおれを鎖につなぐがいい、
そのときには、おれはよろこんで滅びよう！
……………
時計は止まり、針が落ちるがいい、
おれにとって、時はもう終わったのだ！
（一六九九―一七〇六行）

ファウストにとって死を意味する「停滞」が時計の停止として表象されているのは象徴的であるが、同じ志操はメフィストとの応酬のなかでいま一度くり返される。「だがね、先生、おいしいものをゆっくりと／味わいたいと思うようになる時も、追っ付けやって来ますぜ」と挑発する悪魔にファウストは、――「静止（停滞）したら最後、おれは奴隷だ。／きみの奴隷であろうと、他のだれの奴隷であれ同じことだ」（一七一〇行以下）。『ファウスト』のキーワードのひとつとされる streben（ないし das Streben）にしても、じつは主人公の同様の心意の表出ではなかろうか。〈Es irrt der Mensch, solang' er strebt.〉の句について、これを「人間は努力する限り迷うものだ」とするのは「誤解」だ、と指摘するのは柴田翔であるが⒁、そのことは、この語のいくつかの用例を見るならほぼ分明であるように思われる。

　大学での学問に絶望し、自殺への誘惑に駆られたファウストが思わず毒薬の入った容器に手を伸ばそうとする場面。――「お前を見ると、苦しみはやわらぎ／お前を手にすると、先へ先へとはやる心（das Streben）はなだめられる」。例の「賭け」にもとづく契約が成立し、ファウストの血の署名を得て悦に入るメフィストがひとりになって漏らすことばは、――「あいつは運命によって、止むに止まれず、／しゃにむに前へ前へと突き進んでゆく精神をさずかった。／そしてその余りに性急な求めようは、／地上の喜びを空しく飛びこえてしまう」。

　ここにいう「余りに性急な求めよう übereiltes Streben」が、「しゃにむに前へ前へと突き進んでゆく immer vorwärts dringen」によってパラフレーズされているのは明らかである。――むしろ先の詩行は、「求めて突き進むかぎり、人間《ひと》は道を誤るものだ」とでも訳すほうが肯綮にあたっていよう。そしてこの「求めて進む」ファウストの直進の精神がどこよりも美しくあらわれているのが、柴田翔も指摘するように、その「飛翔の夢」においてである。

　復活祭の日、助手のヴァーグナーを伴に郊外へ散歩に出たファウストは、沈みゆく夕日を眼にしながら天空へと飛翔する我が身を夢想する。

　ああ、おれに翼があって、この地上を飛びたち、
　あの日輪のあとをどこまでも追い求めてゆくことはできぬものか！

そうすれば、永遠の夕映えのなか
静かな世界が眼下遥かに横たわり、
嶺々は火と燃え、谷間はみな静まって、
銀色の小川が金色《こんじき》に輝く大河に注ぐのが見えるだろう。
そうすれば、そそりたつ断崖をつらねた荒々しい山も、
神々にも似たおれの飛行を阻むことはできまい。
驚きに見ひらくおれの眼の前には、早くも
大海と水ぬるむ入江がひらけてくる。
だが、日の女神はとうとう沈んでゆくらしい。
しかし、新たな衝動が目覚めて、
おれは女神の永遠の光を飲もうとなおも先を急ぐ。
飛びゆくおれの前は昼、後ろは夜、
上は空、下は波また波。
ああ、美しい夢だ。だが、こうするあいだにも日は去ってゆく。
ああ、心の翼は自由に天翔《あまがけ》っても、
肉体の翼がそれについてゆくのは容易ならぬことだ。
しかも、頭上高く虚空に消えて
雲雀が声をかぎりにさえずり歌うとき、
そびえたつ樅の山の上空を

鷲が翼をひろげ悠々と舞い飛ぶとき、
また野面をこえ、海原をこえて
鶴がひたすら故郷めざして急ぎ渡るとき、
心がいよいよ高く、前へ前へとはやりたつのは、
人間だれしも生まれついての思いではあるまいか。

（一〇七四―九九行）

世界のすべてを自我の支配のもとに収めんとするファウストの無限の衝動が、どこまでも一直線に伸びてゆく飛行者の視線によって表されている（ここでは、とどめがたく「前へ前へとはやりたつ vorwärts dringen」心が、象徴的に、故郷めざして「ひたすら先を急ぐ streben」鶴の飛翔と重ね合わされている）。

ところで、この「神々にも似た飛行」に託された自我の夢――みずからを恃んでどこまでも突き進み、世界をすべて領略できると信じた美しい夢想は、たしかに「近代人」ファウストの栄光を証しているが、そこに西欧近代の悲劇もまた潜んでいたことは、同じ美しい「飛翔の夢」が、やがて必然的に悪魔メフィストを呼びだしてしまうことにも暗示されている。そして、この悲劇が最も純粋に実現してしまうのが、町娘マルガレーテとの出会いにおいてである。

近世ドイツの小都市で静かに暮らしているマルガレーテの生きる世界は、ファウストのそれとはすべてが対照的である。――敬虔な信仰によって神の秩序に護られた、ひとつの安定した静的世界。言葉の本来の意味で「牧歌 Idyll」と呼ぶにふさわしい[15]、狭く限定された小世界。そして何よりマルガレーテが生きているのは、牧歌的な「円環時間」である。彼女がまだ「直線時間」

とは無縁な、近代以前の幸福な微睡《まどろ》みのうちに生きていたことは、たとえば彼女が母親代わりに育てた、亡くなった妹についてのさりげないエピソードにもはっきりと窺われる。

でも、ずいぶんつらい時もありましたわ。
夜は、赤ちゃんの揺籃《ゆりかご》を
わたしのベッドのそばに寄せておいて、ちょっとでも動くと
わたしの眼がさめるようにいたしました。
お乳を飲ませたり、わたしの横に寝かせてみたり、
それでも泣きやまなければ、起き上がって、
あやしながら部屋のなかを行ったり来たりいたします。
そして、朝は早くからお洗濯。
それから市場に出かけ、帰ればお勝手の心配、
それが今日も明日も、ずっと同じように続くのです。
ですから、いつも元気でというわけにもまいりません。
そのかわり、食事がおいしく、夜もよく寝《やす》まれますの。　（三一三七—四八行）

結句はふたたび初句へと還り、言説全体がいわば円環をなしてどこまでも循環している。だが巡っているのは、いうまでもなく、言説だけではない。彼女の生きている時間じたいが循環しているのである。「それが今日も明日も、ずっと同じように続くのです Und immer fort wie heut so morgen」という一句は、そのことを端的に表している。「あなたは、なによりも浄らかな幸福を味わったのですね」というファウストのことばは、けっして誇張でも追従でもない。しかも、そこへ激しい自我の衝動に駆られてとどめがたく「突き進む」ファウストが近づいてくるとき、その運動そのものによって「円環」が破られ、浄福が崩壊しなければならないこともほとんど必然的である。

近代の成立に関連して今村仁司が、伝統的な円環時間には原理上「未来」がシャットアウトされていると指摘し、「円環時間が崩壊することと未来意識が現れることはじつは同じことである。トートロジーだが、未来意識が生まれることがじつは円環時間を崩壊させるという関係がある」(16)と述べているのは示唆的である。ファウストと出会うことによって、それまで安定した静的世界のなかで安らっていたマルガレーテの生も、いやおうなく激しい運動に巻き込まれてゆく。悲劇は不可避的である。だれよりもファウスト自身がそのことを痛切に感じとっている。

マルガレーテに愛を告白した(「庭」)直後、一度はファウストも、恋人のもとから遠ざかることで(つまり空間的に)悲劇を回避しようとする(「森と洞」)。しかし、いったん運動を開始してしまった生が、まさにそのことのためにその平和を侵食されずにおかないのは、未来意識と円環時間の関係とパラレルである。そもそも愛を誓いながら、ファウストは愛の永遠を信じきれていない。というのも、「時」が循環しているのでなければ、あるいは瞬間が静止しないかぎり、「永遠」はありえない。そして、ファウストは自分が瞬間のうちにとどまることができないことを知り抜いている。愛の歓びを語りながらファウストが、それは「永遠でなければならぬ(eine Wonne ..., die ewig sein muß)」といい、「永遠だとも！――それが消えたら、もう絶望だ。／いいや、消えはしない、消えることがあるものか！」(三二九一行以下)とくり返さなければならないのは、そのためである。

無理にも恋人のもとを逃れ、「森と洞」に引き籠もったファウストであるが、差し迫る破局をまえにその試みがいかに無力であるかは、彼自身が一番よく知っている。むしろ距離を置くことによって二人の存在様式のちがいはいよいよ鮮明に浮かび上がり、矛盾はほとんど抜き差しならぬまでに昂じてゆく。それにしても、そこでファウストがみずからを――近代の「直線時間」そのままに――とどめようもなく奔流する急湍《はやせ》に喩えているのは象徴的である。

おれは逃亡者ではないか。一所不住の宿無しではないか。
目的《あて》もなく、休むことも知らない人非人《ひとでなし》で、
轟々と岩から岩へ突進する急湍のように、
欲望に狂って、奈落をさして落ちてゆくのだ。
それにあの娘《こ》はどうだ。その激流から離れたところ、アルプスの狭い野の小屋に、
あどけなくぼんやりした気持で住んでいる。
そして、その日その日のいそしみは、
家のなかの小さな世界にかぎられている。
それなのに、神に追放されたこのおれは、
岩々に襲いかかって、
それをこなごなに打ち砕くだけでは
飽きたりず、

あの娘を、あの娘の平和を、葬らずにはすまなかったのだ！
地獄め、きさまにはこの犠牲《いけにえ》がどうしても必要だったのか！
手を貸せ、悪魔よ、おれのこの不安の時間をちぢめてくれ！
どうしても避けられぬことなら、いますぐ起こるがいい！
あれの運命がおれの上に崩れかかって、
あれも、おれも、もろともに破滅の淵に落ちてゆくがいい！
（三三四八―六五行）

「グレートヒェン悲劇」（「誘惑者」ファウストとメフィストとのあいだで、マルガレーテは玩弄物としていつの間にか「グレートヒェン」と呼び替えられている）[17]について、シュトラースブルク時代に郊外の村ゼーゼンハイムでゲーテが知り合い、熱烈に愛しながら結果的に棄ててしまった清純な牧師の娘フリーデリーケ・ブリオンに対する罪責感がもとになっている、とはよくいわれるところである。いわゆる「モデル」という点では疑わしいが、そこに当時の若いゲーテの生活感情が反映しているという意味では、そのとおりであろう。恋人のもとを逃れて帰郷したゲーテは、友人に宛ててこう書いている――「ぼくの前進の衝動（nisus vorwärts）はあまりにも強いので、息もつけないくらいです」（一七七一年十一月二十八日、ザルツマン宛）。nisus vorwärts が streben の言い換えであるのは言を俟たない。

『ウルファウスト』と並行して、同じ時期、『ゲッツ』（初稿一七七一、決定稿　七三）のヴァイスリンゲン、『クラヴィーゴ』（七四）の題名主人公、『シュテラ』（七五）のフェルナンドなど、ひとりの女性への愛にとどまることのできない男のモチーフがくり返し取りあげられているのは偶然ではない。ここにさらに（一世代ほど遡る）啓蒙主義作家レッシングの戯曲『ミス・サーラ・サンプソン』（五五）のメレフォントを加えるなら、それが時代の感情でもあったことは明らかである。これら「不実な男」たちは、その愛の形をつうじて、いち早く、来るべき新しい時代＝近代への予感と不安を語り始めている、と見ることもできる。

時間論的にみるなら「グレートヒェン悲劇」とは、すべてを引きさらってゆくファウスト的時間、西欧世界を急速に支配し始めた「直線時間」によって、静的な秩序のうちに安らっていた近代以前の円環的「牧歌」の時間が必然的に崩壊する悲劇にほかならない。次第にテンポを速めてゆく（と表象された）時間のなかで、伝統にねざした暮らしと社会の安定感は急速に失われる。そしてその時間が、われわれの現代をも、いよいよ加速度を増しつつ直進していることは、いまさらいうまでもない。

## 四　『舞姫』の時間

明治維新以後の「文明開化」によって大量に流入した西洋の文物のうち最も重要なもののひとつが「時間」、近代的時間の観念であったことは、意外にもあまり意識されていない[18]。そもそも「時間」という言葉じたい、数多い明治の翻訳語のひとつなのだが、太陽暦と一緒に輸入された「近代の時間」のもとで、それまでの江戸の不定時法のゆるやかなリズムに合わされた民衆の日々の営み、その心性も変容を被らずにはすまなかった。明治以降、都市の景観のなかに出現した西洋風の時計塔は、こうした変化を視覚化する顕著なシンボルだった。そして、前田愛によれば、この変容した時間意識は、いち早く西洋の時刻制度を採用した明治政府の思想、それを支える知的エリートたちの「徳目」とも不可分であった。

明治九年ごろ外神田旅籠町に落成した京屋時計店の時計塔は、民間の時計塔のなかでももっともはやいもののひとつだが、直径七尺という大型の文字盤もさることながら、十五分ごとに鐘を鳴らすウエストミンスター式の時打機構が人気をあつめていた。〔……〕それは、より細分化され、貴重になった時間の量を聴覚的に分節化する仕掛けだったが、同時にまた明治年間をつうじて最大のベストセラーであったスマイルズの『西国立志編』が鼓吹した時間の思想に呼応する都市空間のなかの標識であった。スマイルズは、貨幣の蓄積をアナロジイにして、十五分という時間量の活用を、つぎのようにすすめているのだ。「毎日夕〻十五分ノ光陰ヲ一心ニ学習ノ事ニ用ヒナバ、一年ノ終リニ及ンデ、必ズ自ラ進境アルコトヲ覚ユベシ」。時間を浪費することの戒めは、『西国立志編』に導かれて将来の人生を見定めようとした明治青年にとって、もっとも印象の強烈な徳目のひとつだった。(19)

「時計の時間」に表徴される、細分化した量的時間と社会的な上昇志向（「立志」）とが密接に対をなしているのは特徴的である。洋装本の『西国立志編』の見返しには、「男児立志出郷関」の詩句とともにしばしば「光陰可惜」の一句がしたためられたということだが、「光陰可惜」の背後にあるのは、いうまでもなく「光陰如矢」の観念である。表現じたいは新しいものではないが、この句が文字どおりの意味で、つまり時間（「光陰」）が直線的（「如矢」）に表象されるようになるのは、やはり開化以後のことのようである。明治のひとつの青春を描いて近代日本文学の先駆けとなった『舞姫』にも、そのことははっきりと認められるように思う。「我名を成さむも、我家を興さむも、今ぞとおもふ心の勇み立ちて、〔……〕遥々と家を離れて」洋行する太田豊太郎を駆っているのも、飛び去って還らない、同じ時間の表象である。「欧羅巴の新大都」ベルリンの第一印象を再現する豊太郎の回想には、青雲の志と選ばれた者の矜持そして使命感がみなぎっている。

余は模糊たる功名の念と、検束に慣れたる勉強力とを持ちて、忽《たちま》ちこの欧羅巴《ヨオロッパ》の新大都の中央に立てり。何等《なんら》の光彩ぞ、我目を射むとするは。何等の色沢ぞ、我心を迷はさむとするは。菩提樹下と訳するときは、幽静なる境なるべく思はるれど、この大道髪の如きウンテル、デン、リンデンに来て両辺なる石だゝみの人道を行く隊々《くみぐみ》の士女を見よ。胸張り肩聳えたる士官の、まだ維廉《ウイルヘルム》一世の街に臨める窓に倚り玉ふ頃なりければ、様々の色に飾り成したる礼装をなしたる、妍《かほよ》き少女《をとめ》の巴里《パリー》まねびの粧《よそほひ》したる、彼も此も目を驚かさぬはなきに、車道の土瀝青《アスファルト》の上を音もせで走るいろ〳〵の馬車、雲に聳ゆる楼閣の少しとぎれたる処には、晴れたる空に夕立の音を聞かせて漲り落つる噴井《ふきゐ》の水、遠く望めばブランデンブルク門を隔てゝ緑樹枝をさし交はしたる中より、半天に浮び出でたる凱旋塔の神女の像、この許多《あまた》の景物目睫《もくせふ》の間に聚《あつ》まりたれば、始めてこゝに来しものゝ応接に遑《いとま》なきも宜《うべ》なり。

ブランデンブルク門から東へ一直線に伸びるウンテル・デン・リンデンの大通りに立ち、近代都市ベルリンの眺望を一望におさめようとする豊太郎の視線は、片時も一点にとどまることがない。近景から遠景へと伸びてゆく眼差しのもと、様々なモニュメントが形づくる絵画的な景観が、いわば遠近法の視角によって整序されながら壮大にくり広げられる。すなわち、J・J・オリガスの的確な分析によれば、まず「近く歩道を歩く人々の姿を目で追って、〔……〕個々の点描を一つの総体的な言い方の中に含んでまとめたのち、車道へと目を移し、それから上方を見上げ、〈雲聳ゆる楼閣〉、〈晴れたる空〉、〈遠く望めば〉などと書き、一つの句が終るごとに、作者の眼がさらに遠くへと探求を続けて行く[20]」という仕組みである。

まるで高みから市街全体を鳥瞰したような印象さえ与えるこの描写は、どこかファウストの「飛翔の夢」の場合を想わせる。全体の構図を決定している「いよいよ高く、前へ前へと」直進する視線は両者に共通しており、パノラミックで俯瞰的な印象もそのこととかかわっている。具体的に時間を表す言葉として使われているのは「忽《たちま》ち」の一語のみであるが、そこには、直進する視線とあいまって、若い心のはずみ――「模糊たる功名の念」と「検束に慣れたる勉強力」をたぎらせつつ、西欧近代国家の文明の精華を我がものにせんとする知的エリートの「勇み（はやり）立つ」心が感じられる。そして、「髪の如き」ウンテル・デン・リンデンに代表される「新大都」の幾何学的・直線的な景観は、この青年官吏の昂然たる心に精確に照応するように浮かび上がっている。

もっとも、ファウストの「飛翔の夢」との隠微な差異にも気づかないわけにゆかない。到着後間もない大都市の印象にほとんど圧倒され、「心を迷はさむとする」眩いばかりの「光彩」「色沢」を振り払うように「許多の景物」へと向かった豊太郎の追想は、ひとまずつぎのような表白で結ばれる――「されど我胸には縦ひいかなる境に遊びても、あだなる美観に心をば動さじの誓ありて、つねに我を襲ふ外物を遮り留めたりき」。豊太郎の「誓」は、「瞬間」に向かって「美しい」といったら滅んでもいい、というファウストの誓約とは――対象を領略しようとする精神の志向は同じでも――どこか微妙にくいちがっている。世界を我がものにせんとしてファウストの自我が自然に融けこみ、宇宙と一体化することをも辞さないのにたいし、絶えず内面に侵入しようとする外物を「遮り留め」ようと身構える豊太郎には、「検束」と「耐忍勉強」とで鎧った後進国のエリート青年の「我」のこわばりが認められる。そこに近代的自我の未成熟を指摘することはできるが、（ここでの問題意識に即して）豊太郎を駆っている近代の「直線時間」がいまだ十分に内面化されていない、と見ることもできる。

『舞姫』における「自我」の問題に関連して山口昌男は、『マインド・セルフ・アンド・ソサエティ』（『心・自我・社会』）のG・H・ミードの所説を紹介し、〈私〉にはMeとIの二つがある。「Iは、〔……〕社会的に期待されたものに合わせて出来ていく〈私〉という自我である。それに対してMeは、自分の内側にあり、ある意味では排他的であるかもしれないけど、自分の内に向いている自我である」と述べている。(21)こうした見方に立てば、「近代の時間」が駆り立てている豊太郎の「自我」とは、社会的な期待に合わされた彼のIにすぎないことになる。いずれにしろ、豊太郎において、「奥深く潜みたりしまことの我」の発見と「近代の時間」からの脱落が並行して進んでいるのは特徴的であり、むろん偶然ではない。

留学生活も三年を過ぎ、これまで「たゞ所動的、器械的の人物になりて」「人のたどらせたる道を、唯だ一条《ひとすじ》にたどりしのみ」という覚醒とともに、ひたすら直進していた豊太郎の時間もようやくゆらぎ、よどみはじめる。そして、その描写を鷗外が豊太郎とエリスとの出会いの直前に据えているのは、もちろん意図なくしてのことではない。

> 或る日の夕暮なりしが、余は獣苑を漫歩して、ウンテル、デン、リンデンを過ぎ、我がモンビシユウ街の僑居《けうきよ》に帰らんと、クロステル巷の古寺の前に来ぬ。余は彼の燈火《ともしび》の海を渡り来て、この狭く薄暗き巷《こうじ》に入り、楼上の木欄《おばしま》に干したる敷布、襦袢《はだぎ》などまだ取入れぬ人家、頰髭長き猶太《ユダヤ》教徒の翁が戸前に佇みたる居酒屋、一つの梯《はしご》は直ちに楼《たかどの》に達し、他の梯は窖《あなぐら》住まひの鍛冶が家に通じたる貸家などに向ひて、凹字の形に引籠みて立てられたる、此三百年前の遺跡を望む毎に、心の恍惚となりて暫し佇みしこと幾度なるを知らず。

エリスの住まいのある「クロステル巷」を「ウンテル・デン・リンデンのバロック空間に対峙する反世界のしるし」として明確に規定したのは、都市論と記号論によって『舞姫』を解読する前田愛である。前田によれば、豊太郎とエリスの出会いの場となる古ベルリンの一画のクロステル街は、ウンテル・デン・リンデンに象徴される「新大都の中央」とはまったく異質な空間として意味づけられている。すなわち、「ガス燈と電燈のきらめきが、ウンテル・デン・リンデンの直線の大通りを浮きあがらせているとすれば、〈クロステル巷〉は深い影をわだかまらせている迷路の空間であり」、「一方には遠近法の軸線にそって無限に広がる空間をひとすじに志向する視線があり、他方には閉ざされた空間のなかで街の表層をジグザグにゆれうごく視線がある[22]」。

最終的に『舞姫』を「ベルリンの都市空間を〈内〉と〈外〉の対立項で分節化したテクスト」

として読もうとする前田の分析が、もっぱら「空間」へと向かうのは自然である。むしろ注目すべきなのは、期せずしてその描写が同時に「時間」の描出にもなっていると思われることである。整然と一直線に伸びるウンテル・デン・リンデンが近代の「直線時間」とそれを生きる自我の上昇志向の表徴なら、中世的なたたずまいの色濃く残る、近代的なベルリンから疎外された旧市街の「閉ざされた内的空間」——踊り子エリスの愛が待ちうけている屋根裏部屋に象徴される「内密の場所」には、本来の意味での「牧歌的な」円環時間を重ねてみることができる。そしてこの「迷路の空間」のなかで「暫し佇み」、対象の表層を「ジグザグにゆれうごく視線」は、近代都市ベルリンの中心から逸脱しはじめた豊太郎の生きる時間のゆらぎそのものの表徴でもあろう。「彼の燈火《ともしび》の海を渡り来て」、「この狭く薄暗き巷《こうじ》に入り」という対句に着目して、前田が「対峙する二つの異質な空間の構造」を浮き上がらせたとき、図らずも彼は、その二つの空間に流れる異質な「時間」をも捉えていたことになる。

同じ箇所を引きながら、豊太郎の「恍惚」に注目するのは竹盛天雄である。竹盛は、豊太郎の「恍惚」を『青年』の小泉純一の「古道具屋のぞき」の奇癖になぞらえ、「幼年の純一が土蔵の中で〈生の ruine《ルユイイヌ》〉にとりかこまれて、自分だけが共生しうる濃密な時間を感じて、現実の時間の流れからはみ出て遊びほおけていたように、豊太郎もまた、その〈陋巷〉に隠れて〈恍惚〉の時間を生きていたのではあるまいか」と類推する。

「凹字の形に引籠みて立てられたる」と、特にアクセントをおいて叙述してあるとおり、その場所は、豊太郎を土蔵内に閉じ籠めるようなものとして作用したのではないか。いわば母なる胎内にひきこむような落ち着きと、やすらぎとをもって包みこんだのではないか。緊張をゆるめて解き放つ類の「恍惚」が彼をとりまいて来、そのとき、幼年の日の神童意識、学生時代の優等生意識、官僚生活における能吏意識から、ようやくみずからを別の次元に押し流しはじめる。彼がかつて誓った「あだなる美観に心をば動さじの誓ありて、つねに我を襲う外物を遮り留めたりき」という、精神、心情、感情上の鎖国意識から解き放たれはじめる。功利的な努力目標にむかって馬車馬のようにつっ走ってきたような世界から流れ落ち、無目的な遊びの時間を回復し生を確認する。[23]

「おれは、ひたすら世界を駆けぬけてきた」(一一四三三行)――死に近づいたファウストは来し方を顧みてそう回想しているが、「馬車馬のようにつっ走ってきた」明治の上昇志向の青年(ドイツ語で〈Streber〉は、軽蔑的な意味で「立身出世主義者[24]」)の世界を支配しているのも同じ「近代の時間」である。そして、そうした時間から解き放たれる一時を経てはじめて、豊太郎がエリスの待つ世界に近づいてゆくのは偶然ではない。初対面のエリスに豊太郎が自分の「時計をはずして」差しだしているのは意味深長である。これを単に、持ち合わせがなかったための代替の措置と解するなら、一刻を争う場合ではないのに「どうして我家へもどって金を取って来なかったのだろうか。あるいはエリスを我家に伴っていってそこで金を渡さなかったのだろうか」という小堀の疑問は無理からぬところである。[25]

明治の開化によって流入した「近代の小道具」のひとつである懐中時計のもつ文化記号論的な意味について、前田愛は別の箇所でつぎのように書いている。

文化的な記号としての懐中時計のイメージは、明治二十年に皇后から華族女学校に下賜され、やがて全国の女学校で祝祭日にはかならずうたわれるようになった「金剛石の歌」の一節に要約されている。「時計のはりのたえまなく／めぐるがごとくときのまも／光陰《ひかげ》惜みてはげみなば／いかなる業かならざらん」――この歌詞は、立身出世を約束する勤勉・克己の徳目と合体した近代的な時間の思想が、国家的なレベルで了解されたまぎれもないしるしである。懐中時計の輸入量は、「金剛石の歌」が発表された明治二十年に七万四千個、翌二十一年には十五万四千個というように、飛躍的に増加した。

D・リースマンは、社会的な上昇意欲にたえずかりたてられている内的志向型の人間の内面には、心理的なジャイロスコープがセットされているのだ、といっている(26)。

奇しくも時は「金剛石の歌」のつくられた明治二十年であるが、豊太郎が「はづして机の上に置」く懐中時計は、何よりもこのような「文化的な記号」として読まれなければならない。それは、立身出世を約束する、国家的なレベルで了解された近代的な時間の思想から豊太郎が逸脱してゆくことの「まぎれもないしるし」であり、引き続く豊太郎の「免官」はそのことの帰結にすぎない(27)。そして対照的に、某新聞社の通信員として糊口をしのぎながらエリスと暮らしはじめた「憂きがなかにも楽しき月日」が、まぎれもなく「牧歌」の時間として描きだされてゆくのは特徴的である。

「朝の珈琲果つれば、彼は温習に往き、さらぬ日には家に留まりて、余はキヨオニヒ街の間口せまく奥行のみいと長き休息所に赴き、あらゆる新聞を読み、鉛筆取り出でゝ彼此と材料を集む」。「屋根裏の一燈微《かすか》に燃えて、エリスが劇場よりかへりて、椅《い す》に寄りて縫ものなどする側の机にて、余は新聞の原稿を書けり」。

ふたりを包みこむように、周囲を夢のような時間が、ゆったりと循環しながら流れてゆく。「間口せまく奥行のみいと長き」休息所の窖《あなぐら》めいたイメージが「エリスの住まいのイメージをずらせた換喩」である、とは前田の指摘であるが(28)、いずれも狭く閉ざされた小世界であることが重要である。土蔵のなかで時を忘れて純一少年が「遊びほおけて」いたように、愛の巣に籠もったふたりのまえに、しばし現実の時間は停止する――。

はたして、時は本当に停止したのだろうか。静止する時間に実際に豊太郎は耐えられるだろうか――。「今まで一筋の道をのみ走りし知識」のあずかり知らなかった「見識」の芽生えを自負しながらも、二度までくり返される豊太郎の「我学問は荒みぬ」の句に底流する嘆きの調子は痛切である。そしてそれ以上に、エリスとの関係の決定的な深まりを告げることばが、「恍惚の間にこゝに及びしを奈何《い か》にせむ」と結ばれるのは暗示的である。愛の歓びのただなかにあってファウストがその永続を信じきれないとすれば、豊太郎は愛の恍惚のまえに逡巡しているかに見える。少なくとも物語のその後の進行に照らすかぎり、先の問いは明らかに否定されている。あいだに〈国家〉が介在することで奇妙な歪みが生じてはいるが、〈noch weiter（さらに彼方へ）(29)〉と先を目指す「はやる心 Streben」、「直進のパトス」に捉えられ、駆り立てられている近代の男の一人として、時を静止させる〈愛〉がその心と必然的に背馳し、やがてその矛盾・相克が〈愛〉そのものを崩壊させてしまうという構図は『ファウスト』の場合と正確に相似形《アナロジー》を描いている。

差し当たり転機は外から訪れる。——「明治廿一年の冬は来にけり」の（唯一そこだけ具体的な時の明示された）一句に始まるあきらかな転調が、見まがいようのないサインとなる。この現実の歴史的時間の導入とともに描きだされるのは、ひとまず「一面に氷りて」雀も「凍え」死ぬような酷烈な「北欧羅巴の寒さ」であるが、それがつかの間成立した〈愛〉の牧歌に襲いかかる外部世界の表徴でもあるのは論を俟たない。しかも、牧歌の時間を突き崩そうとする力は、ただ外部にのみあるのではない。同じ段落で告げられるエリスの妊娠の兆しが、「嗚呼、さらぬだに覚束なきは我身の行末なるに、若し真《まこと》なりせばいかにせまし」という深い嗟嘆をもって豊太郎に受けとめられているのは重要である。相沢謙吉の書状が、こうした不安と憂悶の日々のなかに届けられるのは、むろん偶然の符合ではない。

今朝は日曜なれば家に在れど、心は楽しからず。エリスは床に臥すほどにはあらねど、小き鉄炉の畔《ほとり》に椅子さし寄せて言葉寡し。この時戸口に人の声して、程なく庖厨にありしエリスが母は、郵便の書状を持て来て余にわたしつ。見れば見覚えある相沢が手なるに、郵便切手は普魯西《プロシャ》のものにて、消印には伯林《ベルリン》とあり。訝りつゝも披きて読めば、とみの事にて預め知らするに由なかりしが、昨夜こゝに着せられし天方大臣に附きてわれも来たり。伯の汝を見まほしとのたまふに疾《と》く来《こ》よ。汝が名誉を恢復するも此時にあるべきぞ。心のみ急がれて用事をのみいひ遣るとなり。読み畢りて茫然たる面もちを見て、エリス云ふ。「故郷よりの文なりや。悪しき便にてはよも。」彼は例の新聞社の報酬に関する書状と思ひしならん。「否、心になな掛けそ。おん身も名を知る相沢が、大臣と倶にこゝに来てわれを呼ぶなり。急ぐといへば今よりこそ。」

〈国家〉を、つまりは「近代の時間」を体現する天方伯と相沢謙吉の登場とともに、しばしゆったりと流れていた時間がにわかに騒立ちはじめる。それはさながら、深夜、不意に鳴ったベルの音とともに一気に甘い眠りから覚まされた、とでもいった趣である。時間が目に見えてそのスピード感を増してゆくのは、頻出する「時」の表現にもあらわれている――。「とみの事」と断りながら、書状は「疾く来よ」と告げている。天方大臣に同行した相沢がこころ「急がれて」いるのは、知友の名誉を恢復できるとすれば「此時」と思うからにちがいない。しかも、豊太郎のほうもこの呼び声に、「急ぐといへば今よりこそ」と応えている。そこにはほとんど、救助の手を待ち兼ねていた遭難者といった風情さえ感じられる。以後、いったん流れだした時間は加速度的にスピードを速めてゆく。

旧交をあたためるにも「遑《いとま》あらず」、豊太郎は大臣から託された「急を要する」翻訳を「一夜になし果てつ」。さらに天方伯の魯国行への随行の用命には、「いかで命に従はざらむ」と即答する。「此答はいち早く決断して言ひしにあらず。余はおのれが信じて頼む心を生じたる人に、卒然ものを問はれたるときは、咄嗟の間、その答の範囲を善くも量らず、直ちにうべなうことあり」と弁明しているが、たんなる弁解としても弱いのは明白である。むしろ肝要なのは、すでに豊太郎がもとの近代の時間に巻き込まれ、みずからその流れに棹さしてもいることである。通訳として大臣のロシア行に同道した豊太郎の、「わが舌人たる任務は忽地《たちまち》に余を拉し去りて、青雲の上に堕したり」の一句は、ただの悲嘆の表現ではありえない。そして、豊太郎とともにふたたび直進しはじめた歴史の時間が夢のような牧歌の時間を、〈愛〉の牧歌そのものを蚕食し、崩壊させずにおかぬのは不可避的である。

第一部終局の「牢獄」の場で、未練を残しながらもファウストがマルガレーテの世界にとどまることができずに（そもそもそれは不可能だ！）急かすメフィストに引かれてゆくように、「恨」を覚えながら豊太郎もまた「良友」相沢謙吉の用意した路線をひた走ってゆく。彼自身の内部に、その促しに呼応する抑えることのできない志向（「はやる心」）がはたらいているからこそである。この衝動に照らすなら、帰東を打診された豊太郎の内面の論理──「若しこの手にしも縋らずば、本国をも失ひ、名誉を挽《ひ》きかへさん道をも絶ち、身はこの広漠たる欧州大都の人の海に葬られんかと思う念、心頭を衝いて起れり」──は、無用な後知恵の口実のようにしか聞こえない。

## 五　『舞姫』／「グレエトヘン」──近代の悲劇

小堀桂一郎は「太田がエリスを捨てた上で歸國の途につかねばならぬのは彼に對する國家的要請だった。ただその要請の重大さは實は太田のものではなくて作者鷗外のそれであった[30]」と述べているが、「時間」という視座から見るなら、両者を分けて考えるまでもなく、物語は一貫した論理に貫かれている。もちろん、若くして洋行した鷗外が重大な国家的使命を帯びていたのは、いまさらいうまでもない。『独逸日記』に記された、同じく官費留学生の田中正平にフライタークの『祖先録』を贈るにあたって添えたとされる鷗外自作のドイツ詩は、そのことを語って余りがある。

Wie auf dem kleinen Schiff' in Sturmeswuth
Nach einem Ziel' Gefaehrten streben,
Wie in der Schlacht der Kameraden Muth
Sie nicht verlaesst auf Tod und Leben,
So ringen wir gewiss zu jeder Stund'
Um Ruhm des Vaterlandes allein.
Als Zeichen vom geschloss'nen edlen Bund
Sei dir gewidmet dieses Buechlein!

Berlin, am 25. Februar 1886
Dr. Rintaro Mori.(31)

おそらく、ほとんど即興に近い形で書かれたのであろう、措辞も平凡なら、不慣れな押韻のための無理も目立ち、お世辞にも優れたものとはいえないが、ここでは詩の出来栄えいかんは問題ではない。重要なのは、国家がかけた大きな期待に勝るとも劣らぬ、この詩に吐露された「祖国の名誉のために」という若きエリートの重い使命感である。国家とのこの一体感を前提にしなければ、かの「ナウマン論争」におけるほとんどヒステリックともいえる鷗外の過剰な反応も了解しがたいであろう。彼らの双肩には、少しおおげさにいえば、日本という国の存亡がかかっていたのである。そして青年鷗外もまた、近代化に向かって踏みだした新生国家とともに、先を急ぐ

「はやる心」に駆り立てられていた。つとにベルツの指摘した、「昨日から今日へと一足飛びに、われわれヨーロッパの文化発展に要した五百年たっぷりの期間を飛び越えて、十九世紀の全成果を即座に、しかも一時にわが物にしよう」とする〈死の跳躍《サルト・モルターレ》〉(32)がそれである。

先の詩において鷗外が、おそらくみずからを新生日本と重ねながら、荒れ狂う嵐のなかを目標めざして「突き進む streben」小舟にたとえているのは注目に値する。目指す目的は、いうまでもなく「近代国家」であり、個人にとっては「功名」がそれである。そして、難破の危険を冒して突き進む精神が、ベルツの懸念するように「頸を折らな」いまでも、そのときいかなる緊張を強いられるかは、ほとんど想像を絶している。しかも、その悲壮な決意が真実であればあるだけ、たとえ目標に到達できた（と思えた）としても、やがて深い失速感に悩まなければならないのは不可避的と思われる。そのときそれは、ほとんど生の意味そのものへの深刻な問いとして、鋭く主体に突きつけられることになる。『舞姫』から二十余年を経て発表された『妄想』(明治四十四)には、（くり返しになるが）遅れてきた近代人のそうした懐疑と苦悩が真率に表白されている。

生れてから今日まで、自分は何をしてゐるか。始終何物かに策《むち》うたれ駆られてゐるやうに学問といふことに齷齪《あくせく》してゐる。これは自分に或る働きができるやうに、自分を為上《しあ》げるのだと思つてゐる。其目的は幾分か達せられるかも知れない。併し自分のしてゐる事は、役者が舞台へ出て或る役を勤めてゐるに過ぎないやうに感ぜられる。その勤めてゐる役の背後《うしろ》に、別に何物かが存在してゐなくてはならないやうに感ぜられる。〔……〕赤く黒く塗られてゐる顔をいつか洗つて、一寸舞台から降りて、静かに自分といふものを考へてみたい、背後《うしろ》の何物かの面目を覗いてみたいと思ひ思ひしながら、舞台監督の鞭を背中に受けて、役から役を勤め続けてゐる。此役が即ち生だとは考へられない。背後にある或る物が真の生ではあるまいかと思はれる。併しその或る物は目を醒まさう醒まさうと思ひながら、又してはうとうとして眠つてしまう。

自分が何物かに操られているという意識は『舞姫』の太田豊太郎もうすうす共有していたところのものだが、かけがえのない個人の生を舞台上の「役」へと貶め、彼らから生きることの意味と実感とをなし崩しに奪ってしまう陰の「監督」とは、いわば彼らの生きる時代、まさしく近代の時間そのものであろう。どこかに「真の生」があるはずだと思いながらも、たえずその「鞭を背中に受けて」、彼らは「役から役を」演じつづけることになる。鷗外にとって「エリス事件」の真相がどのようなものであったにしろ、少なくとも、このような「策《むち》うたれ駆られ」た心と「時を停止させる〈愛〉とは両立できない。「ひたすら世界を駆けぬけ」る精神のまえに、「白い、優しい手」(『妄想』)は必然的にとり残される運命にある。

それにしても、はたしてこれは鷗外と近代日本だけの問題であろうか。——あるいは、特異な「近代化」の道を歩んだ明治の一時期にそれが凝縮的にあらわれた、とはいえるかもしれない。だが、『舞姫』に一世紀余り先行する「グレエトヘン」の悲劇は、それが近代そのもののはらむ問題性であることを、それも、いわゆる近代的思考・論理がこの先その延長上でやってゆけるのか、というわれわれの疑念にもおそらく直結する問題性であることを語っている。そしてもとより鷗外自身は、(ゲーテとともに)すでにそのことに感づいている——。

帰東の途上にある豊太郎を襲う「一種の〈ニル、アドミラリイ〉の気象」はそれと無関係ではないし、やがてそれは鷗外において「ニヒリズム」の問題として、二十余年後『灰燼』の節蔵の造型においてはっきりと姿をあらわすことになろう。

『舞姫』の手記という形式に着目し、「手記」の書き手と書かれる主人公とを意識的に峻別して小説を読もうとする亀井秀雄が、回想する豊太郎の苦い認識――「嗚呼、独逸に来し初に、自ら我本領を悟りきと思ひて、また器械的人物とはならじと誓ひしが、こは足を縛して放たれし鳥の暫し羽を動かして自由を得たりと誇りしにはあらずや」の句の分析をとおして、最後に示唆しようとするのもおそらくそのことである。すなわち、「その意味でエリスという異国の少女は、わずかに自由たり得たかに思われていた幻想の象徴であった。それを太田は自分で壊してしまったわけであり、その苦い真実に一つ一つ醒めてゆく精神の劇としてこの手記は書かれていったのである(33)」と。

かつて中野重治は『舞姫』について、「この作は、恋愛と生活との関係を新しい面、新しい標準から照らしだしてみせた」として、つぎのように書いたことがある。

太田豊太郎は、外国での恋愛を路傍のものとして捨てて去ることはできなかつた。それは彼の生涯そのものに痛みとして刻みこまれた。同時に彼は、恋愛を生かすことのなかに彼の生涯そのものを生かすという新しい道をえらぶこともできなかつた。彼は決して、恋愛をとるか世俗の功名をとるかという二者択一で単純に一方を取つたのではなかつた。〔……〕結果としてその形になりながら、二者択一でなくて、二者の統一がどこかで望まれている点の文

学へのはじめての表現、ここに「舞姫」の力が生れたのであつた。(34)

みずからの青春と重ねてそれぞれの近代を生きたゲーテと鷗外。二人はその生を全力で生きることによって、彼らにいやおうなく「二者択一」を迫る近代の問題性・悲劇性をも敏感に感じとっていた。その鋭い痛みにも似た感覚とともに、「二者の統一」がどこかで望まれている点の文学へのはじめての表現」として、「グレエトヘン」と『舞姫』に不朽の生命が付与されることになった。

【註】

『舞姫』のテクストは「鷗外選集　第一巻」岩波書店、一九七八年に拠り、他に二、三の版を参看して必要と思われる最小限のルビを付した。

『ファウスト』には以下の版を底本として用い、訳出にさいして各種の既訳を参照した。

Goethe: Faust. Goethes Werke (Hamburger Ausgabe), Band III, 13., neubearbeitete und erweiterte Aufl., München 1986.

1　山下肇「ファウスト」、「国文学　解釈と鑑賞」一九五三年九月。『ファウスト』と鷗外」と改題して、山下肇『ドイツ文学とその時代〈増補版〉』有信堂、一九七八年に再録（引用は四四、四九頁）。

2　小堀桂一郎『西學東漸の門――森鷗外研究』朝日出版社、一九七六年所収「『ファウスト』への道」を参照。

3 野溝七生子「森鷗外とゲエテ再び――主として『舞姫』『うたかたの記』と『ファウスト』について」、東洋大「近代文学研究」13、一九六六年。『比較文学研究　森鷗外』朝日出版社、一九七八年に再録（引用は二四二頁以下）。なお長谷川泉の評言は同書「解説」（四一三頁）による。

4 小堀桂一郎『若き日の森鷗外』東京大学出版会、一九六九年、四九七頁。

5 小堀桂一郎『森鷗外――文業解題・創作篇』岩波書店、一九八二年、七頁以下。

6 中村志朗は、クライスト『サント・ドミンゴ島の婚約』（鷗外訳『悪因縁』）の『舞姫』に対する影響を検討した箇所でグレートヒェン悲劇について触れ、つぎのように述べている。「舞姫エリスの状況はむしろグレートヒェンに似ているが、メフィストの口を借りれば、昔から世間によくある話で〈今に始まったことではない〉」。中村志朗『クライスト序説――現代文学の開拓者』未来社、一九九七年、一六八頁参照。

7 田中実編『森鷗外初期作品の世界〈日本文学研究資料新集13〉』有精堂、一九八七年所収の各論文などを参照。

8 竹盛天雄「『舞姫』論――序説　その〈恍惚〉をめぐって」、「國文學」一九七二年三月、「〈明治廿一年の冬〉――『舞姫』論」、「国語と国文学」一九七二年四月、「豊太郎の反噬（一）（二）――『舞姫』論」、「國文學」一九七二年八・九月、「森鷗外『舞姫』――モチィーフと形象」、『高等学校国語科教育研究講座』第三巻〈現代国語（2）小説Ⅰ〉、有精堂、一九七五年。

9 前田愛「ベルリン一八八八年――都市小説としての『舞姫』」、「文学」一九八〇年九月。のちに「BERLIN 1888」として『都市空間のなかの文学』筑摩書房、一九八二年に収録。本章における引用は同書による（ここでの当該箇所は二三三頁）。

10 たとえば亀井秀雄「『舞姫』読解の留意点」、「月刊国語教育」創刊号、一九八一年八月、小森陽一「『舞姫』試論」、「成城國文學論集」16、一九八四年を参照。

11 拙稿「エンデ〈時間の花〉とゲーテ〈母たちの国〉――《『ファウスト』と時間》論のための予備的考察」、『エルンテ――〈北〉のゲルマニスティク』郁文堂、一九九九年所収を参照。また、『ファウスト』の主要な主題を「時間」であるとして論じた貴重なエッセイとして、養老孟司「ゲーテ『ファウスト』の今日の意味」、『脳の中の過程』哲学書房、一九八六年所収（初出は「新潮45」一九八六年二月号）がある。

12 J・ル・ゴフ（新倉俊一訳）「教会の時間と商人の時間」、「思想」一九七九年九月、および福井憲彦『時間と習俗の社会史』新曜社、一九八六年、第一章「歴史のなかの時間」を参照。

13 今村仁司『近代性の構造――〈企て〉から〈試み〉へ』講談社、一九九四年、六九頁。

14 柴田翔『ゲーテ「ファウスト」を読む』岩波書店、一九八五年、一九頁以下参照。

15 「牧歌 Idyll」の語源とされているギリシア語 eidýllion とは、本来 Bildchen（「小さな絵」）を意味している。Vgl. Renate Böschenstein: Idylle, Stuttgart 1967, S. 2. またM・バフチンは、田園小説（牧歌）に通有な特徴として第一に、舞台となる「場所の同一性」、すなわち「生活と出来事とが一定の場所に有機的に固着し、そこに根を下ろしているという点」、第二に「空間内の小世界がそれだけで自足している限られた世界であり、本質的には他の場所・他の世界と結びついていないという点」を挙げている。ミハイル・バフチン（北岡誠司訳）『小説の時空間』新時代社、一九八七年、二八三頁。

16 今村仁司、前掲書、六四頁。

17 グレートヒェンと名前の問題については、清水威能子「グレートヒェンという名前の神話」、『文学に

おける不在　原研二先生追悼論文集』二〇一一年所収、に詳しい。

18 社会学者・真木悠介は近代社会にとって本質的な要素として貨幣とともに〈計量化された時間〉を挙げ、「けだし〈時間〉は貨幣と同じに、近代市民社会の存立それ自体の影なのである」と述べている。真木悠介『時間の比較社会学』岩波書店、一九八一年、二六三頁ほか。

19 前田愛「塔の思想」、『都市空間のなかの文学』、一五〇頁以下。

20 ジャン＝ジャック・オリガス「〈蜘蛛手〉の街――漱石初期の作品の一断面」、「季刊芸術」24号、一九七三年、三一頁。

21 山口昌男・前田愛〈対談〉「『舞姫』の記号学」、「國文學〈特集・鷗外――その表現の神話学〉」一九八二年七月、一八頁。

22 前田愛「BERLIN 1888」、『都市空間のなかの文学』、二三七頁。

23 竹盛天雄「『舞姫』論――序説　その〈恍惚〉をめぐって」、「國文學」一九七二年三月、一三三頁。

24 そのことは（後に触れることになるが）鷗外自身がすでに『ファウスト』翻訳以前に書かれた「当流比較言語学」（明治四十二年七月）において指摘している。

25 小堀桂一郎『若き日の森鷗外』、五〇〇頁。――奇警な比較と見えるかもしれないが、フォークナーの小説『熊』において、大自然の森のシンボルのような大熊《オールド・ベン》は、追い詰めようとする狩人《ハンター》たちの前に一向に姿をあらわさない。ある時、ひと目大熊を見たさに、十歳の少年が鉄砲も持たず、単身奥深い森に入ってゆく。そして、最後に身に着けていた「時計と磁石《コンパス》」（近代文明の象徴）もはずして自然に返したとき、大熊は卒然と少年の前に現われている。「前からもうそこに立っていたのだ」。フォークナー（加島祥造訳）『熊　他三篇』（岩波文庫）二〇〇〇年参照。

26 前田愛「塔の思想」、『都市空間のなかの文学』、一五二頁。また、エンゲルハルト・ヴァイグル（三島憲一訳）『近代の小道具たち』青土社、一九九〇年、第七章「時計仕掛けの世界」を参照。

27 十川信介は「金剛石の歌」の同じ一節を引いて、つぎのように述べている。「現在も私たちの一面を支配するこの種の心的制度が、全面的に間違っていたわけではないし、〈勤倹力行〉の姿勢が近代日本を形成する原動力だったことも疑えない。しかし、まさに〈時計のはり〉に駆り立てられて立身出世をめざす時流は、当然のように人生を成功と失敗に切り分け、都会と田舎の差を拡大する結果を生んだ」。十川信介『近代日本文学案内』（岩波文庫）二〇〇八年、五三頁。

28 前田愛「BERLIN 1888」、『都市空間のなかの文学』、二四四頁。

29 「近代的人間」のモットーともいえる原語の plus ultra は、本来、神聖ローマ帝国皇帝カール五世（在位一五一九〜五六）のことば。このモットーのもと、帝は即位後のほぼ全生涯を遠征と統治の旅に送り、みずからの帝国を「そこでは太陽の沈むところがないと自慢するほど、世界中に大きく広げた最初の皇帝」とされる。菊池良生『ハプスブルク家の光芒』作品社、一九九七年所収「アレゴリー船よ、さらに彼方へ！」を参照。また、近代経済を錬金術的現象として捉えたハンス・クリストフ・ビンスヴァンガー（清水健次訳）『金《かね》と魔術――『ファウスト』と近代経済』法政大学出版局、一九九二年をも参照。plus ultra は、近代資本主義の原理である「もっと多くを」でもある。

30 小堀桂一郎『若き日の森鷗外』、五二三頁。

31 大意はつぎのとおりである。「荒れ狂う嵐の中を、小舟で／仲間が一つの目標めざして突き進むように／また生死を賭した戦陣のさなかにあって／戦友《とも》の心は勇気を失わぬように／いかなる時にも我らは、ひたすら／祖国の名誉のために闘わん／貴き盟約《ちかい》のしるしとして／この書を君に捧ぐ／ベルリンにて、一八八六年二月二十五日／学士　森林太郎」

なお、一八八〇年に完成されたグスタフ・フライターク（一八一六―九五）の『祖先録 *Die Ahnen*』は、四世紀の民族大移動から十九世紀半ば、革命期に至るドイツの文化史をある家族の各世代の運命に託して描いた六巻からなる壮大な歴史小説で、国家統一を果たして間もない当時のドイツの国民感情に大きな影響を与えたとされる。Vgl. Kindlers Literatur Lexikon, Band 3 (dtv 3143), München 1974, S. 847f.

32　トク・ベルツ編（菅沼竜太郎訳）『ベルツの日記　第一部（上）』（岩波文庫）一九五一年、二五頁。当該箇所は、明治九（一八七六）年十月二十五日付の日記から。

『日記』の筆者エルヴィン・フォン・ベルツ（一八四九―一九一三）は、明治九年から三十五年まで東京大学医学部の内科学正教授として近代日本医学の育成に尽力した知日家ドイツ人。鷗外にとっても学生時代以来の恩師にあたる。『日記』は息子トク・ベルツによって編まれた。

33　亀井秀雄「『舞姫』読解の留意点」、「月刊国語教育」創刊号、一九八一年、七八頁。

34　中野重治『鷗外　その側面』筑摩書房、一九七二年、二四七頁以下。初出は『「舞姫」「うたかたの記」他二篇』角川文庫、一九五四年「解説」。

# 第三章　ファウストの「救い」／豊太郎の「恨み」

## 一　『舞姫』／「グレエトヘン」と近代の時間

養老孟司に『ファウスト』の主題は「時間」だとする興味深いエッセイがある。[1]そこで養老は『ファウスト』にあらわれた時間を三つに整理している。すなわち、時代という「時」、人生という「時」、そして瞬間から永遠に至る純粋な「時」がそれである。前章で「時間論的に」『舞姫』と「グレートヒェン悲劇」との比較考察を試みたが、そこでの〈時間〉は、養老の分類では、主として第一の「時代という〈時〉」にかかわっている。

主人公のファウストは宗教改革の時代に実在した歴史上の人物であり、この魔術師・錬金術師（今でいうなら自然科学者）をめぐって十六世紀に形成された、悪魔との契約とそれによる悲劇的最期（劫罰）を核にする「ファウスト伝説」を素材にして、最初の民衆本「ファウスト」（一五八七）を嚆矢に、以後多くのファウスト文学が生み出される。ゲーテの戯曲『悲劇　ファウスト』（「第一部」一八〇八、「第二部」一八三二）は、いうまでもなく、それらを代表する精華であり、最高のドイツ文学作品のひとつである。

他方、『ファウスト』成立の背景となるゲーテの時代は十八世紀後半から十九世紀初頭、フランス革命と産業革命に象徴される、西欧世界全体が近代に向かって大きく動きだした激動と変革の時代である。トーマス・マンは、大戦中、亡命先のアメリカで行った講演「ゲーテの『ファウスト』について」（一九三八）のなかで、「この詩劇は表向き十六世紀が舞台になっているが、精神的にはつねに作者の生きた世紀、十八世紀に合わされている」[2]と述べている。この二つの時代を貫き、通底する契機をひとつ挙げるなら、その三百年余のあいだに西欧人の時間意識が大きく決定的に変容したことであろう。その変化を「円環時間」から「直線時間」へと呼ぶにしろ、どう呼ぶにしろ、それをもたらしたのは、真木悠介によれば[3]、近代科学技術の発展と社会構造の根本的な変化による、自然と自然に根差した共同社会からの人間の「自立と疎外」である。以来、ひとは「豊かな未来」を目指して絶えず、加速化する時間に追い立てられるようになる。晩年（七十六歳）のゲーテによって書かれたある手紙の草稿（G・H・L・ニコローヴィウス宛、一八二五年十一月末？）には、つぎのような一節が見いだされる。

現代は何ひとつ成熟させることのない時代であるが、この時代の最大の不幸と私が見なさざるをえないのは、つぎの瞬間に前の瞬間を食いつくし、一日をその日のうちに消費し、こうしてつねにその日暮らしに終始して、何ものも成し遂げることがないということだ。一日のすべての時間のために新聞があるではないか。頭のいい人なら、さらに一つ二つ差し挟むこともできよう。こうなると、誰が何をしようと作ろうと、いや頭の中で考えていることまでが、公共の場に引きずりだされる。どんな人の喜びも悲しみも、他人の暇つぶしに使われずにはいない。こうして家から家へ、町から町へ、国から国へ、はては大陸から大陸へと一切合財が猛スピードで飛び去ってゆく。

インターネットによって瞬時に大量の情報の飛び交う現代社会を予告したかのような表現には心底驚かされる。「猛スピードで」と訳した veloziferisch は、当時新たに導入されたイタリアの急行郵便馬車 velociferi からの造語だが、悪魔の王ルシファー（Luzifer）との連想から、これを「悪魔的なスピードで」ととる解釈がある。(4) 牽強付会どころか、案外、事の本質をついた「深読み」かもしれない。そしてそれが肯綮にあたるとすれば、猛進して還らぬ（と表象された）近代の時間の奥には、文字どおり「悪魔」がひそんでいる。時間を〈ニヒリズムの元凶〉と捉えていたニーチェ(5)が見ていたのも同じ光景であろう。

いずれにしろ、このような時間意識のもとでひとは「瞬間」に信をおくことはできない。瞬間に対して「とどまれ！　おまえはじつに美しい」（一七〇〇行）といったら滅んでいいというファウストの賭けのことばも、それを補足する「静止したら最後、おれは奴隷だ」（一七一〇行）という焦燥感も、同じ意識に発している。そして賭けのいかんにかかわらず、この近代的「直線時間」と「時」を停止させる「永遠《とわ》に変わらぬ誠の愛」（三〇五六行）は反りが合わない。「やすらぎ」に満ちたマルガレーテの部屋で吐露する「ここにおれは、このままいつまでもじっとしていたい」（二七一〇行）、「まっしぐらに享楽をもとめて、駆られるままにやってきたが、／いまそのおれが、無垢な愛の思いに溶けて流れそうな気がする！」（二七二二行以下）というファウストの真情は、飛びこんできた近代的悪魔メフィストの「早く、早く！」（二七二九行）と急き立てる声によって一瞬にして破られる。

明治二十三（一八九〇）年に発表された『舞姫』の〈時間〉も基本的にアナロジーの構造に描かれている。国家の命を受けて洋行した太田豊太郎を駆り立てているのは、あきらかに明治以後流入した西欧近代の時間であり、その目指すところは公的には「近代国家」であり、私的には「立身」である。エリスとの出会いの場となる「クロステル巷《こう》の古寺の前」でこそ、「この三百年前の遺跡を望む毎に、心の恍惚となりて暫し佇みしこと幾度なるを知らず」と告白せざるをえない豊太郎も、「欧羅巴《ヨオロッパ》の新大都の中央」を走るウンテル・デン・リンデンの壮観を前にこう揚言する――「されど我胸には縦《たと》ひいかなる境に遊びても、あだなる美観に心をば動さじの誓ありて、つねに我を襲ふ外物を遮《さえぎ》り留《とど》めたりき」。

つかの間エリスとともに営んだ愛の巣は、「明治廿一年の冬」の酷寒に象徴される苛烈な歴史の時間のまえに脆くも潰え去る。舞いこんだ、「とみの事にて〔……〕見まほし〔……〕疾《と》く来《こ》よ」との「良友」からの音信に、豊太郎は「おん身も名を知る相沢が〔……〕われを呼ぶなり。急ぐといへば今よりこそ」と即応してたちまち既定の路線に復帰する――。

時間論的には『舞姫』も「グレエトヘン」同様、近代世界を急速に覆い始めた「直線時間」によって、静的な秩序のもとに安らっていた円環的「牧歌」の時間が呑みこまれ、崩壊する「悲劇」として読むことができる。

## 二　豊太郎はファウストか？

「近代」という歴史的時間を視点にして読むなら、先の比較論は大筋で間違っていないだろう。が、そこであえて捨象したことだが、あらゆる細部のアナロジーにもかかわらず、本質的なところで両作品は決定的に異なっている。最終的に「救い」が用意されるファウストにたいし、『舞姫』

は、「腸《はらわた》日ごとに九廻すともいふべき惨痛」をもたらす豊太郎の「恨み」の意識から語りだされている。「嗚呼、いかにしてかこの恨を銷《しょう》せむ」。この相違は一体どこからくるものか。恨みが救いへと銷されることがあるのだろうか。ファウストの「救い」はいかにして可能なのか。そして、豊太郎に救いはありえないのか（『舞姫』は、きわどいところで「ニヒリズム」と境を接する「〈ニル、アドミラリイ〉の気象」を養っている豊太郎自身によって語られる、という体裁をとっている）――。これは、「われわれ（近代人）は救われるか」という問いと、ほぼ同義であろう。

両者の相違について一応の答えがないわけではない。すこし先回りしていえば、グレートヒェンの「神話化」によってその「悲劇」に歴史を超える次元が開かれ、それによって歴史の世界に生きるファウストの「救い」さえもが可能になるのにたいして、『舞姫』において鷗外の視線が歴史の次元を超え出ることはない。むしろどこまでも豊太郎の視点に立って、エリスを棄てざるをえない一回的な歴史の現実を定着しようとする。それはゲーテと鷗外、両者のそもそもの創作の動機の違いにも因るものかもしれない。グレートヒェンにおいてゲーテの描こうとしたのが、「近代的人間」ファウストのもとで不可避的に惹き起こされる悲劇、そして、にもかかわらず「棄てられた」当のグレートヒェンの愛によって救済される（されねばならない）ファウストの運命であったとすれば、『舞姫』を書いた鷗外のすくなくも主たる動機のひとつは、「エリス」を残して帰東せざるをえない豊太郎（＝鷗外）自身のおかれた歴史的現実の定着（そして、それによる「自己弁護的な懺悔」(6)）にあったと思われる。

胡乱な抽象論を連ねるまでもないだろう。二人の創作じたいが語ってくれるはずである。そしてここで、養老のいう第二の「時」、「人生という〈時〉」が重要になる。

詩人ゲーテ（一七四九―一八三二）の創作活動の集大成である『ファウスト』は、ゲーテ二十代から八十代に至る生涯のあいだ、ほぼ六十年にわたって断続的に書き継がれた、文字どおりの「ライフワーク」である。また冒頭すでに老年で登場するファウスト自身、「魔女の厨」での「若返り」を経て、二十代の青年から百歳になんなんとする老人に至るまでの「時」を生きる。こうして『ファウスト』には、人生という「時」が二重に複雑に反映されることになる。たとえば、「第一部」の原形である『ウルファウスト』の中核をなす「グレートヒェン悲劇」は二十代前半の若きゲーテの作であるが、それを完成・出版するゲーテはすでに五十代も後半に差し掛かっている。総じて『ファウスト』という作品の特異なところは、一人の詩人が異なる年代に書いたものが（「第二部」は大部分が八十代の老年の作である）、各部分はそれぞれ比較的独立していながら、まとまってひとつの全体を構成していることである。同じひとつの詩篇のなかに、「疾風怒濤《シュトルム・ウント・ドラング》」と呼ばれた若き詩人の熱い直情と、対象を距離をとって客観視する老成した詩人の叡知とが併存している。そもそも十八世紀は、真木悠介によれば、「〈われ信ず〉から〈われ感ず〉へと存在の根拠の変換する世紀」[7]である。そして、老若いずれがより真実であるかは、簡単にはいえないことである。「感情がすべてだ」（三四五六行）も「行為がすべてだ」（一〇一八八行）も、その「時」その「場」のゲーテにとって、同様に正しいのである。ただ、二十代の青年の心をとらえていた問題と、死を意識し始めた老詩人の頭を満たしていたものとが――時代の潮流とも相俟って――違ってくるのは、むしろ自然のなりゆきである。

問題の「救い」にしても、じつは「原形」ではまだファウストは救われることになっていなかった。ゲーテの死後半世紀以上になる一八八七年――奇しくも、留学中の鷗外が『舞姫』の舞台となるベルリンに居を移した年――偶然筆写原稿が発見されて刊行されたのが『原形《ウル》ファウスト』である。その結末では、人形芝居の常套句の「ファウスト、ファウスト！　汝永遠《とわ》ニ呪ワレタリ！」という堕地獄の宣告こそ発せられないものの、「女は裁かれた！」と叫ぶメフィストに引かれ、未練を残しながら立ち去るファウストの背後で「扉が音をたてて閉まる」（「牢獄」）。

そのファウストに救いの曙光がきざすまでには、長い「時」を俟たねばならない。四半世紀余を経た一八〇〇年前後、プロローグ「天上の序曲」が書かれて詩篇全体の形而上的枠組みが作られ、それに応じて原形にも、微妙ではあるが、六十歳を前にした詩人の変更・加筆の手が加えられる。それが完成し、二年後に「第一部」として刊行されるのが一八〇八年。ここにたどり着くまでに「原形」からゆうに三十年、政治の世界に身をおいたゲーテは、三十三歳のときに内閣主席の地位に就いたヴァイマル公国の高官として激動の歳月を閲し、（当時の通念からすれば）すでに老年に近づいている。その「第一部」において初めて、「ああ、おれは生まれてこなければよかった！」（四五九六行）というファウストの臍をかむ深い絶望と同時に、「女は裁かれた！」というメフィストの声を打ち消すように、「救われた！」（四六一一行）という「上からの声」が牢獄に響きわたる。ファウストの長い救済劇の開始を告げる最初の決定的な徴候である。

こう見てくると、より厳密な比較論を目指すなら、二十代の鷗外によって帰朝後おそらく短時日で書かれた『舞姫』は、同じく若年の作、「原形」の「グレートヒェン」と比べるのが妥当かもしれない。あるいは、すでに試みた比較考察を通じて、「鷗外とゲーテ（特にその『ファウスト』）という両者の組合せのもつ両側からの問題性(8)」へと導かれたわれわれには、逆に比較のもう一方の対象である鷗外の側の時間軸を延長して、対象作品を（年代的に）押し広げてみるのも一つの方法であろう。具体的には、『舞姫』以後の作品を対象に鷗外と『ファウスト』、「両者の組合せ」から浮かび上がる近代の「問題性」を考察しようとする試みである。

山口徹のいうように、「これまでの鷗外研究においても、『舞姫』を含むドイツ三部作が書かれた明治二〇年代（一八九〇年前後）の仕事と、鷗外がふたたび旺盛な執筆をはじめた明治四〇年代以降（一九〇九年頃から後）の仕事とを結びつける視点は少なかった[9]」とすれば、その試みは鷗外研究にとってもなにがしか意味のあるものかもしれない。

## 三　鷗外、創作の再開と『ファウスト』翻訳

日本のゲルマニストのあいだで高橋義孝といえば、ゲーテをはじめ、マンやフロイトの優れた訳者として、また格調の高い評論や洒脱なエッセイを物した粋な名文家として著名、ということになろうか。その高橋の初期の著作に『森鷗外』（新潮社、一九五四年）があるのは、意外と知られていないかもしれない。この特異な鷗外論が現在の鷗外研究においていかなる位置を占めるのか寡聞にして知らないが、エポックメーキングであったことは想像できる。磯貝英夫によれば、「鷗外の文学それ自体、それを支える〈精神的エネルギー〉を、パターンとしてとらえようとしたもので、〔……〕巨大で非情な理知が必然的にもたらすニヒリズムに、鷗外の本質を見るという、注目すべき視点をうち出している[10]」という。

〈ニヒリズム〉については、高橋自身「ニヒリズムという言葉しか手近にないので、仕方なしにこの言葉を使う」と断っているが、（のちに触れるように）われわれの問題意識とも深くかかわ

るので、ここに一箇所だけ関連個所から引いておきたい。――西洋近代文学、ことにドイツ文学に明るかった鷗外は、数多いドイツ作家のうち「誰を特に敬重し欣慕していたか」として立てた設問に、みずから「レッシングである」と答えたくだりである。

鷗外とレッシングとを結ぶものは、特に文学批評においてはたらいた強烈な論理的思考力である。しかし両者はここで結びつくだけであって、鷗外はむろんレッシングではなく、レッシングはむろん鷗外ではない。〔……〕レッシングの世界観の中核には宗教があった。〔……〕レッシングにおいて宗教が占めていた位置は、鷗外にあっては何物によって占められていたのであろうか。さっくりといってしまえば、それはニヒリズムである。ニヒリズム――曖昧な言葉だ。〔……〕もう少し控え目にいえば、それは自然科学である。『妄想』の翁が「凡ての人為のものの無常の中で、最も大きい未来を有しているものの一つ」としている自然科学である。そしてあらゆる自然科学には、いつもひとりのメフィストーフェレスが隠れている。（第Ｖ章）[11]

前置きが長くなったが、この高橋義孝が独自の鷗外観にもとづいて二十編の短編を選び、二巻の「鷗外短編集」（新潮文庫、一九六八年）を編んでいる（その前年および同年、高橋は同じ文庫に優れた『ファウスト』訳「第一部」「第二部」を間を置かず収めている。この符合ひとつからも窺われるように、高橋自身にとっても鷗外と『ファウスト』との組み合せには必然性があった）。その短編集の（高橋に倣えば「別巻」）「解説」において「鷗外の作品を理解するのには、その成立年次の順序を知ることが極めて大切である」と説く高橋は、両巻に配した「人のあまり顧みようとしない小編」『杯』と『余興』を取り上げ、それぞれのなかに「符節を合せたような文句がある」としてこう述べる。「まるで『杯』の書かれた明治四十三年から、『余興』の書かれた大正四年までの足掛け六年の間は時計の針がとまってでもいたかのようではあるまいか。〔……〕この『杯』を出発点とする線は、一筋の赤い糸となってその後永く鷗外の数々の作品の中を貫き流れ行く」。

「符節を合せたような文句」はひとまず措いて、この明治四十三年から大正四年までの「足掛け六年」は、すなわち『青年』(明治四十三年三月〜翌年八月)『普請中』(明治四十三年六月)から『山椒大夫』(大正四年一月)『ぢいさんばあさん』(同年九月)までの六年間でもある。鷗外四十八歳から五十三歳まで、ようやく「人生の下り坂」(『妄想』)に差し掛かろうとしている。公的には、約三年間の「小倉左遷」(明治三十二〜三十五年)をはさんで、日清・日露の両戦役に軍医部長として出征したのち、明治四十(一九〇七)年、四十五歳にして陸軍軍医総監、陸軍省医務局長の地位に上りつめている。

作家鷗外にとって明治四十三(一九一〇)年は、『舞姫』発表(明治二十三年／一八九〇)以後、二、三の小品の制作を例外として、長い休眠期間を経てほぼ二十年ぶりの本格的な創作再開の年になる(李太郎のいわゆる「豊熟時代」[12]の幕開きである)。小説家の復活に、当時「流行作家」として華々しい活動を展開していた漱石(『三四郎』明治四十一年、『それから』同四十二年)や、急速に勃興してきた自然主義文学思潮(花袋の『蒲団』は明治四十年の発表)が大きな刺激になったこともほぼ通説である。

だが、あらためてゲーテの『ファウスト』を視座に問題の六年を検討してみると、事態はかなり異なった様相を呈するようである。「時計の針がとまってでもいたかのよう」どころか、この時期、鷗外の内面で大きな転機となるような本質的な変革が進行しているように思われる。そもそも創作の再開じたいがそのことの予兆にして証しであり、高橋義孝の着目した『杯』のなかの文句「わたくしの杯は大きくはございません。それでもわたくしはわたくしの杯で戴きます」は、作家鷗外の覚悟を告げる復活宣言のようにも聞こえる。内部でことがひそかに成熟し、それが生起するまでに——「原形」を「第一部」へと仕上げようとするゲーテの場合同様——二十年に近い人生の「時」を要したのであり、しかも、おそらくそれは鷗外と『ファウスト』、「両者の組せのもつ両側からの問題性」と無関係ではない。

『青年』『普請中』から『山椒大夫』『ぢいさんばあさん』までの鷗外と『ファウスト』をあえて関連づけることに、あるいは、恣意的なものを感じ、疑問を抱く向きもあるかもしれない。が、けっして恣意的でないばかりか、この時期創作にあたる鷗外が絶えず『ファウスト』を意識していたことはまず間違いない。もっとも見やすい契機を挙げるなら、森林太郎訳『ファウスト』の刊行がそれである。具体的には、明治四十四年五月、文部省から文芸委員会委員に任命され、七月、正式に『ファウスト』翻訳の委嘱をうけた鷗外は、早くも同年十月に「第一部」、翌年一月には「第二部」を訳し終えている。さらに直ちに彼は関連の著作に着手し、大正二年中に『ファウスト第一部』『第二部』(一月、三月)、ついで『ファウスト考』『ギヨオテ傳』(十一月)と順次刊行にこぎつけている。要するに、『ファウスト』翻訳をめぐる一連の仕事がそっくり例の六年間のうちに納まることになる——。

それだけではない。翻訳を嘱託される前から、創作の再開に先んじて、鷗外が『ファウスト』

を読み返していた確かな形跡がある。明治四十二年（「創作再開」の前年）に発表された『団子坂』では、二人の男女の学生の「対話」において、人間の身内にひそむ「Mephisto《メフィスト》とかいふ鬼」が話題の中心になる。愛と切り離せない性欲の問題である。また同じ年に書かれた随想『当流比較言語学』では、ある国民にはある詞《ことば》が闕《か》けているが、「それはある感情が闕けているからである」という命題が論じられる。それを論証するために鷗外はドイツ語のStreberという語を例にとり、対応する動詞のstrebenにまで遡ってこう縷説する。

動詞のstrebenは素《も》と体で無理な運動をするような心持の語であったそうだ。それからもがくような心持の語になった。今では総《すべ》て抵抗を排して前進する義になっている。努力するのである。勉強するのである。随《したがつ》てStreberは努力家である。〔……〕然《しか》るに独逸語のStreberには嘲る意を帯びている。生徒は学科に骨を折っていれば、ひとりでに一級の上位に居るようになる。試験に高点を贏《か》ち得る。早く卒業する。しかし一級の上位にいよう、試験に高点を貫おう、早く卒業しようと心掛ける、その心掛が主になることがある。〔……〕独逸人はこんな人物をStreberというのである。〔……〕
日本語にStreberに相当する詞が無い。それは日本人がStreberを卑《いやし》むという思想を有していないからである。

「天上の序曲」の有名な主の台詞を想起するまでもなく、strebenは『ファウスト』にあってキーワード中のキーワードである。だが「Streberを卑むという思想を有していない」日本人は、

streben の語をも一面的に肯定的に捉え、ファウストを過度に理想化して「努力するものは救われる」といった安易な解釈を生む躓きの石にもなった――。「総て抵抗を排して前進する」ファウストは、「努力の人」というよりむしろ「直進の人」であり「性急の人」である。その彼の「静止したら最後、おれは奴隷だ」という性急な勇往邁進が、必然的に悲劇を惹き起こすのである[13]――。

もっとも二十年前なら、鷗外にもこの「当流」の解釈は不可能だったであろう。その名が「いつも一級の首《はじめ》にしるされた」太田豊太郎は、そして「早く卒業しようと心掛け」てそれを実行した若き鷗外自身も、良い意味で文字どおり Streber であった。そしてここには、二十年という人生の「時」を経た鷗外の『ファウスト』理解の深化が認められる（因みに、例の主の台詞を森林太郎は「人は務めている間は、迷うに極まったものだからな」（三一七行）と訳している）。

もうひとつ、創作の再開と相前後して鷗外が『ファウスト』を再読していただろうことの傍証となる事実を挙げておきたい。鷗外が「私はファウストを訳するのに、オットオ・ハルナックの本を使っていた」（『訳本ファウストについて』）と書いた、O・ハルナック校訂の単行本『ファウスト』（正確には、全三〇巻からなるハイネマン版「ゲーテ全集」第五巻の Sonderausgabe〔特別版〕）が出版されたのが、一九〇八（明治四十一）年である。「西洋の某書肆」から適宜「書物の小包が来る」（『妄想』）よう取り計らっていた「老翁」は、さっそく取り寄せ、手元に置いて閲読したに違いない――。いや、これ以上迂遠な議論を続けるには及ばないだろう。復活した作家によってものされた作品そのものが、なにより雄弁に『ファウスト』との関連とそこに浮かび上がる「問題性」を語っている。

## 四　「永遠なる不平家」――『カズイスチカ』『青年』ほか

創作を再開するにあたって鷗外が、いわば過去へと回帰し、若き日を回想しているのは特徴的である。ひとつには鷗外自身が「老い」や「死」を意識し始めたせいかもしれない（鷗外の生涯を俯瞰したうえでの後知恵にすぎないが、耳順にして鬼籍に入る彼には、もはや十年ほどの時間しか残されていない）。あるいは、おのが半生を振り返り、過去を清算することなくして新たに先に進むことはできない、ということだったかもしれない。

『妄想』（明治四十四）の「白髪の主人」は砂山の上に立つ松林の陰の小家の一間に座り、「烱々たる目」を海と空の交わる辺りに注いで、「時間ということを考える。生ということを考える。死ということを考える」（文久二（一八六二）年一月生まれの鷗外は、この年数えで五十歳を迎えている）。『青年』（明治四十三～四十四）は、作家を志して上京した（明治四十二年のことと推断できる）青年小泉純一の視点から書かれた現代小説で、作中彼の「日記の断片」が挿まれたりもするが、つぎのようなくだりに思わず鷗外自身が顔をのぞかせる。純一と友人の大村荘之助が、現代思潮を決定づける個人主義に生きる新しい自我を模索して議論を交わした章の結びである。

二人共余り遠い先の事を考えたような気がしたので、言い合せたように同時に微笑んだ。二人はまだ老だの死だのということを、際限もなく遠いもののように思っている。人一人《ひとり》の生涯というものを測る尺度を、まだ具体的に手に取って見たことが無いのである。（二十）

しかしさらに目を惹くのは、この時期の主人公たちの多くが、総じていわゆる「ファウスト的人間」として特徴づけられていることである。それは彼らの時間意識にもっとも顕著にあらわれており、その意味で、主人公にもう一人の対照的な人物を配した『カズイスチカ』(明治四十四)は注目すべきである。

たしかに「明治二十九年に歿した父親森靜男の思ひで⒁」といわれればそのとおりで、鷗外自身と思しき花房医学士が大学卒業の前後、開業していた父の診察所で時々代診をした体験が語られている。当時もう古くなっていたHufeland《フウフエランド》を主たる拠り所にする花房翁にたいし、近代医学に学んだ新しい知識において自負するところのあった若い花房が、どうしても父に及ばないと認めざるをえないことがあった。すなわち「翁は病人を見ている間は、全幅の精神を以て病人を見ている。そしてその病人が軽かろうが重かろうが、鼻風だろうが必死の病だろうが、同じ態度でこれに対している。盆栽を翫《もてあそ》んでいる時もその通りである。茶を啜《すす》っている時もその通りである」。少花房の姿勢はそれとは対照的である。

花房学士は何かしたい事もしくはするはずの事があって、それをせずに姑《しばら》く病人を見ているという心持である。〔……〕始終何か更にしたい事、するはずの事があるように思っている。しかしそのしたい事、するはずの事はなんだか分からない。〔……〕それが病人を見る時ばかりではない。何をしていても同じ事で、これをしてしまって、片付けて置いて、それからというような考をしている。それからどうするのだか分からない。

つねに、どこか満たされない思いに付きまとわれている学士には、一介の町医者たる存在に安んじて、日常の瑣事にも全精神を傾注して倦まない父の態度が「有道者の面目に近い」ように思えてくる――。

ここには、老年と若年という「人生の時」が対象化されているようにもみえる。が、おそらくそうではないであろう。Hufeland の名――一時ゲーテ家の家庭医も務めたプロイセン宮廷侍医クリストフ・フーフェラント（一七六二―一八三六）。臨床経験に基づく彼の『医学必携』は緒方洪庵らによって邦訳され、日本でも重宝された――が象徴的だが、老花房は基本的に開化以前の「古い」文化（そしてそれに固有な「時」）に養われ、それを生きている（鷗外の父静男は、もとは津和野藩藩主の御典医であった）。対して、絶えず花房学士をとらえているある種の焦燥感、――年齢的に彼に近い『青年』の主人公が「積極的新人」を特徴づけた言葉では――「永遠の懐疑」「永遠の希求」（八）は、留学も経験し、西洋的「自由」の空気を存分に吸った『妄想』の翁がむしろ代弁している。いわく「日の要求を義務として、それを果して行く。これは丁度現在の事実を蔑《ないがしろ》にする反対である。自分はどうしてそう云う境地に身を置くことが出来ないだろう。／〔……〕足ることを知るということが、自分には出来ない。自分は永遠なる不平家である」（改行省略）。

まるでファウストその人の台詞を聞くような思いがしないだろうか。もちろん、ファウストのほうが、はるかにエネルギッシュで自信家（そのぶん過激）である。メフィストとの「賭け」は、「もしおれが、のうのうと安楽椅子に寝そべったら、／その時はおれもおしまいだ！」（一六九二行以下）ということばで悪魔の誘惑を一蹴するところに始まっている。旅の途上でも、「何しろ満足ということを知らないあなたのことだ、／是非これが欲しいというようなものはなかったのでしょうな」（一〇一三二行以下）と皮肉られる。ファウストこそ「いま・ここ」という現在の瞬間に充足感を持つことのできない「永遠なる不平家」である。エッカーマンの記すように、ファウストの「生来の性格である、足ることを知らない心は老年になっても変わらず」（『ゲーテとの対話』（以下『対話』と略す）一八三一年六月六日）、そのために、ついには「菩提樹の木立」（一一一五七行）のもとに住む罪のない老夫婦を死に追いやってしまう。そして当の彼は、「憂い」の侵入を防ぐことができない。おのれの内なる声でもある「憂い」は仮借なく彼を責め立て、その本性を剔抉する。

誰でもわたしがとりこにすれば、
その人には世界全体が無意味になる。
永遠の闇が下りてきて、
日は昇りもしなければ沈みもしない。
目や耳のはたらきになんの障りもないのに、
心のなかには闇が巣食う。
およそ宝という宝を、
わがものとすることはできなくなる。
幸も不幸も、ふさぎの種となり、

ありあまるなかで、飢えになやむ。
うれしいことも、つらいことも、
明日へ明日へと延ばしてゆく。
いつも未来を恃むばかりで、
これで終わりということがない。

（一一四五三―一一四六六行）

やがてメフィストの姿を借りて全貌をあらわすことになる「ニヒリズム」の徴候である。「憂い」に捕らえられたファウストには、「世界全体が無意味になる」。鷗外の主人公たちは、まだこれほどの危機に直面しているわけではない。だが、高橋義孝が慧眼にも見抜いていたように、彼らもまた決してそれと無縁ではない。何をしたいのかよく分からぬまま、焦燥感に駆られて先を急ぐ彼らは、一様に特有な生の不全感に悩んでいる。「正しい意味で生活していないのではあるまいか」（『青年』（五））という懐疑である。ほんらい一度かぎりの、かけがえのない「時」であるべき人生が、舞台で演じられる「役」のようにみえてくる。「生れてから今日まで、自分は何をしているか。始終何物かに策《むち》うたれ駆られているように、学問ということに齷齪《あくせく》している。〔……〕しかし自分のしている事は、役者が舞台へ出てある役を勤めているに過ぎないように感ぜられる。〔……〕この役が即ち生だとは考えられない。背後《うしろ》にある或る物が真の生ではあるまいかと思われる」（『妄想』）。

これは「真の生」ではない、ここには生活がない、という嗟嘆は『青年』の純一も「日記の断片」に書きつけている。「生きる。生活する。／答は簡単である。しかしその内容は簡単どころではない。／〔……〕／現在は過去と未来との間に劃した一線である。この線の上に生活がなくては、生活はどこにもないのである。／そこで己は何をしている」(改行省略)(十)。

作品自体のなかで、解決の道がまったく提示されないわけではない。例の大村との議論において、「どうも僕にはその日常生活というものが、平凡な前面だけ目に映じて為様《しよう》がないのです。そんな物は詰まらないと思うのです」という純一に、「作者の観念の代弁者[15]」として理論的な面を体現すると目される相手は、「平凡な日常の生活の背後に潜んでいる象徴的意義を体験する、小景を大観する」ことの重要性を説く。『妄想』に引かれる〈日の要求〉が「Goethe《ギヨオテ》の詞《ことば》」——厳密には一八二八年に完成、翌年出版された『ヴィルヘルム・マイスターの遍歴時代』第二巻「遍歴者たちの精神による考察」からの引用——であることは作中に断りがあるが、ここでもゲーテのことばの谺を聞く思いがする。すなわち、これまでの観念的な傾向を脱して、次第に「瞬間的な状態のもつ価値を重んずるようになった」と告げるエッカーマンに、ゲーテはそれを嘉し励ましてこう述べる。「その方向を大事に守って、つねに現在に密着していることだ。どんな状態にも、どの瞬間にも無限の価値があるものだ。なぜなら、それはひとつの全き永遠のすがた、その代表なのだからね」(『対話』一八二三年十一月三日)。

ただ、詩人としても人間としても、ゲーテが一筋縄では行かないのは、それもまた彼の一面にすぎないことである。最晩年、『遍歴時代』と並行して『ファウスト第二部』の完成に腐心していた事実が象徴的に物語るように、「永遠の不平家」ファウストが遍歴者たちの精神たる「諦念 Entsagung」(明治四十二年の「予が立場」の言葉ではResignation)にくみすることはありそうにない。同じことは鷗外についても妥当するはずで、明敏な理論家大村も、「卵から孵ったばかりの雛《ひよこ》のような目」(壱）をした純一の「永遠の懐疑」「永遠の希求」を鎮めることができぬまま、結局、二人は別れてゆくのである――。

## 五　「ここは日本だ」――『普請中』あるいは「過去の清算」

「過去の清算」という点では、『普請中』を外すことはできない。留学中、異国で親しんだドイツ人女性との、思いがけぬ来訪による再会と別れを扱った小篇は、『舞姫』（明治二十三）の成立事情にすこしでも通じた読者になら、さまざまな連想を呼び起こさずにはいない。舞台となる築地の精養軒ホテル（折しも「普請中」である）は、かつて留学生森林太郎の帰朝（明治二十一年）に際し、後を追って来日したドイツ女性が説得されて帰国するまで、一ヵ月余り滞在した当のホテルである。「時」は作品が書かれた当時と考えてよいとすれば明治四十三年、『舞姫』からちょうど二十年後のことになる――。

すべては、むろん虚構であり、空想上のことに違いない。だが、一度ならずそのような空想が鷗外の脳裏を過ったことがなかったかどうか。そして作者自身、どこか両作品が関連づけて読まれることを期待しているような気配さえ感じられるのは、ただの先入見だろうか。

二人の男女の身に二十余年の時が流れたとすれば、相応の変化があらわれるのはむしろ当然である。女は父親の葬儀費用のために身を売ることを迫られて歔欷《すすりな》いたり、男の裏切りを知って発狂したりするようなタイプの、純情可憐な少女《おとめ》ではない。昔のままの、褐色の大きな目のふちには、昔なかった「指の幅程な紫掛かった濃い暈《くま》」ができている。歌姫としてウラジオストックでの興行を終え、「伴奏者」の情夫と二人づれで、アメリカへ向かう旅の途次、旧知の渡辺のいる日本に立ち寄ったのである。暗示的で思わせぶりな二人の会話から、かつて二人がドイツの街で「おこったり、中直りをしたり」、一緒に「シャンブル・セパレエ」（「個室」――引用者）に泊まったりする間柄であったことが分かってくる。

高級官吏として近代日本の建設に参画している渡辺参事官の身に起こった変化も、女の場合に比べて小さいとはいえない（そして作者の主眼はおそらくこちらにある）。男の心はすでに冷め切っている（少なくとも表面上はそのように振る舞っているし、本人もそう信じている）。豊太郎のように「人知らぬ恨」に懊悩することもなければ、「限なき懐旧の情を喚《よ》び起」されて煩悶することもない。みずから疑うばかりに「冷澹《れいたん》な心持」で女の到着を待ちながら、「何を思うともなく〔……〕ただ煙草を呑んで、体の快感を覚えて」いる。

男には女の来訪が鬱陶しく、あきらかに迷惑である。懐かしんで過去の追憶にひたる余裕もなければ、その気持ちもない。「日本はまだ普請中だ」、そして彼自身は「本当のフィリステルになり済ましている」――これが男の言い分のすべてである。自嘲的なこのことばには、痛みをともなう断念より、一種決然とした開き直りのひびきさえ聞きとれる。そして「人材を知りてのこひにあらず」と説いた「良友」相沢の説得を受け入れた豊太郎もまた、その後の人生を「フィリステル Philister（俗物）」として生きなければならなかったであろう。

女のほうは、未練というのではないが、かつての情熱のおき火が消え残っていないか、ひそかに掻き起こしてみようとするふうである。――が、男の応答はにべもない。

「キスをして上げても好くって。」

渡辺はわざとらしく顔を顰《しか》めた。「ここは日本だ。」

（中略）

女が突然「あなた少しも妬《ねた》んでは下さらないのね」と云った。


「ここは日本だ」は、「まだ普請中だ」と並ぶ渡辺の弁明の切り札である。「自由と美との認識」（「Die Wahrheit über Japan 日本に関する真相」一八八六）を欠いた、近代国家に向けて建設の途上にある、文化の後進国日本の官吏としては、被った仮面の奥におのれの「自然」を隠して「役」に徹し、「本当のフィリステルになり済まして」生きるほかはない。帰東した豊太郎がそのまま仕官したとすれば、渡辺参事官はその彼の二十年後の仮の姿でもあったろう。「白い、優しい手」（『妄想』）は、そのとき必然的に取り残される。だが、一人の人間としてそれは成熟といえるだろうか。それで豊太郎の「恨み」は晴らされたのか。断念がひとつの隠された悲劇であるとすれば、ひとはそれで「救われる」のか――。

自分のことばの調子に覚えず本音がこもってしまったことを悔しいと思う女と対照的に、微塵の動揺も見せずに、女の情夫の健康を祝して杯を上げさえする渡辺の姿には、かすかに虚無の影がある。「渡辺の冷徹さは、むろん、見切りの冷徹さだが、この見切りによる成熟には、やはり、どこかいびつなものがある」(16)という磯貝英夫の指摘も、そのことをいったものに違いない。三好行雄は、女を拒否する「ここは日本だ」という醒めた認識の奥に「鷗外のいわゆる resignation（諦念）」を読みとり、「同時に、このときの鷗外はすでに自由と美についての認識を、〈是はみんな遠い、遠い西洋の事〉(「夜なかに思った事」明治四十一年)とする諦念の人であった」[17]という。そしておそらくそれは、「まだ普請中」の日本だけの問題ではない。

ここでふと、まったく関係ない(本当に無関係だろうか)別の悲劇の一場面を想起する。「グレートヒェン悲劇」最終場「牢獄」である。棄てられた女の悲しみと孤独のなか、マルガレーテは錯乱のうちに犯した嬰児殺しの罪で処刑を翌朝に控えている。「なにもあの女が初めてというわけじゃない」(「曇り日」)と、冷徹にぬけぬけと言い放つメフィストを駆って、遊んでいた「ヴァルプルギスの夜」から急行した恋人を彼女は見分けることができない。だが、その狂気はただの狂気ではない。「恋人」の情熱の火が消えているとすれば、もはや恋人ではない。「グレートヒェン！　グレートヒェン！」と呼びかけるファウストの大声に、一瞬彼女もかつての恋人を認める。しかし、ひたすらただ救出を急ぐ「恋人」の姿に、彼女は感覚的にかすかな違和感を覚えて応える。それは、ファウストとの出会い以来、まったき「自己放棄」によって身を捧げてきたマルガレーテの初めての「自己主張」である。

まあ。あなた、もう接吻《キス》もしてくださらないの。
ほんのちょっとお別れしていただけなのに、
もう接吻もお忘れになったの。
……………………
ねえ、接吻して！
でなきゃ、わたしがする！(彼を抱きしめる)

まあ！　あなたの唇の冷たいこと。
それに何もおっしゃらない。
あんなに愛してくださったあなたは
どこへ行ってしまったの。
（四四八四―九六行）

彼女も、ただ一途に慕い寄るだけの「なんにも知らないおばかさん」（三二一五行）ではない。ファウストの無信仰に心を痛めて「ああ、わたし、あなたのことどうにかしてあげられたらいいのに！」（三四二二行）と気遣い、メフィストにいかがわしい存在を感じとって、「わたし、前からとても嫌だったの、／あなたがあの人と一緒なのが」（三四六九行以下）と訴える。しかし「第一部」への完成にあたって、先に引用した詩行の直前にゲーテが挿入した数行は、「原形」からのマルガレーテの決定的な変容を告げている。それは三十年に近い「時」を経てたどり着いた、作家自身のまぎれもない「成熟」でもあっただろう。

**ファウスト**　（しきりに先を急いで）さあ、おいで！　早く！
**マルガレーテ**　ねえ、ちょっと待って！
わたし、ゆったりしているあなたといたいのですもの。（愛撫する）
**ファウスト**　さあ、早く！
早くしないと
とり返しのつかないことになる。
（四四七九―八三行）

「ねえ、ちょっと待って！　O weile!」は明らかに、〈瞬間〉にたいして「とどまれ Verweile!」といったら破滅だという、「賭け」の文句の言い換え《パラフレーズ》である。ファウストではなく、マルガレーテがここで「とどまれ！」と叫ぶのだ。目的めざしてひたすら「先を急ぐ fortstrebend」ファウスト（彼のなかで情熱の火は消えかかっている）、その彼の直進運動に巻きこまれ、引き攫われてきたマルガレーテが、切羽詰まって踏みとどまり、「愛」によって恋人を引きとめようとする。「ねえ、接吻《キス》して！／でなきゃ、わたしがする！（彼を抱きしめる）」。

ドイツのゲルマニスティクの重鎮G・カイザーは、主著『さすらい人と牧歌 *Wandrer und Idylle*』（一九七七）で展開した極性《ポラリテート》の構図を論考「ファウストとマルガレーテ」（一九九四）に適用し、二人は「両形象に共通する絶対性によって対極の関係にある」という。すなわち「ファウストは Streben の絶対性によって、マルガレーテは、彼女の生まれである小市民世界のあらゆる拘束や規範を、それればかりか自分自身へのあらゆる配慮をも、彼女に飛び越えさせる Hingabe（自己放棄）の絶対性によって(18)」。

それにしても、ここでマルガレーテが選ぼうとする〈自己放棄・自己犠牲〉の何と厳しく過酷であることか。彼女が選びとるのは、彼女にとって最大の〈自己放棄〉、みずからの肉体の「死」をつうじての「再生」という道である。「さあ、おいで！　Komm mit!」というファウストの再三の脱出の促しを、毅然として彼女は拒絶する。メフィストと手を切れないファウストについて行くことはできない。「外にお墓があって、／死が待ち受けているのでしたら、行きますわ！／わたし、ここから永遠のやすらぎの場所に還ります。／でなければ、もう一歩だって動かないわ

――」(四五三九―四二行)。

「グレートヒェン悲劇」が近代の劇であるのは、「近代的人間」ファウストに対応して、「なんにも知らないおばかさん」が単に愛されるだけの対象としてではなく、やがて自我の意識に目覚め、ささやかながらそれを行動に移そうとする自立的な人間として立ち現れてくることである。だが、グレートヒェンがファウストと決定的に異なるのは、彼女の目覚める先が、無限の自我の拡張を目指すファウストとは対蹠的な、〈Hingabe〉を本質とする、一切を受け入れるものとしての主体であることである。「神話的な女性像」ともいえる、「近代的自我」とは対蹠的な、主体のそのあり方によって、近代的人間の象徴というべきファウストの「救い」の契機となる。

「救出」と「救済」の、〈救済―被救済〉の悲劇の「大きな転回」が起ころうとしている。それを証しするように、「女は裁かれた!」というメフィストの声で終わっていた「原形」に、「救われた!」(四六一一行)という「上からの声」が書き加えられた。

## 六 「謎の目」と「美しい肉の塊」――純一の「ヴァルプルギスの夜」

明治四十三(一九一〇)年三月から雑誌「スバル」に連載された『青年』は翌年八月、第十八回にあたる全二十四章でいささか唐突に閉じられる。雑誌版では最後に作者自身が顔を出し、「鷗外云。小説『青年』は一応これで終とする。書かうと企てた事の一小部分しかまだ書かず、物語の上の日数が六七十日になつたに過ぎない。〔……〕それ丈の事を書いてゐるうちに、いつの間にか二年立つた。兎に角一応これで終とする」と釈明する。『青年』が、小説家として立とうとする一青年を主人公に、鷗外自身の作家としての再出発と重ねながら、その成長を描こうとするものなら、同作において両者（主人公と作者）の「書くこと」の位置と指針が見いだされたとすれば、「一応」所期の目的は達せられたことになる。そしてここでも、両者にとって『ファウスト』のもった大きな意味は否定できないように思われる。

あらためて事実関係を確認しておくと、鷗外が『ファウスト』の翻訳を委嘱されるのが四十四年七月三日、日記に「青年を書き畢る」と記し、擱筆が告げられるのが七月十六日である。宿願の翻訳に専心するために突然連載を打ち切ったとも見えるが、ここにいう「大きな意味」は、むろん、そうした事情を指すのではない（鷗外がそれ以前から『ファウスト』を再読し始めていた、という推測についてはすでに述べた）。それは、小説『青年』における広義の『ファウスト』受容、というのでもまだ不十分で、両作品（と作者）の関係はもっと本質的な意味で重要であると思われる。

「快楽が問題ではない。／めくるめくような想いがしたいのだ。／〔……〕／全人類が受けるべきものを、／おれは内なる自我によって味わいつくしたい」（一七六五行以下）として、メフィストと結んだファウストの「新生活の門出」（二〇七二行）が実質的に「魔女の厨」から始まるように、作家を志す純一の探索の道程が「謎の目」をした女性との「閲歴」と並行して進んでゆくのは注目すべきである。

「魔女の厨」の魔法の鏡に映る女の姿に、「愛の女神よ、お前のいちばん速い翼を貸して、／この女《ひと》のいるところへおれを連れていってくれ」（二四三一行以下）と叫ぶファウストを尻目に、メフィストは声をひそめて「あの薬が身体に入ったからには、／もうどんな女もヘレナに見えるのさ」（二六〇三行以下）と独りごつ。はたして厨を出て最初に出会った町娘マルガレーテにファウストは熱をあげ、「さあ、あの娘を手に入れてくれ」（二六一九行）と矢の催促である。やがて欲情が愛に深まり、破局を予感した彼が悲劇を未然に防ごうと大自然の懐（「森と洞」）に遁れると、追いかけてきた「今やなくてはならない存在となった道連れ」が、さらに狂熱の焔を煽り立てる。――「こうしておれは欲情から享楽へとよろめき、／享楽のなかで、新たな欲情への渇きに身を焦がすのだ」（三二四三―五〇行）。「どうしても起こらなければならぬことなら、いますぐ起こるがいい！」（三三六三行）。

ひとたび自制力を失った情熱はいや増しに昂じ、夜の密会のため手渡した「小壜《こびん》」によるマルガレーテの母の死、妹の汚名をそそがんと「二人連れ」に挑んだ兄の返り討ちによる死と、不幸は重なり、心ならずも殺人に加担したファウストは「道連れ」の誘うまま、恋人を見棄てて、折しも近づく「ヴァルプルギスの夜」へと逃避する。サタンを中心に魔女たちが大挙して集まるブロッケン山の夜宴（サバト）にファウストが惹かれるのは、そこでくり広げられる性の狂宴への興味もさることながら、「あそこへ行けば、いろんな謎も解けるにちがいない」（四〇四〇行）という期待がおそらく与っている。

そのファウストに純真な青年をなぞらえるのは、すでに彼の「ファウスト的特性」に触れたとはいえ牽強付会とみえるかもしれない。が、魔女の秘薬で三十歳ほど若返ったファウストは、小説の主人公とほぼ同年代の、若きゲーテの生感情を生きる青年である。問題はむしろ小説を創作する鷗外の側にあって、いわば己れを若返らせて作家志望の青年に重ねる五十路に近い作者の複雑でアイロニカルな意識は、「メフィスト的」といえる。なかでも、たとえば小説を終結させる最大の山場でもある純一の「箱根行き」は、疑いもなく『青年』の「ヴァルプルギスの夜」として構想されている。鷗外が「ヴァルプルギスの夜」をいかに重視していたかは、彼の『ファウスト考』（冨山房、大正二年）にもうかがわれて、全体でわずか三十数頁で済ませている、同書の「グレエトヘン悲壮劇」に関する記述の三分の一強を「ワルプルギスの夜」に割いている（K・フィッシャーの原著では、両者の比率は約四対一である）。だが、まずそこに至るまでの純一の経路を簡単に振り返っておきたい。

上京した純一は、新思潮を代表する自然主義作家大石路花に満足できず（壱・弐）、たまたま見たセガンチニの絵に、「自分の画がくべきアルプの山は現社会である」（五）と思い定める。ついで彼は漱石がモデルとされる平田拊石のイプセン講演――じつは「拊石の口を借りた鷗外のイプセン論[19]」――に強い刺激を受ける。拊石によれば、イプセンの個人主義には両面がある。いわく、イプセンには「世間的自己」とは別に――「もしこの一面がなかったら〔……〕放縦を説くに過ぎない」――「出世間的自己があって、始終向上して行こうとする。〔……〕身を泥土に委ねようとするのではない。強い翼に風を切って、高く遠く飛ぼうとするのである」（七）。自己のエゴを全面的に肯定して「永遠の希求」（八）に従おうとする西欧近代的個人主義、ファウストのいわゆる「二つの魂」である。

ああ、おれの胸には二つの魂が住んでいる。
その二つが、たがいにどうしても折り合おうとしない。
一方は、荒々しい情念をむきだしに

無数の触手でこの現世にしがみつく。
他方は、しゃにむに地上の塵芥から飛び立って、
至高の先人たちの住む境域へと飛翔しようとする。

（一一一二―一一七行）

清水孝純は『ジョン・ガブリエル・ボルクマン』を例に、この（漱石の）講演を解説・敷衍して、劇の焦点は理想に憑かれたボルクマンの悲劇と、それを究極的に大きく抱擁してゆく義妹エルラの愛にあるという。「このエルラの愛の徹底性は、主人公ボルクマンの超人的徹底性と対応している。〔……〕理想に憑かれて自身を滅してゆく男と、それをより深いところで理解し愛し続けてゆく女と、この二つの徹底性のドラマこそがイプセン晩年のこの大作の主題に他ならなかった[20]」。周知のように、『ジョン・ガブリエル・ボルクマン』は『ファウスト』に先がけて鷗外が翻訳し、同年（明治四十二年）、その訳を脚本に有楽座で、結成直後の自由劇場によって試演されている（純一が観劇に出かけるのも、この自由劇場の初演である）。

「二つの徹底性のドラマ」ですぐに想起されるのは、カイザーが「ファウストとマルガレーテ」に見ようとした極性《ポラリテート》の構図であろう。そこにも、たしかに愛とStrebenとの「二つの徹底（絶対）性のドラマ」が展開されていた――。とは畢竟するに、鷗外がイプセン晩年の大作と「グレートヒェン悲劇」との間に共通する主題を見ていた、ということであろう。そしてさらにいえば、「永遠の希求」に憑かれた、「理想主義の看板のような、黒く澄んだひとみ」（壱）をした青年に、ひそかに二人の「超人」（四九〇行）の軌跡を辿らせようとしていたということである。もっとも、この明治日本の「Stray sheep《ストレエ シイプ》」（『団子坂』）に、「救い」の契機となる「エルラ」も「グレエトヘン」

もまだ存在しない。そればかりか、きわめてアイロニカルにも、純一は期待して出かけた『ボルクマン』公演で、ファム・ファタル（魔性の女）というべき坂井夫人を知り、その「目の奥の秘密」に抗いがたく魅せられてゆく（「魔女の厨」で魔法の鏡に映しだされた裸女の姿にエロス的自然への憧れをかきたてられるファウストのように）。

純一が、かねて国の噂話で「面白い小説の女主人公のように記憶に刻み附けられていた」（九）同郷の学者の未亡人に近づいたのには、「現社会」を描く小説の素材を求めたいという動機がなかったとはいえない。だが彼の記した「拙い小説のような日記」によれば、公演の三日後、「謎の目」に魅かれるまま夫人を訪ねて行って結局その魔力に屈させるのは、それ以上に、彼自身の「内面からの衝動、本能の策励」である。事後に初めて、そこには「恋愛もなければ、係恋《あこがれ》もない」ことに思いあたって、純情な青年は「一体こんな閲歴が生活であろうか。どうもそうは思われない。〔……〕己には真の生活は出来ないのであろうか」（十）と嘆息する。

「閲歴」は今一度くり返されるが、坂井夫人との関係がピークを迎え、そして急速に終熄するのは、彼の「ヴァルプルギスの夜」というべき「箱根行き」においてである。周知のように、ドイツの民間伝承によれば四月三十日から五月一日にかけての夜、ハールツ山地の最高峰ブロッケン山に魔女たちが集結して、猥らな乱痴気騒ぎの夜宴をくり広げる。グレートヒェンの破局を前に、メフィストに誘われて出かけたファウストは、恋人の苦境も忘れて若い魔女相手にきわどい「踊り」を踊ろうとした瞬間、女の口から「赤い鼠が飛び出して」（四一七八行）興ざめする。同時に、「両脚を縛られ」（四一八六行）、「美しい首のまわりに／一本赤い紐の捲きついた」（四二〇三行以下）青ざめた顔の娘の幻影を見て、一気に迷夢から覚める。ファウストは、罪を一身に引き受けて処刑されるグレートヒェンによって、すでに一度ここで救われている、ともいえる（ドイツの迷信によれば、口から魂が「赤い鼠」になって飛び出すのは、相手が神を信じぬ者〔魔女〕である標である）。

純一の「箱根行き」は十二月三十日から一月一日まで、小説最後の三章で語られる（あえて二つの「ヴァルプルギスの夜」の印象の違いにも触れておくなら、何より両者の舞台となる季節の相違に因るところが大きいかもしれない。すなわちファウストの「ヴァルプルギスの夜」が、すべての生命が胎動を始める早春であるのにたいし、純一のそれは冬枯れの大晦日が舞台である）。この「ヴァルプルギスの夜」には一見誘惑する「道連れ」が欠けているようだが、「Mephisto とかいふ鬼」は、ほかでもない純一自身の身内に潜んでいる。暮を箱根で一人で過ごすから「いらっしゃい」という夫人の蠱惑《こわく》的な誘いを一旦は聞き流しながら、当日になると、この「反理性的の意志」の『箱根へ、箱根へ』という叫声に、純一は策《むち》うたれて起《た》った」（二十二）のだ。

「ヴァルプルギスの夜」は、夕方になって不意に決行した出立の瞬間から始まっている。始発の新橋では、「竿《さお》のように真っ直な体附きをし」た「痩せた、醜い女」が、「蝙蝠傘《こうもりがさ》を椅子に寄せ掛けて腰を掛け」、誂えた「クレエム」をぺろりぺろりと「見る間に四皿舐めた」。やがて「喧噪の中に時間が来て、〔……〕クレエムを食った femme《ファム》 omineuse《オミニヨオズ》（ominöse Frau「怪しげな女」か――引用者）もこの時棒立ちに立って、蝙蝠傘をからだに添えるようにして持って、出て行く」。「蝙蝠傘」で代用されているが、「箒」や（すぐ話題にされる）「火掻き」は、魔女専用の乗り物にして（四〇〇〇行以下）アトリビュート（象徴的付き物）である。車中、窓外の闇を「火の子が彗星の尾のように背後へ飛んでいる」のは、魔女たちの空中飛行を想わせる。

深夜に着いた国府津ではつぎつぎに宿を断られ、純一は「お伽話にある、魔女に姿を変えられた人のような気がし」、「意地の悪い魔女の威力が自分の上に加わっているように、一歩一歩と不愉快な世界に陥って来たように思われる」。「夢と魔法の圏域に／どうやら踏み込んできたようだ」(三八七一行以下)。——到着までにはさらに紆余曲折があるが、登るにつれて摩訶不思議な呪術的・官能的「世界」、異空間の気配はいよいよ募ってくる。

「大勢が魔王《サタン》のもとへと殺到する」(四〇三九行)頂上を前に、ファウストが若い魔女と官能的な「踊り」を踊ろうとするように、箱根湯本で純一は坂井夫人の泊まる福住《ふくずみ》とは別の旅館に投宿する。「あそこへ行けば謎も解けるにちがいない」というファウストの期待が空しいように、小説のアイロニーはここで頂点に達する。地上とは別世界の「静寂のうちに Ondine《オンジィヌ》のような美人を見出すだろう」と思って出向いた福住に、純一は「Basse《バス》の嘶《いなな》くような」「Faune《フォオヌ》の笑声を聞かなくてはならない」(二十三)。いちずで深い愛の化身の水の精《ウンディーネ》どころか、夫人は好色なファウヌスばりの「顴骨《かんこつ》の張った」大顔の岡村という画家と一緒にいて、「夫婦気取り」の二人に純一は、自分は「車の第三輪ではあるまいか」と次第に不快の念を募らせる。「厭な厭な寂しさ」に襲われ、屈辱を感じながら早々に引き上げてきた宿の二階では、一夜を騒ぎ明かそうとする一団の、呪文のように唱えられる「べろべろの神さん」が夜通し「跳梁している」。——「恋愛もなければ、係恋《あこがれ》もない」まま重ねた「体だけの閲歴」「霊を離れた交《まじわり》」(十一)は、こうして必然的に幻滅に終わらずにいない。

しかし、このとき純一の心のうちに思いがけない転回が起こる。すべてをなげうって箱根を去る、という決意である。「夫人がなんと思おうと構うことは無い。兎に角箱根を去る。そしてこれを機会にして、根岸との交通を断ってしまう。〔……〕こう思うと、純一の心は濁水に明礬《みょうばん》を入れたように、思いの外早く澄んで来た」(二十四)。翌朝になってもこの決心は変わらない。同時に、不意に「今書いたら書けるかも知れない」という気がしてくる。雑念に煩わされている場合ではない。「ええ糞。坂井の奥さんだの岡村だのと云う奴が厄介だな。〔……〕Der《デル》 Teufel《トイフエル》 hole《ホオレ》 sie《ジイ》!(「あんな奴らなぞくたばってしまえ!」原義は「悪魔にさらわれてしまえ!」——引用者)だ」。

純一もまた彼の「ヴァルプルギスの夜」を経て迷夢から覚める。

> いよいよ書こうと思い立つと共に、現在の自分の周囲も、過去に自分の閲《けみ》して来た事も、総て価値を失ってしまって、咫尺《しせき》の間の福住の離れに、美しい肉の塊が横わっているのがなんだと云うような気がするのである。紅《くれない》が両の頬に潮《ちょう》して、大きい目が輝いている。純一はこれまで物を書き出す時、興奮を感じたことは度々あったが、今のような、夕立の前の雲が電気に飽きているような、気分の充実を感じたことは無い。
>
> (二十四)

魔法の夜の明けるのを待ちかねるように、翌朝、「謎の目」の正体だった「美しい肉の塊」を魔界に残して、純一は早々に箱根を後にする。

## 七　花陰の「束髪の娘」——なりそこねた「グレートヒェン」

『青年』は純一が箱根を去るところでそそくさと結ばれるが、山を下りた先に、むろん彼のマルガレーテが待ち受けているわけではない。結末はカタストロフではないかわり、小説はいささか微温的な終幕を迎える。それは、雑誌掲載時に付された「鷗外云」の「一応〔……〕終とする」と関係があるのかどうか、「書かうと企てた事の一小部分しかまだ書か」れていないということばを信用してよいなら、すべては推測にゆだねるしかない。

『ファウスト』との関係でいえば、『青年』にも「グレートヒェン」へと発展しうる存在の芽がないわけではない。庭の花陰に「リボンを掛けた束髪の娘」(三)として登場する「お雪さん」が例えばそうである。束髪は明治十八（一八八五）年の婦人束髪の会の発足を機に広まった洋風結髪で、明治後期に女学生などを中心に流行したとされる。マルガレーテも登場早々「夕」の場で「お下げ髪を編んで結いあげ」とト書きに記されるが、お雪さんの髪型は意味深長にも「マガレイト（マーガレット）」らしい。純一とお雪さんは、寡婦マルテの庭であいびきを重ねるファウストとマルガレーテよろしく、純一の家主の寡婦の「婆あさん」のところで出逢うのである。二人の間は急速に接近するかに見え、再会時にすでに純一については「いつの間にかよほど親しくなっているような心持がした。意識の閾の下を、この娘の影が往来していたのかも知れない」と記される一方、無邪気で屈託のない娘の「詞遣《ことばづかい》は急劇に親密の度を加えてくる」。別れぎわ、「〈わたしまた来てよ〉と云うかと思うと、大きい目の閃《ひらめき》を跡に残して、千代田草履は飛石の上をぱたぱたと踏んで去った」(四)。じつに印象鮮やかな場面《シーン》で、思わず「庭」と「庭のあずまや」の場の「浮かれた二匹の蝶々のよう」な「若い二人」(三二〇二行以下）を思い出さずにはいられない。

その後純一の身辺では拊石のイプセン講演、大村との交友、『ボルクマン』公演、そして坂井夫人との閲歴、と慌ただしく出来事が続き、お雪さんはしばらく話題から遠ざかるが、その間お雪さんは病気で入院した「小さい妹」を見舞って世話をするのに忙しく日を過ごしていたことが告げられる。ここでも読者は、産後の肥立ちが悪かった母に代わって、かいがいしく「小さい妹」（三一二一行）の面倒を見たマルガレーテのエピソードを思い出す。

久しぶりに姿を見せた（十二月二十二日の日付がある）最後の来訪（十四）では、開口一番「わたくしはあなたがどっかへ越しておしまいなさりはしないかと思ってよ」と、可憐な乙女の不安に揺れる胸の内をかいま見せている（ふと『団子坂』の女学生を想わせもする）。だが、このあと障子の奥の一間にこもった「似つかわしい二人」の対応はどこかちぐはぐである（最初の接吻が交わされる庭の「あずまや」のなかの二人のようには進まない）。

純一自身の分析によれば、娘には（性的なことに）「強い知識欲がある」。それが彼女をして「待つような促すような態度」に出させている。他方、そう思うと純一は娘を「ある破砕し易い物、こわれ物」として護ってやらなければならないように感ずる。と同時に、己れの身内にわだかまっていた不安な欲望が急速に「消え失せてしまった」のを覚える。結局、二人の間に決定的なことは何も起こらないまま、お雪さんは——「ヴァルプルギスの夜」を経て終結する——小説世界に再登場することはない。

それだけではない。さらに皮肉なことには、このお雪さんの訪問が純一を再度の「閲歴」へと追いやることになる。「恥辱」を綴った純一の「日記の断片」（十五）によれば、彼の「自制力の一角を破壊したものは、久し振に尋ねて来たお雪さん」だったというのである。お雪さんと並んで座っていて、あの時純一には「自然が己に投げ掛けようとした羂《わな》の、頭の上近く閃くのが見えた」という。この「羂」を遁れようとして、逆に坂井夫人への「戒心を弛廃《しはい》させた」（「警戒心をゆるめてしまった」——引用者）というのだ。ずいぶん勝手な男の言い分のようにも聞こえるが、はたして、あの日お雪さんを見送った後、夕方家を出た純一は「手にラシイヌの文集を持っていた」。最初の閲歴の折、借りてきたままになっていたものである。そしてこの坂井夫人との再度の交渉が暮れの「箱根行き」につながるのは、いうまでもない。

それにしても純一（つまりは鷗外）が、エロス的愛を「自然の弶」と感じ、それを遁れようとするのはなぜなのか。エロスはけっして単なる「盲目なる策励」「動物的の策励」ではないはずだが、この傾向はすでに『舞姫』の豊太郎のうちにも徴候として認められる。免官後、苦境のなかで豊太郎がエリスと肉体的にも結ばれる場面を彼はこう描写していた。

余がエリスを愛する情は、始めて相見し時よりあさくはあらぬに、いま我数奇《さつき》を憐み、また別離を悲みて伏し沈みたる面に、鬢《びん》の毛の解けてかゝりたる、その美しき、いぢらしき姿は、余が悲痛感慨の刺激によりて常ならずなりたる脳髄を射て、恍惚の間にこゝに及びしを奈何《いか》にせむ。

エロスを称え、その愛の法悦にひたるどころか、「恍惚の間にこゝに及びし」とは、いかにも弁解じみている。これでは、まるでエリスとの愛そのものが過ちだったといわんばかりではないか。磯貝英夫は、『舞姫』には「エリスの愛は哀切につづられているものの、太田の愛はほとんどえがかれていない(21)」と指摘している。豊太郎の偏頗な恋愛観と彼の「恨み」とは、おそらく無関係ではない——。

『青年』に戻るなら、「無智なる、可憐なるお雪さん」に責任があるのではない。エロス的愛の歓びをつうじて主体へと目覚め、愛の苦悩を突き抜けた果てに「神話的な女性像」へと高められるマルガレーテもまた、「なんにも知らないおばかさん」として登場してきたのである。すべてをささげる、ひたむきで一途な愛のために「自分が罪にさらされ」、社会的追放の憂き目を見ても、「けれど――こうなるまでの道筋はすべて、／まあ、なんてよかったことだろう。なんてうれしかったことだろう」（三五八五行以下）と、彼女は一切を肯定して引き受け、悔いることがない。

ファウストが「森と洞」に遁れたあと、ひとり恋人を想いながら歌う「糸を紡ぐグレートヒェン」の一節は、中年期のゲーテによって「わが胸は……」と改訂されたが、『ウルファウスト』ではその個所は、「わが腰は、ああ、激しく／あの人を求める」だった。仮に「腰」とした Schoß は「股」と訳すこともできるが、ありていにいえば「陰《ほと》」じたいを婉曲に指す語である。『ファウスト考』において鷗外は「原本は餘程猛烈であつた」と追記しているが、若い健康なからだを襲う激しいエロスにたいする共感はあまり感じられない（純一が読みかけの「Huysmans《ヒュイスマンス》の小説」について大村は、「まあ、読んで見給え。随分猛烈な事が書いてあるのだ。一体青年の読む本ではないね」（十一）と評している）。

いずれにせよ、「お雪さん」が純一の「グレートヒェン」へと発展することはなかった。それは、当初「書かうと企てた事」の一部にも実際に入っていなかったのかどうか。「一応」小説が結ばれたとき、消えた「お雪さん」とともに「救済者」としての女性のモチーフがあらわれることもついになかった――。

ここで「救い」を持ちだすのはいかにも忽卒なようであるが、箱根を去る決意を固めたあと「現在の自分の周囲も、過去に自分の閲《けみ》して来た事も、総て価値を失ってしまって」純一は深い寂寥感とともに不意に「虚無」の風に吹かれている。「ああ、しかしなんと思って見ても寂しいことは寂しい。どうも自分の身の周囲に空虚が出来て来るような気がしてならない」。この思いを振り切るように、「好いわ。この寂しさの中から作品が生れないにも限らない」と純一（＝鷗外）は結ぶのだが、「書くこと」（ファウストにとっては「行為〔事業〕Tat」）によって「空虚」は埋め合わされるのか、そしてそのためには、「書こう」とするものはどのようなものでなければならないのか――。

純一の「書こう」とするものについても、小説終盤に不十分ながら示唆があたえられている。いわく「純一が書こうと思っている物は、現今の流行とは少し方角を異にしている。なぜと云うに、その sujet《シュジエエ》 は国の亡くなったお祖母《ば》あさんが話して聞せた伝説であるからである。この伝説を書こうと云うことは、これまでにも度々企てた。〔……〕こん度は現代語で、現代人の微細な観察を書いて、そして古い伝説の味《あじわい》を傷けないようにして見せようと、純一は工夫しているのである」(二十四)。

ここにも『ファウスト』からのこだまを聞く思いがする。ゲーテはイタリア旅行（一七八六～八八）以後、十年近い中断を経て『ファウスト』を再開するにあたり、直接読者に宛てた「献詞Zueignung」を書いて全篇の劈頭に掲げている。――「さて許多《あまた》のめでたき影ども浮び出づ。／半ば忘られぬる古き物語の如く、／初戀も始ての友情も諸共に立現る。／〔……〕／昔あこがれし、静けく、嚴《いかめ》しき靈の國をば／久しく忘れたりしに、その係戀《あこがれ》に我又襲はる」（「薦むる詞」一〇行以下、森林太郎訳）。

ともあれ、「現社会」を描こうという初志からすると大転換に変わりないが、唐突に見えるこの提言にも、注意してみると確かにいくつかの伏線が敷かれている。箱根行きの車中で「純一の想像には、なんの動機もなく、ふいと故郷の事が浮かん」でくる。「お祖《ば》母あ様の手紙は、定期刊行物のように極まって来る。書いてある事は、いつも同じである。故郷の〈時〉は平等に、同じ姿に流れて行く」(二十二)。

純一の「古道具屋覗き」も、このこととかかわりがある。大村との別れとなる二人の最後の散策の途次、純一は朋友を待たせて、いつもの古道具屋に立ち寄る。骨董的な関心からではない。さまざまな古道具が語る「それぞれの生涯のruine」に魅かれるのである。

> 国の土蔵の一つに、がらくた道具ばかり這入っているのがある。〔……〕純一は小さい時、終日その中に這入って、何を捜すとなしにそのがらくたを掻き交ぜていたことがある。亡くなった母が食事の時、純一がいないというので、捜してその蔵まで来て、驚きの目を瞠《みは》ったことを覚えている。
>
> この古道具屋を覗くのは、あの時の心持の名残である。一種の探検である。鏽《さ》びた鉄瓶、焼き接ぎの痕のある皿なんぞが、それぞれの生涯のruine《ルユイイヌ》を語る。
>
> きょう通って見ても、周囲の影響を受けずにいるのは、この店のみである。　（二十一）

思潮や風俗、すべてが目まぐるしく変転し入れ替わる——つまり急速に「直線時間」の支配し始めた——明治末年の「新大都」東京の渦中に身を投じて、純一青年はくり返し幻滅を味わうばかりで、ついに真の意味で「生きる」ということの実感を得られない。作家の卵としては、激しい歴史の流れのなかで「現社会」の本質を模索しながら、そこに現代社会を描きだすsujet（主題・テーマ）を探り当てることができない。かつて青雲の志を抱いて「欧羅巴の新大都の中央」に立った豊太郎が、他方で歴史の流れから脱落したようなクロステル巷《こう》の「狭く薄暗き巷《こうじ》」にしばしやすらぎを見いだしたように、歴史を超えた不易の永遠なものに魅かれる純一の心の動きは十分に理解できる——。

もっとも、豊太郎は「陋巷」に見いだした一輪の花のようなエリスとともに営んだ愛の巣を結局は見棄て、そのことへの痛切な「恨」から『舞姫』は書きだされていた。そしてそうであればこそ、このあと純一（＝鷗外）が「書くもの」は重要であり、刮目に値する。そこでは、当然、『青年』において「書かうと企て」られながら「まだ書かず」にいることが追求されなければならない。

## 八　「理想的な女性像」の追求——『山椒大夫』

すでに述べたように、明治四十四（一九一一）年、『ファウスト』翻訳の委嘱（七月三日）を受けたかのように二週間後（七月十六日）に『青年』を脱稿した鷗外は、その後一連の『ファウスト』にかかわる仕事を精力的に進め、翌年（一九一三）年末までに『ファウスト考』『ギヨオテ傳』を含め、すべての「翻訳」を刊行・完成する。この満を持したといった仕事ぶりも、『ファウスト』との出会いと「戯に」始まったその訳出の構想が、遠く、四半世紀も昔の留学時代にまでさかのぼることを思えば、おのずと得心がゆく。

ところで、注目すべきなのは、この直後に執筆・発表された彼のいくつかの作品に、共通してひとつの重要なモチーフが浮上していることである。それは偶然でないばかりか、おそらく『ファウスト』と深いかかわりがある――。持って回った言い方をするまでもないだろう。理想的な女性像の追求、より正確には「救済者」としての女性たちのモチーフである。具体的には、『安井夫人』(大正三年四月)の佐代、『山椒大夫』(大正四年一月)の安寿、『ぢいさんばあさん』(同年九月)のるん、そして『最後の一句』(同年十月)のいちなどがそれにあたる。

たとえば『安井夫人』の佐代は「岡の小町」と呼ばれる美貌に恵まれながら、姉が断った縁談にみずから志願して、代わりに嫁ぎたいと申しでる。相手は学問はあるが三十になる痘痕《あばた》で片目の醜男の安井仲平(息軒)である。十六の「内気なお佐代さん」は、嫁してゆくや万事に思いがけない見識を顕し、書生も大勢出入りする家で賢夫人ぶりを発揮する。いつも粗末な着物を着て奢侈を望まず、ひたすら質素な仲平に仕えて一見平凡な一生を終える。だがその自立的な生き方は、みずからの意思で夫を選んだことに象徴的にあらわれている。断定を避けながらも鷗外は、佐代の「美しい目の視線は遠い、遠い所に注がれ」、歴史の時間を超えて、不易の普遍的なもの、永遠なるものを見ようとしていた、と、あたかも示唆しようとするかのようである。鷗外のうちで、「わたしはわたしの杯で戴きます」という覚悟が定まったということであろうか――。

佐代に萌芽としてあらわれたものが、さらに意識的に展開されるのが『山椒大夫』である。しかも、その sujet (題材)の選択においてすでに、『ファウスト』の存在がつよく作用していたかもしれない。そう思えるほど、両者には相通ずるところが多い。いずれも中世末に成立した伝説を起源とし、一方は中世の民間芸能である説経節の『さんせう太夫』などの形で、他方は『ファウスト博士の物語《ヒストーリア》』（一五八七）を始めとする民衆本の形で伝わり、やがて「近世初期に操り芝居と結びついて流行した」[22]。純一に「お祖母あさんが話して聞せた伝説」に「さんせう太夫」が入っていたか否かはともかく、少年ゲーテが各種の民衆本を読み漁り、四歳のクリスマスに祖母から贈られた人形芝居に夢中になったことは、彼の『詩と真実』に記されている。そして、人形芝居の定番ともいえる人気の演目のひとつが、ファウスト物であった。鷗外は『ファウスト考』の第一編「ギヨオテ前のファウスト」をまとめながら、おのれの創作をつよく意識したであろう。

とはいえ素材はあくまで素材であり、肝要なのはその扱いである。鷗外はほぼ同時に発表した「自注」『歴史其儘と歴史離れ』によって『山椒大夫』創作の楽屋裏を披露したが、その「歴史離れ」に対していらぬ批判を受けることにもなった。

説経正本との最も顕著な筋の異同は、厨子王が山椒大夫のもとでの奴婢状態から逃れ、丹後の国の国主《こくしゅ》として復権した後の大夫一族の運命である。説経節の『さんせう太夫』では、山椒太夫は首だけ出して生き埋めにされ、竹鋸《たけのこぎり》でその首を挽き落とされる。しかも鋸を挽かされるのは父に劣らず残酷非道な息子の三郎であり、彼自身も浜で七日七晩、山人たちに首を挽かれて絶命するという無残な最期を遂げる。語りの基本が唱導、つまり神仏のご利益《りやく》や縁起にあればこその、どぎついほど勧善懲悪の際立った復讐譚である。

対して鷗外では、国主となった正道《まさみち》（厨子王）は丹後一円で人身売買を禁じ、奴婢を解放して給料制を敷く。その結果「大夫が家では一時それを大きい損失のように思ったが」、やがて農工の業も以前に増して興り、「一族はいよいよ富み栄えた」。信心深い民衆ならずとも、どこか割り切れぬものを覚えるかもしれない。この一事からも、鷗外の書こうとしたのが説経節の一バージョンでないことは一目瞭然である。

しかし、より本質的な相違は安寿の造形にある。この小説一篇がこの人物像のために書かれたといっても過言ではない。「相違」は作品中での安寿自身の変貌を通して示される。母を助けてけなげとはいえ、まだ十四の安寿（マルガレーテは「十四は越しているだろう」）は、筑紫に流された父を訪ねて旅の途中、人買いによって母から離され、弟ともども由良《ゆら》の山椒大夫に売られる。ある晩、安寿は厨子王と逃げる相談をしているところを三郎に見とがめられ、姉弟は真っ赤に焼けた火筋《ひばし》で額に烙印される。これは二人が同時に見た同じ夢とされる（説経では現実に起こった出来事である）が、この象徴的な死の体験を境に安寿の様子が一変する。顔には真剣な表情があらわれ、「目は遥《はるか》に遠い処を見詰めて〔……〕物を言わない」。

緘黙は春が訪れまた外の仕事が始まる時に破られる。弟とともに柴苅に往きたいと申し出た安寿は、躊躇なく長い黒髪を切り落とさせ、「毫光《ごうこう》のさすような喜を額に湛えて、大きい目を赫《かがや》かしている」。安寿のうちにすでにある決意が熟成している（その彼女の目の赫きを作者は何度も強調している）。厨子王を急かして山に登ると、安寿はそこで初めて計画を打ち明け、自分はあとに残って弟が逃げ延びるのを見届けて山を下りる。やがて、大夫一家の追手が山の下の沼の畔で一足の小さい藁履《わらぐつ》を見つける。「それは安寿の履《くつ》であった」。

説経節の何倍かに拡大された、もっぱら鷗外の創作になる、安寿の死と「救済者」としての顕現《エピファニー》のモチーフにこの小説の核があるのは間違いない（厨子王は姉の「物に憑かれたように、聡《さと》く賢《さか》しくなっている」決然としたことばに、「まるで神様か仏様が仰《おっし》ゃるようです」という）。『さんせう太夫』では、弟を逃がしたあと屋敷に戻った安寿は、邪慳な三郎の苛酷な拷問を受け、残虐に責め殺される。ここには安寿自身の「救い」はありえないばかりか、物語が「復讐譚」になるのも宜《むべ》なるかなと思われる。

鷗外の書こうとしたのが、そうしたことの対極にあるのは、あらためていうまでもない。安寿は守り本尊の霊験を念じて弟を逃がしたあと、その足でまっすぐ沼に向かい、みずから入水して果てる。自分が救かることなどまったく念頭にない、無私で無償の行為が復讐の連鎖を断ち切り、「救済者」への彼女の変容を可能にする。その無私の行為をあえて名付けるなら〈Hingabe〉だが――『当流比較言語学』によれば、「ある感情が闕《か》けている」がゆえに相当する「詞《ことば》が闕けている」概念のひとつで、しいて当てるなら〈自己放棄〉ないし〈献身〉〈自己犠牲〉、英語ではself-sacrifice――、これには確かに「モデル」がある。ほかでもない、鷗外が翻訳したばかりの『ファウスト』の女主人公《ヒロイン》マルガレーテである。あらためて『第一部』「グレートヒェン悲劇」の「牢獄」の場に還って検討してみたい。

状況はまったく異なるが、ここでも「救い」が問題になっている。恋人の急を知って救出に駆けつけ、鉄扉の前に立ったファウストの耳に、「なかで歌う声がする」(ト書き)。

ふしだら女の母さん、
ぼくを殺した！
ろくでなしの父さん、
ぼくを食べた！
小さなぼくの妹が

お骨をひろってくれて、
涼しい木陰においてくれた。
ぼくはきれいな小鳥になって、
飛んで行く、飛んで行く！

（四四一二―四四二〇行）

歌っているのは誰なのか。声はむろん、マルガレーテその人に違いない。だが、歌っているのはマルガレーテであって同時にマルガレーテではない。彼女の声を借りて、殺された亡き子が歌うのである。少し合理化して考えれば、半狂乱のうちに我が子を殺めてしまった母が、その子になりきって、「ふしだら女」の母と「ろくでなし」の父を撃つのである。

ところで鷗外の『山椒大夫』に下敷きがあるように、この歌はゲーテ独自の創作ではない。やはり中世に生まれ、民間伝承として伝わった民話（Volksmärchen）に取り込まれた俗謡である。その民話《メルヒエン》とは、一八〇八年に画家のPh・O・ルンゲが低地ドイツ語の方言で書き留め、一八一二年にグリム兄弟によって『童話集』に採り入れられた「ねずの木の話 *Von dem Machandelboom*」がそれである。継母が夫の留守中、先妻の男の子を苛め殺して肉スープに料理し、帰宅した夫はそれを喜んで食べる。腹違いの妹が父の投げた骨を拾って杜松《ねず》の木の根方に置くと、骨は消えてそこから一羽の小鳥が飛び立ってゆく。

おどろおどろしくも典型的な「子殺し」の物語であるが、その小鳥が民話のなかで歌うのがこの「俗謡」である。これも合理化していえば、若き日に師のヘルダー（一七四四―一八〇三）から受けた影響もあり、民話や民謡に早くから関心の深かったゲーテが、どこかで「話して聞か」

された民話を憶えていて、それをここで利用したのである。だがそれが、死の恐怖と罪の意識にほとんど錯乱状態のマルガレーテの意識と溶け合い、それと一体化して歌われることのうちには、合理的な理解を超えるものがあるように思われる。

そもそも元になった「ねずの木の話」はただの「子殺し」の話ではない。飛んで行った小鳥はあちこちで歌をうたって色々なものをもらい、それを持って我が家に帰ってくる。そしてここでも歌をうたって、家から出てきた父と妹に贈り物をした後、最後に呼び出した継母には石臼を落として圧し殺す。小鳥はそこで再び男の子に変身するのだが、これは同時に恐ろしい「復讐譚」でもある。ゲーテは歌の一部を巧みに改変しているが、実は「本歌」では最後の二行は「キーウィット、キーウィット、／なんてきれいな鳥だろ、ぼくは！」であった。啼いている鳥はコキンメフクロウ、その特徴的な啼き声から、民間信仰では人を死へと誘う不吉な鳥とされ、〈Totenvogel 死霊の鳥〉とも呼ばれる――。

マルガレーテの歌声のなかでは、しかしこの啼き声は響かない。いわば「炯眼な」狂気とでもいうべく、彼女は脱出が真の「救い」にはならないことを直感的に洞見している。むしろその詩行には、贖罪と亡き子の再生を願う切なる母の思いが自ずと表出されるかのようである。そして救出を急ぐファウストがくり返すことば〈Komm《コム》 mit《ミット》! Komm《コム》 mit《ミット》! さあ、おいで！　一緒に！〉が、カイザー（「ファウストとマルガレーテ」）のいうように、「コキンメフクロウの啼き声〈Kiwitt《キーウィット》! Kiwitt《キーウィット》!〉の大衆向けの翻訳」だとすれば、脱走を促すファウストこそは「死へと誘う」〈Totenvogel〉ということになる。そこには物理的な「救出」はあっても、たましいの「救済」はありえない。再生への願いを元の陰惨な復讐譚に転化させないためにも、そして何よりファウスト劇終局での「ファウストの不死なるもの」（一一九三四行ト書き）の「救い」のために、マルガレーテは「一緒に」ついて行くことはできない。「わたし、行くわけにいかないわ」（四五四四行）。「わたし、ここから永遠のやすらぎの場所に還ります。／でなければ、もう一歩だって動かないわ——」（四五四一行以下）。

　今や「なんだっておわかりになる」はずの「旅慣れた方」と「なんにも知らないおばかさん」との対極関係《ポラリテート》は完全に逆転している。全篇の終局で象徴的に成就する、「救けに来た」はずのファウストがマルガレーテの無私の愛によって「救われ」る〈救済—被救済〉の逆説が、すでに始まろうとしている。そしてそれが可能なのは、まったき〈Hingabe〉によってここで彼女が「神話的な女性像」へと、「救済者」としての女たちのひとりに、高められていればこそである——。

　最終場「山峡」で、「ファウストの不死なるもの」を引き上げてゆく「永遠にして女性的なるもの」（一二一一〇行）を体現する「輝ける聖母」が、いま一度「さあ、おいで！Komm!《コム》」と声をあげる。新参の「あの方」に教えることの許しを請う、「かつてグレートヒェンと呼ばれた贖罪の女」に答えたのである。——「さあ、おいで！　お前、もっと高くへお昇り！／お前だとわかれば、その人もついてくるから」（一二〇九四行以下）。

　安寿が「救済者」として顕れることができるのも、「自分自身へのあらゆる配慮をも飛び越えさせる」彼女の〈Hingabe〉によるに違いない。弟そして両親の「救済」のためひとり入水する、己れを顧みない〈自己犠牲〉が彼女のたましいを救い、残忍で苛烈な復讐譚の、再生の物語への変容を可能にする。

　澁澤龍彦は、柳田国男の『妹の力』を論じた林達夫の短い批評を手掛かりに、「姉の力」という味わい深いエッセイを残している。そのなかで澁澤は、『山椒大夫』の安寿に触れてこんなふうに書いている。――『山椒大夫』は、大夫が竹鋸で挽き殺される場をはじめ、悲惨な場面をカットすることで説経の本質をなす復讐譚としての強烈な暗黒の面を犠牲にせざるを得なかった。しかしその一方、「これまた説経の本質的主題である〈姉の力〉を、近代小説の手法でくっきりと際立たせることによって、私たちの精神の奥底に流れている、神話的な女性のイメージを明るく救済しているのである」[23]。さらに続けて、「このイメージが説経における陰画から、鷗外作品における陽画に反転し、同時に普遍への道をひらいた」と澁澤は述べているが、「神話的な女性のイメージ」とは、いうまでもなく『ファウスト』における「神話的な女性像」や「永遠にして女性的なるもの」と別のものではない。鷗外もまた、確かにここに、「救済者」としての女性のひとりを創造したのである――。

　鷗外自身は、「兎に角わたくしは歴史離れがしたさに山椒大夫を書いた」と記しているが（『歴史其儘と歴史離れ』）、「歴史離れ」ではなく、「歴史超え」とすべきではなかったろうか。『山椒大夫』において鷗外が目指したのは、二年ほど前から取り組んでいた歴史小説において「知らず識らず歴史に縛られ」、その「縛《いましめ》の下に喘ぎ苦んだ」苦衷を「脱せ」しめることであったはずである。高橋義孝は、鷗外の歴史小説のうち「運命に服従する人間」や「没我の精神」を描きだした一連の「歴史の衣が軽く薄い作品」（そのなかには『安井夫人』と『山椒大夫』、そして『ぢいさんばあさん』も当然含まれる）に触れて、「史実に忠実であろうとすればするほど、狭義の創造の自由が束縛せられる。〔……〕その時、却って永遠に現存して時間を超越する人間性、歴史の因果の網の目に捉えられぬものを求めたいとは、創作家でなくとも思うことであろう」[24]と述べている。『山椒大夫』

の鷗外が「〈歴史小説〉の形式から大きく踏み外していった」[25]ゆえんでもあろう。

## 九　「領主」ファウストと砂山の上の「主人」――「死」をめぐる「妄想」

これまで「グレートヒェン悲劇」を中心にほぼ「第一部」に限定してみてきたが、いうまでもなく『ファウスト』との関係は広く「第二部」にもわたっている。一箇所、顕著な場を取り上げて検討してみたい。そこからも鷗外とゲーテ（特に『ファウスト』）両者の「組合せのもつ両側からの問題性」が浮かび上がってくる。

すでに触れた『妄想』(明治四十四)の舞台構成には、注意してみると、あきらかに記号的な意味が付与されている。dün《ドユウン》という語《ことば》の語源から始めて、広々と横たわる海に面したその砂山（ないし砂丘）に簇がる木立（ここでは松林）とその陰に立つ「小家《こいえ》」と続く描写――「砂山の上には主人の家がただ一軒あるばかりである」――は、ただちに『第二部』第五幕冒頭の「ひらけた土地」の舞台設定《ロケーション》を想わせる。

俗に「支配者の悲劇」あるいは「行為の悲劇」と呼ばれる最終幕では、海を征服して「自由な土地」を拓こうとするファウストの悲劇が描かれる。第四幕で、「対立皇帝」を担いだ反乱軍に攻められ窮地にたつ皇帝をメフィストの魔術の力を借りて勝利に導き、恩賞として得た海岸一帯（干潟）を、干拓事業によって新天地に変えようというのである。事業はほぼ完成に近づき、「領主」ファウスト（齢百歳と想定されている）の宮殿の周囲には植民でにぎわう緑の沃野が広がっている。そのファウストの「世界所有 Weltbesitz」にとって唯一の障害、「目のなかの棘」が「砂丘 Düne」

の上の「菩提樹の木立、古びた小屋、／それと崩れかかった礼拝堂」（一一一五七行以下）である。

いや、おそらく砂丘の上の木立の陰に立つ「小さな家」自体が問題なのではない。そこに住む、ファウスト同様「非常な高齢」の夫婦の生き方、より正確には、ファウストとは対蹠的な死を前にしたその生のあり方が、絶えず「棘」のように彼の心を刺すのである。名前ばかりか性格もほぼそのままオウィディウスから受け継いだ、「客に親切」で「人助けを惜しまぬ」「敬虔な」（一一〇五二行以下）老夫婦ピレモンとバウキスは、古びた小さな「あばら家」に住み、祈りのうちに満ち足りた心で日を送っている。一方「宮殿」の主人は絶えず丘の上の人影に怯え、そこから漂ってくる死の気配に苛立っている。「あの鐘の響きを聞き、菩提樹の匂いをかぐと、／教会か墓穴にでも入ったような気持になる」（一一二五三行以下）。「無限」（一八一五行）を目指してきたファウストにとって、鐘の響きと結びついた死の想念にも増してわが身の有限性を思い起こさせるものはない。「行って、立ち退かせろ！」（一一二七五行）とメフィストに命じ、結局、善良な老夫婦を死に至らせてしまう。そのファウストのもとに、「死」を兄弟にもつ「灰色の女たち」のひとり、「憂い Sorge」が忍び寄る。「誰でもわたしがとりこにすれば、／その人には世界全体が無意味になる」（一一四五三行以下）。「近代の自我の根柢を吹き抜けるあの不吉な影[26]」、死を前にした人間（近代的人間）を襲うニヒリズムである。

すこし先を急ぎすぎたが、鷗外もまたファウスト的に生きてきた〔近代的〕人間が死を前にしてとりうる異なるあり方を、二つの作品で描きだしている。ひとつは表題もそのものずばり、『ぢいさんばあさん』である。『山椒大夫』と同年（大正四）に発表されたこの小品において、作者は「中の好い事は無類で」近所でも評判の翁媼《おうおん》二人の日常をこんなふうに描写する。

二人の生活はいかにも隠居らしい、気楽な生活である。爺いさんは眼鏡を掛けて本を読む。細字で日記を附ける。毎日同じ時刻に刀剣に打粉《うちこ》を打って拭く。体《たい》を極《き》めて木刀を揮《ふ》る。婆あさんは例のまま事の真似をして、その隙《すき》には爺いさんの傍に来て団扇であおぐ。〔……〕婆あさんが暫くあおぐうちに、爺いさんは読みさした本を置いて話をし出す。二人はさも楽しそうに話すのである。

時折、二人で出かけるのは、菩提寺に墓参に行くためである――。ここには、一瞬たりとも、「あの不吉な影」が差すことはない。まるで小春日和のような温かく穏やかな時間がゆったりと流れている。老いてはいるが、互いを思いやり、満ち足りて現在《いま》を楽しむ姿には新婚夫婦のような初々しささえ感じられ、ほのぼのとした幸福感が伝わってくる。

時代が文化六（一八〇九）年というからには、むろん「爺いさん」の美濃部伊織を近代人ということはできない。だが作者は伊織の生来の「ファウスト的性格」を周到に強調している。メフィストとの契約を前に、一切の世俗的価値を否認するファウストが「何より呪う」のが「忍耐」（一六〇六行）であるように、一種デモーニッシュな気性の伊織の唯一ともいえる瑕疵は「肝癪持《かんしゃくもち》と云う病」である。じつはこの欠点がもとで刃傷沙汰を起こし「永の御預《おあずけ》」に処された彼は、わずか四年の結婚生活を経たばかりで身重の妻るんと引き離され、いま恩赦によって許されて、二人は三十七年ぶりに再会したのである。その間るんは献身的に伊織の祖母に仕え、早世した息子ともども、老幼二人の最期を看取り、気丈に婚家の墓を守り通してきた。晩年、老夫婦に恵まれた平安は、るんの「姉の力」はもとより、知足の智慧と癇性を克服することを学んだ夫の永い忍従の年月のたまものである。

この後、間近に死を控えた「ぢいさんばあさん」にいくばくの余生が残されていたか、それについて小説はまったく語るところがない。だが、もし二人に望みを訊いたとすれば、彼らもまたオウィディウスの描いた翁媼、ピレモンとバウキス夫婦と同じように答えたであろう。――「ふたりが心をひとつにして、ながの年月を過して来たのですから、ふたり同時に死にとうございます[27]」。蛇足ながら、オウィディウスでは「この願いはかなえられ」、二人は最期の瞬間に同時に「変身」を遂げ、それぞれ一本の樫の木と菩提樹となって、いまもプリュギアの丘に並んで立っている。

もうひとつの鷗外の作品は、いうまでもなく、ロケーションに趣向の凝らされた、くだんの『妄想』である。数えの五十歳で発表された同作を「作者鷗外の半生の内的自叙伝の簡潔なる要約[28]」とするのは、一応妥当な評であろう。だが、その舞台に配されるのが「白髪の」「翁《おきな》」という仮構には、あきらかに作者の意図、あえていえば『ファウスト第二部』第五幕をつよく意識した「作意」が感じられる（その意味では、「五十歳の鷗外の書いた精神的自画像」ないしは「明治四十四年当時の、鷗外の心境小説そのもの[29]」というのがより正確かもしれない）。

はたして、「元《も》と世に立ち交っている頃に」建てたという「小家」――そこからは「ただ果もない波だけが見えている」――に端座する「隠居」した老翁の想いは、終始「死」をめぐっている。彼にとっても死は「一切ヲ打切ル重大事件」（「遺言」）である。そして死にたいする翁のあり方は、「ぢいさんばあさん」のそれとは対蹠的である。

「死はこわくはない」としながらも、翁は自分がすでに人生の下り坂に差し掛かっており、「その下り果てた所が死だということを知って居る」。しかも「ただ未来を恃むばかりで」(一一四六五行)「現在の事実を蔑ろにする」心は元のままで、依然として虚しく未来の幻影を追いかけている。「遂《お》うているのはなんの影やら」。翁が、ファウストのように「ただもう世界を駆けぬけてきた」(一一四三三行)、心理的には、いまも駆けつづけていることは、彼自身が表白している。「日の要求を義務として、それを果して行く。〔……〕自分はどうしてそう云う境地に身を置くことが出来ないだろう。〔……〕足ることを知るということが自分には出来ない。自分は永遠なる不平家である。〔……〕道に迷っているのである」。

ひとつ、ピレモンとバウキス夫婦の住む丘との重大な差違をいえば、孤独な老翁の小家の立つ砂丘には、「崩れかかった礼拝堂」と朝な夕な祈りの時を告げる「鐘」が欠けている。復活祭を告げる鐘の音を聞きながら「福音は聞こえるが、おれには信仰が欠けている」(七六五行)と吐露したファウストよろしく、翁は「多くの師には逢ったが、一人の主には逢わなかったのである」と述懐する。彼は死を「自我が無くなるということ」と捉えるが、そのための「苦痛は無い」という。では、まったく平気かというと「そうではない。その自我というものが有る間に、それをどんな物だとはっきり考えても見ずに、知らずに、それを無くしてしまうのが口惜しい。残念である。〔……〕と同時に、痛切に心の空虚を感ずる。なんともかとも言われない寂しさを覚える。〔……〕そういう時は自分の生れてから今までした事が、上辺《うわべ》の徒《いたず》ら事のように思われる」。

「あの不吉な影」がひんやりと自我の根柢を吹き抜けるのは、おそらくそのような時である。それは「なんともかとも言われない寂しさ」と書いた、鷗外自身の実感でもあったはずである。娘の杏奴が『晩年の父』に、ふとした折に感じとった「底気味の悪い気持」について書き留めている。あるとき自室で片付け物をしていた彼女が「ふと気が付くと、入口の柱の所に父がぼんやり蹲踞《しゃが》んでいるのだ。私はそれを不思議に思った」。いつ見ても忙しなく、精力的に為事《しごと》ばかりしていた父の、放心したようにぼんやり傍観している姿に、と胸を衝かれたのだ。「はかない、底気味の悪い気持が、風のように私の頭の中を吹きぬけた。蹲《うずく》まっている父の首は瘠せて、影が薄かった(30)」。

三好行雄は『妄想』を「resignation につらなるテーマの作である」として、「淡々とした語りくちの行間に、卓抜な精神の内部で演じられた心情の劇がほうふつする」という。「そして、怨念とも諦念ともつかぬ冷たい風が吹きとおるのである。自己の半生をこれほどの空しさで包みえた精神の構造は戦慄的でさえある(31)」。

老翁に未来への希望がまったくないわけではない。思索の最後に彼は、「凡ての人為のものの無常の中で、最も大きい未来を有しているものの一つは、やはり科学であろう」という。だが「あらゆる自然科学には、いつもひとりのメフィストーフェレスが隠れている」(高橋義孝)。近代科学技術は十九世紀に飛躍的な進展を遂げるが、その萌芽ともいえる占星術や錬金術は、ルネサンス人にとって「目もくらむような最前線の科学であり、魔術でもあった(32)」。悪魔と契約した占星術師・錬金術師ファウストの伝説が、この「科学」とほぼ時を同じくして誕生しているのは注目に値する。そして、やがて近代科学は、「われわれ〔人間〕をいわば自然の主人にして所有者たらしめる」(デカルト『方法序説(33)』)ことを求めて、しだいにその攻撃的な性格をあらわにする。

エリザベス朝演劇を代表する劇作家クリストファー・マーロー（一五六四―一五九三）のファウストに、「悪天使」は「おまえは地上にあって、天なるジュピターになりかわれ、／地水火風のあるじ、その支配者となるのだ！」（『フォースタス博士』第一場）と囁きかける。(34) 潮の満ち干を支配し、「海に代わって主人《あるじ》になろうとする」（一一〇九四行）領主ファウストの「事業」が、その延長線上にあることはいうまでもない。それかあらぬか、女性として「自然」により近い媼バウキスは、メフィストの「魔術」と結びついたファウストの事業のいかがわしさを、直感的に鋭く嗅ぎつけている。――「どうも、あの仕事は、どこからどこまで／まともではありませんでした」（一一一一三行以下）。

さて、自然を意のままにしようとして「憂い」の侵入を許したファウストは、「死の使者」としての「憂い」を直視することを拒絶して、なおも闇雲に突き進もうとする。そして、強大な力を誇る「憂い」に息を吹きかけられて「盲目」になった彼には、現実自体が見えなくなる。ファウストは、「宮殿の前庭」でメフィストが死霊たちと進めている彼自身の「墓掘り」を、完成間近い大事業の「掘割り」工事と錯覚し、間近な理想の実現を「予感」しつつ、「賭け」の文句を口にしてその場で斃れ息絶える――。

瞬間にむかってこういってもいいだろう、
とどまれ、おまえはじつに美しい！　と。
おれの地上の生の痕跡は、
永劫を経ても滅びはしない。――

（一一五八一―八四行）

要諦は、自然を支配し征服しようとした近代の「掘割り」こそ幻想、じつは己れの「墓掘り」

作業だった、という逆説《パラドクス》である。ファウストのアイロニカルな死を嘲笑うように、メフィストの陰々滅々たる声が響きわたる。「どうにも手ごわい相手だったが、／時間《とき》の力には勝てない。老いぼれて砂の上にくたばっている」（一一五九一行以下）。「だから、おれは〈永遠の虚無〉のほうが好きなのさ」（一一六〇三行）。――これが「悲劇」でなくて何であろう。すくなくとも、ファウストが「努力する」人間として自己完成して救われる、といった読みが誤読といわぬまでも、理想主義的過ぎる解釈であることは明白であろう。

## 十　三人の最期――ゲーテ／ファウスト／鷗外

それにしても、作家と作品との関係はきわめてデリケートな問題で一筋縄では行かない。ゲーテがファウストにして同時にファウスト自身ではなかったように、鷗外もまた「白髪の翁」そのままではない。高橋義孝が指摘するように、彼は「〈一寸舞台から降りて、静かに自分というものを考えて見たい〉と言いながら、一生舞台を降りなかったし、また降りたがらなかった」（新潮文庫、鷗外短編集・別巻「解説」）。大正五年四月、職を解かれ予備役に編入されるも、翌年末に帝室博物館総長兼図書頭《ずしょのかみ》に任ぜられ高等官一等に叙せられると、烈々たる意欲をみなぎらせて、早速（かの「相沢謙吉」にも擬せられる）「良友」への書簡で自作の歌を披露する。「老ぬれと馬に鞭うち千里をも走らむとおもふ年立ちにけり」（大正六年十二月三十日、賀古鶴《つる》所《ど》宛）。『なかじきり』に「老は漸く身に迫って来る」と書いたその同じ年、鷗外数えで五十六歳（死の五年前）のことである。

絶えず「舞台監督の鞭を背中に受けて、役から役を勤め続けている」という恨みの一方で、「老ぬれと馬に鞭うち千里をも」と歌うのだ。そして事実、彼は終生舞台から降りようとしなかった。

「ぢいさんばあさん」の生き方は、彼には最も縁遠いものであった。

「しかし彼も遂に舞台から降りた。そして降りた所は死の奈落であった」（高橋義孝、同前）。

三好は「みずからを白髪の老翁に擬した架構に実は鷗外の〈見切り〉があった」として、「自然科学の未来像を信じながら、〈烱々たる目〉が水平線の彼方に見ていたのは、あるいは茫漠とした虚無だったかもしれない[35]」と述べている。「岩波講座　日本文學」の「鷗外」の執筆にあたり「全集」全十八巻を再読したという木下杢太郎は、「讀み了つて心中に寂しみの情緒の湧起するを防ぐ能はなかつた」という。「われわれから見ると、鷗外は休息無き一生涯の間にあれだけの爲事《しごと》をした。自分でも満足としたであらうと思ふ。それにも拘らずその随筆、創作の到る處に、悲哀に似る一種の氣分を感ずるは何故であるか[36]」。鷗外を誰よりも深く敬愛し、彼に兄事した人のことばだけに、特別な重みがある――。

無限の自己拡張を求めてやまぬ「ファウスト的」生き方をみずからに課し、いわば功成り名を遂げて、なお「恃むに自我の外には無い」（『妄想』）虚無を見てしまった者の目には、「永劫」と幻想した「おれの地上の生の痕跡」（「あれだけの爲事」）だけでは「真の生」への渇望は癒やされない（「救われ」ない）ということか。ファウストの「悲劇」に象徴的にあらわれた、近代的人間の生のアンチノミーであろう。それともそれは、「近代」に固有というより、死すべき《モータルな》人間存在そのものの根柢にひそむ抜きがたいアンチノミーとみるべきだろうか。蒲生芳郎が「鷗外が見たものは、はたして近代の虚無であったのか、それとも、人間世界そのものの虚無であったのか」

（傍点原書）[37]と問うのも、おなじ謂であろう。

　やはり最後まで「舞台から降りようとしなかった」ファウストの（そしてゲーテ自身の）「救い」となると、さらに難問である。晩年ゲーテはかなり唐突に「エンテレヒー」という独特の観念を持ちだしている（天使たちによって運ばれてゆくファウストの「不死なるもの」はもともと草稿では「ファウストのエンテレヒー」と書かれていた）。人間および自然に内在するとされる霊的活力《エネルギー》、生命衝動の具現としての個体の自由な「活動力 Tätigkeit」である。いわく「私はわれわれの永生を信じて疑わない。自然はエンテレヒーなしには存在できないからだ」「私にとって、永生への確信は活動という概念から生まれてくる。なぜなら、私が人生の最後まで休みなく活動し、現在の生存の形式が私の精神にもはや持ちこたえられなくなったら、自然は私に別の生存の形式を与えてくれる責務があるからね」（エッカーマン『対話』一八二九年九月一日、同年二月四日）。――「エンテレヒー」によって人間は自然と緊密に結ばれている。そしてここには、人間も生き物として自然の一部であり、個体としての肉体が滅んでもエンテレヒーは永存して活動し、成長しつづける、というゲーテの牢乎とした信念が秘められている。

　エンテレヒーとまったく同一視することはできないが、日本の古代には「遊離魂」の思想があったという。益田勝実は「虫や鳥の誕生をカエッタと考える日本人の生命観には、以前にカラ（体）から去ったタマ（霊）が滅ぶことなく、いま新しいカラに戻ってきた、という遊離魂の思想が根底にある」として、つぎのように縷説している。そこでは時間は明らかに循環するものとして捉えられている。

〔……〕こちらの世界を起点としての還るとあちらの世界を起点としての還るとが、矛盾なく両立するのは、生命をあらしめているタマが、往っては還り、還っては往く、循環運動をしているという考えが前提となっている。

自分たちをとりまいて生きているもの、生物のタマの、そういう永遠の循環を信じているのは、それと同時に、自分自身、人間についてもそう考えているからである。古代語の「生きかへる」と「死にかへる」の関係には、それがよく現われている。[38]

さて、詩篇の終幕《フィナーレ》、同じくエッカーマン（一八三一年六月六日）によれば、ファウスト自身のうちの「活動〔力〕」が「最後までますます高まり、より純度を増して」、「上からの愛」――そこには「かつてグレートヒェンと呼ばれた贖罪の女」の「無私の愛」も当然深くあずかっている――のたすけを得て地上の絆を離れ、宇宙の本源的生命へと還ってゆく――。それが、例の有名な詩行に込められた、ゲーテのいう「救い」の意味なのである。

たえず努め励むものを
われらは救うことができる。
それにこの人には上からの
愛が加わっています。

（一一九三六―三九行）

ファウストの「不死なるもの」を引き上げる「永遠にして女性的なるもの」とは、絶えず生命を生み出しつづける「自然」の、その「永遠に活動する／恵みゆたかな創造の力」(一二三七九行以下)の、別名でもあろう。ゲーテに在って、「科学者」[39]鷗外に欠けているものがあるとすれば、この「自然」への、そして「宇宙的な自然力としてのエロス」に対する、揺るぎない信頼と畏敬ではなかったろうか。

エーゲ海の祭り(『第二部』第二幕)のフィナーレ、大洋とのデュオニュソス的な婚姻を遂げる「霊的存在」ホムンクルスの最期を目の当たりにして、セイレーンたちは地、水、火、風、古来の四大要素をことほぎ、「されば、なべての始まりたるエロスよ、ご宰領ください！」(八四七九行)と謳う。ファウストも、実行こそできなかったが一度は、魔術や呪文などとすっかり手を切り、「自然のまえに一個独立の男子として立つことができたら、／人間として、ほんとうに生きる甲斐もあるというものだろう」(一一四〇六行以下)と吐露している。

『歴史其儘と歴史離れ』において鷗外は、「わたしは史料を調べて見て、その中に窺われる〈自然〉を尊重する念を発した」と書いている。つまり彼は「歴史」のなかに「自然」を見ているのだが、そして(竹盛天雄によれば)「史料の中の自然を尊重し、それを生かすことにより、それよりもっと広大な歴史の自然を彷彿しようと意図する」ところに、鷗外の「歴史小説の方法が開拓された[40]」とすれば、ゲーテは「歴史を超えるもの」として「自然」を捉えている。ゲーテが「ニヒリズム」を克服しえたゆえんかもしれない――。

ニーチェは第二の『反時代的考察』「生に対する歴史の利害」(一八七四)において、科学(学問)としての歴史の過剰によって生の自由な造形力が衰弱し、窒息してしまう弊害を「歴史病 historische Krankheit」と呼んで、生命を蝕み毒する「歴史」を超えるものへの注意を喚起したが、[41]そのとき師表として彼の念頭にあったのが他ならぬゲーテだったのは偶然ではない。

二人の作家自身の最期についても触れておくなら、ゲーテと鷗外ではまったく別の意味で、ファウストのそれとは微妙に異なっている。くり返しになるが、掘り上がった自分の墓穴を前に、「盲目」のファウストは理想郷の実現を錯覚し、傲岸にもこう壮語して息絶える。「おれの地上の生の痕跡は、／永劫を経ても滅びはしない。——」（一一五八三行以下）。（傍らでは、メフィストと共に、地震の神でもある「水の悪魔／ポセイドン」（一一五四六行以下）が、すべてを呑みこもうと虎視眈々と窺っている。）

ゲーテは死の前年、宿願の『ファウスト』を完成し、エッカーマンに漏らしている。「私のこの先の命は、今やまったくの贈り物といってよいだろう。今後まだ何かできるかどうか、何ができるかなどということは、結局、もうどうでもよいことだよ」（一八三一年六月六日）。詩人として生涯をかけたライフワークは、文字どおり彼の人生そのものとなった。

この二ヵ月後、ゲーテは（生涯最後となる）八十二度目の誕生日を機にイルメナウに出かけている。若かりし日、（結局徒労に終わったが）銅や銀鉱山の再開発のために尽力した馴染みの土地である。近傍の山陵キッケルハーンにまで足を延ばした彼は、山上に立つ狩猟小屋の板の壁に、半世紀も前に書きつけた八行の短い詩を読みとり再確認する。——「なべての峯に／憩いあり」と始まる「旅びとの夜の歌」である。

なべての峯に
憩いあり

なべての梢に
かそけき
風のそよぎもなく
小鳥たちは森に黙《もだ》しぬ
待てしばし　やがて
なれもまた憩わん

大自然の懐深くに抱かれ、過ぎし若かりし日の記憶が油然とよみがえる。随伴したイルメナウ鉱山監督官マールの報告によれば、「彼（ゲーテ）の両の頬には涙が流れた。おもむろに彼は濃褐色のフロックコートから純白のハンカチを取りだすと涙をぬぐい、もの静かな愁いを帯びた声で言った。〈そうだ、待てしばし、やがてなれもまた憩わん！〉」（ビーダーマン編『ゲーテ対話録』一八三一年八月二十七日、J・Ch・マール）。

彼が永遠の眠りにつくのはそれからおよそ七ヵ月後、翌年三月二十二日である。死の五日前、友人W・v・フンボルトに宛てた生涯最後の手紙（三月十七日付）に、「紛糾した世の営みをますます紛糾させるような言説の横行している現代」と完成した『ファウスト第二部』の運命についてしたため、苦しむこともない、眠るような穏やかな最期であった。

鷗外の最期も違った意味で感動的（というのが当たらなければ「衝撃的」）である。大正十一（一九二二）年、みずから医師として死を覚悟した老作家は、心友・賀古鶴所を頼んで口述筆記により「遺言書」を作成（七月六日）。「死ハ一切ヲ打チ切ル重大事件ナリ奈何《いか》ナル官憲威力ト雖《いえども》此ニ反抗スル事ヲ得スト信ス余ハ石見人《いわみのひと》森林太郎トシテ死セント欲ス」という有名な一節を含む、意固地なまで頑なに何かを峻拒するような、不思議な「遺書」である。その語気の異様なまでの強さには戦慄を覚えさせ、ひとを粛然とさせるものがある――。いずれ「無常の世」での「役」(「地上の生の痕跡」)をすべて拭い、かなぐり棄てて、一人の裸の「石見人森林太郎トシテ」死にたいというのだ。「馬に鞭うち千里をも」と歌ってから、わずか四年半ほど後のことにすぎない。

近代国家日本の建設を委ねられた知的エリートのひとりとして、歴史のただなかに「役」としての生を生きることを余儀なくされた鷗外にとって、それは「官憲威力」に対する最後の反抗にして、歴史の時間を超脱しようとする残された唯一の方策だったかもしれない。過ぎ去って還らぬ、近代の直線的・不可逆的な時間へのむなしい抵抗でもあったであろう。加藤周一によれば、「彼が正面から権力に反抗したのは、ただ一度、〔……〕友人に口述した〈遺書〉のなかにおいてだけであった[42]」――。この遺言と相前後するものとされる(「遺書」筆記の三日後、彼は絶命する)、伝えられた「最後のことば」[43]――「馬鹿らしい! 馬鹿らしい!」ないし「馬鹿馬鹿しい!」をも考えあわせると、鷗外の生の究極に「茫漠とした虚無」、「ニヒリズム」を見ようとする見解も十分頷けるように思われる。

もっとも、ゲーテの最後のことばとされる「もっと光を!」[44]と同じように、「臨終近くのうわ言」に重きを置きすぎるのは穏当ではないかもしれない。しかし、それぞれの生にとって象徴的にみえる二人の「最後のことば」を対置し、あいだにさらにファウストのそれを置いてみるとき、むしろその象徴性は一段と際立ち、解像度を増すように思われる。そこに浮かんでくるのは、すでにニーチェがみていたという「近代理性の客観的な構造としてのニヒリズム」、「自己絶対化が自己のレアリティの喪失を帰結するという、近代的自我の逆説[45]」かもしれない。

【註】

1 養老孟司「ゲーテ『ファウスト』の今日の意味」、『脳の中の過程』哲学書房、一九八六年所収（初出は「新潮45」昭和六十一年二月号）。
2 Thomas Mann: Über Goethe's *Faust*. Gesammelte Werke in 13 Bänden, Bd. IX, Frankfurt/M. 1974, S. 609. トーマス・マン（山崎章甫訳）『講演集　ゲーテを語る』（岩波文庫）一九九三年に所収。
3 真木悠介『時間の比較社会学』岩波書店、一九八一年。
4 Vgl. Manfred Osten: "Alles veloziferisch" oder Goethes Entdeckung der Langsamkeit, Frankfurt/M. u. Leipzig 2003. マンフレート・オステン（石原あえか訳）『ファウストとホムンクルス――ゲーテと近代の悪魔的速度』慶應義塾大学出版会、二〇〇九年参照。
5 真木悠介、前掲書、三九頁参照。
6 磯貝英夫『舞姫』【鑑賞】、『鑑賞日本現代文学①　森鷗外』角川書店、一九八一年、六二頁。
7 真木悠介、前掲書、二〇七頁。
8 山下肇「『ファウスト』と鷗外」、『ドイツ文学とその時代〈増補版〉』有信堂、一九七八年、四四頁。
9 山口徹「森鷗外『ぢいさんばあさん』論――語りなおされた『舞姫』」、『〈国語教育〉とテクスト論』

ひつじ書房、二〇〇九年、一八七頁。
10 磯貝英夫「森鷗外研究案内」、前掲書、四〇五頁。
11 高橋義孝『森鷗外』（一時間文庫）新潮社、一九五四年、五一頁。
12 木下杢太郎『森鷗外』（「岩波講座　日本文學」）岩波書店、一九三二年、一二五頁。
13 「ファウストは〈努力する〉人間か」という命題については、拙著『「ファウスト」研究序説』鳥影社、二〇一六年、特に第二章「〈飛行〉と悲劇」を参照されたい。なお先述したが、本書における『ファウスト』解釈は基本的に拙著に依っており、部分的に記述の重複する箇所があることをお断りしたい。
14 小堀桂一郎『森鷗外――文業解題・創作篇』岩波書店、一九八二年、六八頁。
15 蒲生芳郎『森鷗外　その冒険と挫折』春秋社、一九七四年、一六二頁。
16 磯貝英夫『普請中』【鑑賞】、前掲書、一〇〇頁。
17 三好行雄『新装版　日本文学の近代と反近代』東京大学出版会、二〇一五年、一二一頁。
18 Gerhard Kaiser: Faust und Margarete. Hierarchie oder Polarität der Geschlechter? In: Goethe – Nähe durch Abstand. Vorträge und Studien, 2. Aufl., Weimar 2001, S. 127.
19 蒲生芳郎、前掲書、一六五頁。
20 清水孝純「引用のドラマとしての『青年』」、『講座森鷗外　第二巻　鷗外の作品』新曜社、一九九七年、二二〇頁。
21 磯貝英夫『舞姫』【鑑賞】、前掲書、六四頁。
22 荒木繁・山本吉左右編注『説経節』平凡社、一九七三年、ⅲ頁。
23 澁澤龍彦『思考の紋章学』河出書房新社、一九七七年、七六頁参照。

24 高橋義孝、前掲書、一一三頁以下。
25 西成彦『胸さわぎの鷗外』人文書院、二〇一三年、一七六頁。
26 真木悠介、前掲書、三〇一頁。
27 オウィディウス（中村善也訳）『変身物語（上）』（岩波文庫）一九八一年、三四〇頁。
28 小堀桂一郎、前掲書、七一頁。
29 蒲生芳郎、前掲書、二二九頁および一九六頁。
30 小堀杏奴『晩年の父』（岩波文庫）一九八一年、三五頁。
31 三好行雄「解説」、『近代文学注釈体系　森鷗外』有精堂、一九六六年、三七四頁。
32 樺山紘一『ルネサンス』（講談社学術文庫）一九九三年、九四頁。
33 デカルト（谷川多佳子訳）『方法序説』（岩波文庫）一九九七年、八二頁参照。
34 クリストファー・マーロー（小田島雄志訳）『マルタ島のユダヤ人／フォースタス博士』（「エリザベス朝演劇集Ｉ」）白水社、一九九五年参照。
35 三好行雄、前掲書、三七四頁。
36 木下杢太郎、前掲書、三七頁。
37 蒲生芳郎、前掲書、三〇四頁。
38 益田勝実「古代人の心情」、相良亨ほか編『講座　日本思想』第一巻「自然」東京大学出版会、一九八三年、六頁以下。
39 Max Kommerell: Faust II. Letzte Szene. In: Geist und Buchstabe der Dichtung, Frankfurt/M. 1956, S. 117.
マクス・コメレル（新井靖一ほか訳）『文学の精神と文字』国文社、一九八八年に所収。

40 竹盛天雄「『灰燼』幻想」、『日本文学研究資料叢書　森鷗外』有精堂、一九七〇年、二二六頁（初出は「文学」一九六〇年一月号）。

41 Vgl. Fr. Nietzsche: Unzeitgemäße Betrachtungen. In: Friedrich Nietzsche: Werke in 3 Bänden. Hrsg. von Karl Schlechta, Bd. 1, München 1966, S. 281f.

42 加藤周一『日本文学史序説　下』（ちくま学芸文庫）一九九九年、三三二頁。

43 小堀杏奴は――パッパの愛娘として当然かとも思うが――、「この無責任な、不愉快きわまる言葉」を「誤り」である、と強く否定している。小堀杏奴「父の死とその前後」、小堀鷗一郎・横光桃子編『鷗外の遺産3　社会へ』幻戯書房、二〇〇六年、五一五頁以下参照。

44 たとえば、主治医K・フォーゲルの報告「ゲーテ最後の病気」（一八三二）、ビーダーマン編『ゲーテ対話録』所収を参照。Biedermann: Goethes Gespräche, III/2, S. 882.

45 真木悠介、前掲書、三九頁および二〇五頁。

# 第四章　節蔵（『灰燼』）とメフィスト

## ――近代的悪魔としてのニヒリズム

## 一　「なくてはならない道連れ」

あるドイツのファウスト研究者は、数ある中世の魔術師伝説のなかにあって、ファウストをファウストたらしめるいわば「不可欠の定数」として、つぎの四項目を挙げている。「一、ある種の認識論的な問題　二、その結果として生じる悪魔との契約　三、キリスト教的空間　四、近代という時間的枠組み(1)」。

ファウスト伝説にとって「悪魔」は必須の一要素である。

だが啓蒙の十八世紀を迎えると「悪魔」はその存在じたい信用を失墜し、本来ファウスト素材がはらんでいた深刻な問題性は、崩れた民衆劇や人形芝居の舞台で消失の危機に瀕するようになる。そうした時代に「ファウスト劇」を書くことの困難さは、ゲーテの一世代先達になる啓蒙主義作家レッシング（一七二九―八一）の場合《ケース》を思うだけで十分想像がつく。彼の「市民悲劇」ファウストの構想を伝え聞いた友人のモーゼス・メンデルスゾーンは、「ぼくは、その名が呼ばれるのをあまり聞きたくないものだね」と遠回しに諫め、「〈おお、ファウストよ、ファウストよ！〉この叫びを聞いただけで平土間全体が笑いだしてしまうかもしれないからね」（一七五五年十一月十九日付、レッシング宛書簡）と忠告している――。

ゲーテが「悪魔との契約」の難題解決に最後まで腐心し、「契約」が「賭け」になった裏にも、おそらく同じ事情がかかわっていた。しかし逆にそのことは、ファウストにとって悪魔がいかに「必須の」存在であるかの間接的な証左でもあろう。メフィストフェレスなくしてファウストはありえない。

それにしても「メフィストフェレスとは何者か」あるいは「メフィストはいかなる存在か」と正面切って問題にしようとすると、たちまち新たな難問に当面することになる。講演「ゲーテの『ファウスト』について」(一九三八)においてメフィストに相当なスペースを割き、メフィストを「あらゆる文学作品のうちで最も天才的な、最も印象深い、最も生き生きとした悪魔の形姿」と称えたトーマス・マンは、この近代的悪魔に「ゲーテの青年期の巨人主義の反語的《イローニッシュ》な自己修正」を読みとっている(2)。

たしかに『ファウスト』の複雑な成立史を反映して、メフィストにもそうした一面のあることは否定できない。が、それだけで片づけうるにしては、この魅力的な人物は複雑に過ぎるようである。ファウストは、いちど彼を皮肉まじりに「さすが反対と矛盾の霊だ! Du Geist des Widerspruchs!」(四〇三〇行)と呼んでいるが、矛盾・撞着じたいがその本質の主要な一部をなすようなこの捉えがたい人物こそ、作中「最も天才的な、最も印象深い、最も生き生きとした形姿」であることは間違いない(役者にとっては、主人公のファウストにもまして魅力的な配役《キャスト》であろう)。

いずれにしろ、ファウストのいう「おれにはもう/なくてはならない存在となった道連れ」(三二四三行以下)を措いて、ファウストという存在は考えられない。そのことは、随所にきわめて隠微に暗示されている。――出会いの場、助手と復活祭の散歩に出たファウストが、「飛翔の夢」に耽りながら「新たな衝動」の目覚めについて語り、胸に棲む「二つの魂」を表白した直後、

「道連れ」は黒いむく犬の姿で近づいてくる。「どうやらあいつは、未来の縁《えにし》を結ぼうと、／われわれの足の周りに目に見えぬ魔法の圏《わ》を描いているらしい」（一一五八行以下）。「むく犬」は、ファウストの内面の事態に正確に呼応するように出現する。

ファウストとのあいだに一種の契約が成立し、「新生活への門出」の支度にファウストが退出したあとのメフィストの台詞は――

（ファウストの長いガウンを着込んで）理性だの学問だのという、
人間にさずかった最高の力をせいぜい軽蔑するがいい。
……………
そうなれば、きさまはもう絶対におれのものだ――
…………
たとえ悪魔に身を任せなかったとしても、
どのみち、あいつは破滅に落ちるほかはない！
（一八五一行以下）

ダッシュ（――）を間にして、独白《モノローグ》の前半と後半とで呼びかけの人称代名詞が二人称（「きさまDu」）から三人称（「あいつEr」）にさりげなく変わっている。そしてそのモノローグを語るのは、「長いガウンを着込ん」だ、つまり学者ファウストに扮した「悪魔」である。「メフィストはいわばファウストの暗い裏面ないし影を体現している」――これは、ある注釈の解説だが[3]、ここにも両者がほとんど表裏一体で、切り離せないことが巧みに示唆されている。エッカーマンの『ゲーテとの対話』(『対話』と略す)一八二七年五月三日)には、「メフィストの嘲笑や皮肉も、私自身の本性の一部なのだ」という意味深長なことばが見いだされる。

余談のようだが、山本容子の『絵本ファウスト』(集英社、二〇〇〇)を想起しておきたい。もともと池内紀訳『ファウスト』(集英社、一九九九/二〇〇〇)の装画の副産物として生まれたもので、そこでのファウストと「道連れ」の扱いはきわめて独創的かつ刺激的である。

山本の描くファウストは、双面の神ヤヌスのよう、というより、あきらかに双頭である。しかも、双頭の一方のメフィストはファウストの顔をぐるりと一八〇度逆さまにした不気味な顔で、薄笑いを浮かべ、いつも事態を冷やかに眺めている(おまけにファウストの方は、どう見てもゲーテその人の貌にそっくりである)。いや、双頭と見えたのは錯覚で、注意して見ると、じつは二体の軀が奇妙に一体化しているのかもしれない。ある時はハグするような具合に、またある時はおぶさるような姿勢で(それも時には背中合わせに)、二体は互いにピッタリ貼りついている。どちらがどちらを抱きしめているのか、おんぶしているのか、それもはっきりしないほど、二体はさながらシャム双生児のようにどこかが癒着している風情なのだ。帯の惹句(著者自註)によれば、「双頭のファウスト」は、「ファウストとメフィストは、ひとりの人間の中の、善と悪だと解釈して」描かれた由だが、「善と悪」はともかく、たしかに山本はそれによって、本来見えるはずのない隠された本質の一面を絶妙に可視化することに成功している。

巧みな「示唆」は、もちろん、テクストそのものにも潜んでいる。一、二顕著な例を引く。

しかし、本当に心から出たものでなければ、

けっして人の心にとどきはしないものだ。（五四四行以下）

なぜって、人の心にはたらきかけようと思うなら、
心から出たものでなければね。（九六八五行以下）

前者は、「話術」を習得したいという助手ワーグナーに答えた「第一部」のファウストの台詞、後者は「第二部」でヘレナの女執事に扮したフォルキアス＝メフィストの台詞である。そのあまりの酷似は唖然とさせられるばかりで、おそらく、マンの指摘する「役割の交換」ということだけでは片付かないだろう。この種のことは枚挙にいとまがない。
たとえば、ゲーテはしばしば重要な台詞を好んでメフィストに吐かせている。

煩悶をもてあそぶのはおやめなさい。
それは禿鷹のようにあなたの生命《いのち》をついばむだけです。
どんなくだらぬ連中とでも、つきあってみれば、
人間、仲間あってこその人間だということが分かりますよ。（一六三五行以下）

ファウスト相手のメフィストのことばだが、まっとうすぎて当惑してしまう。極め付きは、『ファウスト』全篇中でも最も人口に膾炙したといっていい台詞のひとつ。

いいかい、君、すべての理論は灰色で、
緑なすのは、生命の黄金の樹だ。　　　　　　　　　　　　　　　（二〇三八行以下）

しかもこの台詞が、例の「長いガウンを着込んで」扮した「ご高名な先生」の口から、「地上のことも天上のことも究め、／科学と自然に／ともに通じたいのです」（一八九九行以下）と意気込む新入学生――いわば在りし日の「ミニファウスト」――相手に吐かれていることを思うと、そこに込められた含意のニュアンスはいよいよその陰影を濃くするはずである。

あらためて「メフィストフェレスとは何者か」――とりわけファウストを「近代的人間の典型」と捉えるとき、そこでの「悪魔」メフィストはいかなる存在なのか。そして同じ問題は、鷗外においてどのようにあらわれているだろうか。ファウストの単なる誘惑者、敵役といった「脇役」以上の存在であることはいうまでもない。一種の「付論」として、ささやかな考察を試みてみたい。

## 二　もう一人の「青年」

鷗外の手掛けた小説のなかに、未完に終わったこともあり、あまり知られているとはいえないが、注目すべき一編の長編がある。『青年』擱筆の二ヵ月後（明治四十四年十月）から「三田文学」に連載が開始され、あいだに二度の休載を挟んで翌大正元年十二月まで書き継がれて中絶した『灰燼』がそれである。『青年』の連載最終回に付された「鷗外云」によれば「一応これで終と」されたその前作は「書かうと企てた事の一小部分しか」書かれていない、という。額面どおりには受け取れないとしても、「自分の画《え》がくべきアルプの山は現社会である」とした純一の当初の企図はどうしたのか、別れたきり小説世界に再登場しなかったお雪さんとの関係はどうなるのか等々、気になる点はいろいろ残されている。とすれば、ほとんど問をおかずに開始された新しい連載小説に、そうした疑問へのヒントなりを読み取ろうとするのは無理からぬことと思われる。

成心なく読んでも、たしかに、この二つの長編にはいくつか顕著な共通点が認められる。主人公の小泉純一と山口節蔵は、ともに地方から上京したばかりの、年齢もほぼ等しい小説家志望の「青年」である。特に学校には通わず自由に作家修業に日を送っている純一にたいし、縁故を頼って、さる有力者の家に寄寓して「三田の某学校へ通って」いる節蔵という違いはあるが、節蔵の身辺にも「二つに分けて編み下げた髪が長く背後に垂れている」（参）娘の姿がしばしば見受けられる。当主の一人娘で、華族女学校へ行っている十四になる「お種さん」である。――要するに、行き詰まって「一応〔……〕終と」した小説を、いわば一度リセットし、新たな構想のもとに再挑戦したといった趣なのだ。

両長編の舞台の時間的なずれは、新小説における新たな構想に起因するものと思われる。すなわち、『青年』が「ボルクマン公演」のあった明治四十二年を舞台に、「卵から孵ったばかりの雛《ひよこ》のような目」をした青年の視点から語られるのに対して、回想形式をとる『灰燼』は、鷗外の小説執筆時に正確に合わされた、明治四十四年に二十九歳の節蔵の視点から、十一年前にさかのぼる「書生生活」が語られる。もっとも、その生活は二年間続いただけで（おそらくはのっぴきならぬ事情ないし事件のために）突然打ち切られ、実際に語られるのは、小説じたいが中断されたため、最初の三ヵ月ほどに過ぎないのだが――。

かつての恩人（主人）の葬儀の帰途、俥に揺られながら、まるで第三者のことのように「愛惜もなく、悔恨もなく、極めて冷やかに想い出していた」という壱章の結びが暗示するように、弐章から始まる「回想」は、ある夜、ふと思い立って節蔵が「新聞国」という諷刺的な小説を書き始め、その国の政変を構想するうちに寝入ってしまうところで唐突に断ち切られる。後年の随想『なかじきり』（大正六）で、「小説においては〔……〕長篇の山口にたどり附いて挫折した」といわれる所以である。

　年譜によって確認してみると、鷗外が『青年』の筆を擱いて『灰燼』の連載にとりかかり、結局その長編も中絶することになる一年数ヵ月は、まさに彼が文芸委員会からの委嘱（四十四年七月）を受けて『ファウスト』の翻訳に着手し、驚異的な速さで順次訳出・刊行（「第一部」大正二年一月、「第二部」同年三月）してゆく期間にすっぽり収まっている（訳語がほとんど口を衝いて出てくるほど、すでにテクストが自家薬籠中のものであったことを窺わせる）。とすれば、いわば同時進行的に進められた創作と、それに勝るとも劣らず重要な「翻訳」とのあいだに、まったく何の関係もなかったと考えるほうがむしろ不自然であろう。

　それを証するように、小説のある個所で鷗外は、さりげなくFaustの名を持ちだしている。九年間音信を断っていたかつての家長の訃報に接し、会葬に訪れた寺で葬儀を待つあいだ、縁側にかけて書き物をしている節蔵の傍に近所の子供が近寄ってくる場面。

> この子供が丁度Faustに近寄ってくる狗《いぬ》が、初め大きい圏《わ》をかいて廻り、段々小さい圏をかいて逼《せま》って来るように、とうとう袖に触れるまでになるのを節蔵は知っていて構わずにいた。（壱）

**ファウスト**　君あれが蝸牛《ででむし》の背の渦巻のような、広い圏《わ》をかいて、次第々々に我々の方へ寄って来るのが分かるか。

……………

圏が段々狭くなった。もう傍へ来た。

（一一五二行以下、森林太郎訳）

例の復活祭の散歩に出たファウストに、夕方、メフィストフェレスが「黒い尨犬」の姿で近づいてくる場面であるが、これをもって節蔵をファウストになぞらえようとした、と安易に主張しようというのではない。注目すべきはむしろこれに続く一節で、子供が傍に置かれた彼のパナマ帽に手を伸ばそうとすると、一瞬節蔵は恐ろしい本性の一端をかいま見せる。

その時節蔵は万年筆の手を停めて、子供の方へ正面に向いてただ一目子供の顔を見た。しかしこの時の節蔵の顔はよほど恐ろしかったものと見えて、子供は行きなり差し伸べた手を引っ込めて、二三歩跡へ下がった。（壱）

時々メフィストが仮面のような顔の奥からのぞかせる、デモーニッシュ（〔悪〕魔的）とでも形容するしかない、見る者を全身凍り付かせるような「恐ろし」い目がこれである。それは孵化したばかりの「雛のような目」のおよそ対極をなすものであって、青年の目というより、むしろ『妄想』の老成した「翁」のそれに近いかもしれない（『灰燼』の連載に先んじて鷗外は、その思想的な基礎固めとでもいうように、同年「三田文学」の三・四月号に『妄想』を発表している)。

鷗外の二つの長編は、構成上の一見の相似《アナロジー》にもかかわらず、主人公となる二人の「青年」の造型において決定的に異なっている。とすれば、『青年』において本来「書こうと企て」られながら、「書かず」に、『灰燼』に課題として残された部分とは何だったろうか――。

『青年』の前年に書かれた『当流比較言語学』のなかに、「芸術家の物を作る動機」に触れて「人間の心は醜悪なものだ」と前置きし、「醜悪の心を書くposeurも無いには限るまい」という一節がある(因みに「ある国民にはある詞《ことば》が闕けている」実例として、日本語におけるStreberにあたる詞の欠如を挙げ、『ファウスト』のキーワードともいうべきstrebenについて縷説した当の評論である)。

鷗外がposeur(気取り屋)だったかどうかはともかく、『灰燼』の主人公が同様の主張を展開している。それは、どうみても十八歳の作家志望の青年の思想というより、本格的な執筆活動の再開にあたって試行錯誤する、五十歳の作家自身のものと見るべきだろう。


なんでも世間で美しいとか、善いとか云う事は刹那の赫《かがや》きである。近寄って見ると、灰色にきたない。文字で光明面を書くと云うのは、刹那の赫きを書くので、暗黒面を書くと云うのは、事実を書くのである。〔……〕己は刹那の赫きに眩惑せられもせず、灰色に耽溺しもしない。己はあらゆる価値を認めない。いかなる癖好《へきこう》をも有せない。公平無私である。己が何か書いたら、誰の書く物よりも公平な物を書くから、〔……〕世間の奴は多分冷刻な文学だと云うだろう。(拾肆)

『青年』において、東京方眼図を片手に勝手知ったホームグラウンドよろしく大都会を闊歩する、「理想主義の看板のような、黒く澄んだひとみ」をした若者を主人公に、青春の「赫き」、その「光明面」を描こうとして行き詰まった鷗外は、『灰燼』では一転して――表題にも暗示されるように――理想の夢がついえ幻滅に終わる青春、その「暗黒面」を描出しようとする。それは「事実」に密着し、己れの内面を仮借なく剔抉して「醜悪の心」をもさらけ出す、「冷刻な文学」を企図していたであろう。両長篇に対する識者たちの評もそれに照応しているように思われる。

鷗外論もあるドイツ文学者高橋義孝は、『青年』を「紛れもない〈教養小説〉」であるという（新潮文庫版『青年』、一九四八年「解説」）。周知のように教養小説《ビルドゥングスロマーン》とはドイツ小説に由来する文学用語で、タブラ・ラサのように無垢な主人公が、生きてゆく時代と社会のなかで様々な体験をしながら内面的に成長発展し、人間として自己形成《ビルドゥング》を遂げてゆく過程に重点をおいて描こうとする長編小説《ロマーン》とされる。

高橋の評に符節を合わせたように、作家福永武彦は『灰燼』を「裏返しにされたBildungsroman」と評している。「これは『青年』と違って、青春の敗北、或いは青春の挫折を主題とした小説[4]」だというのである。「裏返しにされた……」の当否はひとまず措くが、清水茂はさらに一歩進めて『灰燼』を「鷗外が意企した最初にして最後のピカレスク・ロマン」と論定し、主人公山口節蔵のなかには「日本〈近代〉の悪の醒覚者、自覚者たろうとする鷗外の、つめたく、くらい、灰色の、〈否定〉への関心」ないし「情熱」が「流動しはじめている[5]」という。また、『灰燼』において鷗外は「影法師のように付きまとうもう一人の自己を、一個の悪のヒーローとして造型しようとして、挫折した[6]」という田中美代子の評言も同じことを別の角度からいったものに違いない。作品として『灰燼』に「およそ物語の妙味を認めることは不可能である」として否定的な小堀桂一郎は、それでも現在残されている形でこれを評価するとすれば、ひとえに「主人公山口節蔵の特異な人間像に係るものと見るのが妥當であろう(7)」と述べている。

いずれにしろ、構想を新たに「現社会」という「アルプの山」に再挑戦しようとしたとき、鷗外自身の「〈否定〉への関心」とも相俟って翻訳中の『ファウスト』、なかんずく〈近代〉の悪魔ともいうべき「Mephisto《メフィスト》とかいふ鬼」(『団子坂』)、そして若き日にドイツで観た『ファウスト』劇でつよく印象づけられた「グレエトヘンの事」(『独逸日記』明治十九年二月十二日)があらためて想起されたとしても不思議ではない。節蔵もまた鷗外のalter ego「もう一つの魂」であり、血肉を分けた「暗い破滅的な分身」(田中美代子)であろう。

## 三　「つねに否定する霊《ガイスト》(精神《ガイスト》)」

メフィストという複雑で多面的な存在を考えるとき、彼自身が自己規定した次のことばは、それじたい謎めいているが、きわめて含蓄が深く参考になる。散歩から連れ帰った「むく犬」が正体をあらわし、「君はいったい何者だ」と問い詰めるファウストに答えたことばである。

私はつねに否定する霊です。
しかもそれには正当な理由がある。なぜなら、生まれたものはすべて、
しょせん滅びるしかないものなのです。

それならいっそ、何も生まれないほうがましでしょう。
そういうわけで、あなた方が罪とか、破壊とか、
要するに悪と呼んでいるいっさいのもの、
それが私の領分なのです。
（一三三八行以下）

誘惑者としての悪魔、恋の取り持ち役、宮廷道化、末期的な帝国に取り入る財政理論家、ヘレナ劇を準備する〈醜〉の化身にしてヘレナの女執事フォルキアス、皇帝軍最高司令官ファウストを陰で操る参謀、海岸一帯の大規模な干拓・植民事業を取り仕切る現場監督、そして海外貿易の指揮者……。『ファウスト』劇においてメフィストは、つぎつぎに「仮面」を取り替えながら様々な「役」をこなしてゆく。ファウストがメフィストを「反対と矛盾の霊（天邪鬼）め！」と呼んだことは先に述べたが、「つねに否定する霊《ガイスト》（精神）」は、それらすべての役に通底する顕著な性格的特徴、シニシズム（冷笑主義）やニヒリズムの集約的な表現であると思われる。それは「君はあらゆる妨害の総元締だ」（六二〇五行）や「一体、お前は悪口がすっかり身についてしまって、／何か悪口を言わずには、一言も口がきけないのですか」（八九九二行以下）といった相手のことばに窺われるだけではない。トーマス・マンはメフィストのシニシズムが「デモーニッシュな破壊の意志から発するもの」（「ゲーテの『ファウスト』について」[8]）と喝破しているが、その「破壊の意志」、というより衝動は、メフィストが仮面をかぶる必要のない、彼本来の領分においてひときわ顕わに露呈する。

「魔女の厨」の場で、主人の自分を見損なった配下の魔女に腹を立てたメフィストは、手にし

たはたきの柄で手当たり次第ガラス器や鍋類を叩き割る。

「ええ、真っ二つだ。割れろ、割れろ。／ほら、粥がながれる。／コップが割れる。／これでもほんの冗談ごとだぞ」(二四七五行以下)。

「ヴァルプルギスの夜」では、ブロッケン山の道案内に呼んだ鬼火に「悪魔の名において命令だ、真っ直ぐ進め。／さもないと、お前のふらつく生命《いのち》の火を吹き消してしまうぞ」(三八六四行以下)と、すごんでいる。

「役」という仮面のもとでは、「否定する霊」は一見鳴りをひそめて見えにくくはあるが、事態はそれだけいっそう隠微で陰湿に進行する。メフィストの周りでつぎつぎに争闘や凶行、破壊や死が出来する——。メフィストに玩弄の対象として目をつけられた町娘マルガレーテは、愛称(というより「蔑称」)で「グレートヒェン」とちやほやされ、誘惑されて淪落の淵に沈む。妹の汚名をそそごうと決闘を挑んだその兄は、メフィストから渡されたファウストの剣に斃れ、母親も、恋人たちの夜の逢引きのためメフィストの用意した「小壜」によって「もう目が覚めない」(四五七一行)。「無知」ゆえに、身ごもった子を人知れず出産し、手にかけてしまう恋人の悲運を、「連れ」の手引きでさっさと逃亡した不実な男は知るよしもない。しかも、恋人の苦境を知って救出を迫るファウストに、メフィストは「〈あの娘《こ》を救え〉?——いったい、女を破滅の淵に突き落としたのは誰でしたっけ。私でしたか、あなたでしたか」(「曇り日」)と逆襲する。

『第二部』第五幕のメフィストが指揮する、領主ファウストの干拓・植民事業も死と破壊の影のもとに進行する。

昼間はご家来衆が、がやがや大騒ぎをして、
鍬やシャベルでむやみに土を掘り返すだけなのに、
夜になるとたくさんの炎が群がって、
翌朝には、ちゃんと土手ができていました。
犠牲《いけにえ》になって血を流した人もいたはずです。
夜、苦しそうにうめく声が聞こえました。

（一一一二三行以下）

「あんな水から奪った土地（Wasserboden）など信用がなりません」（一一一三七行）と、移住に同意しない、隣接する砂丘に昔から住む老夫婦の抵抗に業を煮やしたファウストに、メフィストが入れ知恵する。「こんなことに何の気兼ねがいるもんですか。／さっさと新開地に入植させればよかったんだ」（一一二七三行以下）。予定済みの土地接収と新開地の「結構な地所」への強制移住は、メフィストによって、海外における自己の所有権を確保するためにファウストが決行「せざるをえない」植民地化の措置になぞらえられる——。

「立ち退かせろ！」、ついに命令は発せられ、権力者の下命はメフィストとその手下たち（その名も象徴的な「三人の暴力漢」）によって執行され、結局、菩提樹と礼拝堂をもつ陋屋の放火・焼失と、善良な老夫婦の殺害に終わる。——「交換せよと言ったが、強奪しろとは言わなかった」（一一三七一行）というファウストの強弁は、メフィストのことばに輪をかけて空々しく響く。

行為のスケールこそ敵わぬものの、節蔵も「否定する精神」において勝るとも劣らない。「物の両端を敲《たた》かずには置かない節蔵の思慮は、〔……〕表が目に映ずると、すぐに裏を返して見な

くてはいられない」（拾肆）とすれば、ここにはまさしく「反対と矛盾の霊（天邪鬼）」の面目躍如たるものがある。すでに岡崎義恵が「何物をも肯定せず、何物をも求めない」（漆）節蔵を「絶対の否定者」(9)と呼び、磯貝英夫が「節蔵の徹底的に否定的な認識」(10)を指摘するのも故無しとしない。その否定の精神は、一見、因習的なものや権威主義的なものに対して鋭く向けられる。

たとえば、今でこそかなり自己を抑えコントロールできるようになって、葬儀が始まり、僧侶が機械的に引導をしたり回向をしたりするのを見ても「恬然として」いられるものの、「一頃《ひとところ》こう云う光景に対すると、行きなり飛び出して、坊主頭を片端からなぐって遣りたく思って、それを我慢するのに骨の折れた事がある」。また一頃は、そういうしかつめらしい挙措を見ると「気が苛々して、それがこうじて肉体上の苦痛になって、目を瞑り耳を塞いでも足りなく思って、集まっているだけの人に皆顔を見られるのも構わずに、つと席を起って遁げて帰った事もある」（壱）という。俥で弔いに向かう途中も、通りかかった交番で「仔細らしい顔をした白服の巡査が、節蔵の顔を高慢らしく見たが、節蔵はなんとも思わない。こう云う時、気の毒な奴だと思ったのはもうよほど前で、馬鹿奴《ばかめ》がと思ったのはそれよりまたずっと前であった」（壱）。いずれにしろ、節蔵の憤怒や軽蔑や無関心の向かう対象が僧侶や巡査であるのが偶然でないとすれば、それなりに得心がゆく。

しかし披露されるいくつかのエピソードは、節蔵の「否定する精神」がむしろ気質的なもので、想像以上にはるかに根深いものであることを窺わせる。そしてそこには、メフィスト流の「デモーニッシュな破壊の意志」ないしは「衝動」も、あきらかに認められる。書生として谷田家の玄関脇の小室に起居を許された当初、節蔵は役所での一日の業を果して帰って、曇りのない満足感をもって晩酌を楽しむ主人の姿に一種の idylle（牧歌）を見て、「珍しい平和の画図に対したように驚きの目を睜《みは》った」。それが次第に神経に障るようになる。平凡な日常に、なんの疑問も抱かず自足しきって浸っている生活が「一日一日と厭になって来たのである」。「あの晩酌は無智の人の天国である。その天国が詛《のろ》いたくなって来たのである」(伍)。

「節蔵はこう云う時に、これという動機もなしに、人に喧嘩をし掛けたり、暴行を加えたりした事が、これまで度々ある」。人間関係においても、「交際している間は優しくして、何事にも譲歩し勝である」が、「初め面白く思った点で厭になることが多」く、「絶交する時は、残忍で、何事にも顧慮しない」――こう前置きして語られる椿事には、たしかに度肝を抜かれる思いを禁じえない。

中学の時の友達に泉という横笛をたしなむ青年がいたが、節蔵は時々この友を訪ねて笛を吹いて聞かせてもらっていた。ある日、出掛けてみると泉は留守で、机の上に「錦の嚢に入れて」大切にしていた家伝の笛が置いてある。節蔵はいきなりそれを取りあげ、膂力で無理と知ると、嚢にはいったまま沓脱の石の上に置き、力任せに庭下駄で踏んだ。

笛はがちゃりと云って砕けた。丁度そこへ泉は帰って来たが、節蔵は友達を空気の如くに見て、何も云わずに、大股に歩いてその家を出た。泉は青天白日に怪しい夢を見たような心持がして、これも衝っ立ったままで、暫くは茫然としていた。　(伍)

まさに「デモーニッシュ（悪魔的）」としか言いようのない、残忍で激しい「破壊の意志」である。

節蔵自身この感情の激変を癲癇の発作に喩えているが、そこにはどこか病的な異様なものが感じられる。しかしさらに不可解で底知れぬ不気味さを感じさせるのは、この「発作」のあとの、「友達を空気の如くに見て」恬然として恥じぬ態度、人を人とも思わぬ、冷然たる無関心である。本堂の縁側で、近寄ってきた近所の子供が恐怖を覚えて思わずあとずさったのも、その顔にあらわれたこの氷のように冷やかで非人間的な冷淡さであったろう。そこには、節蔵（メフィスト）の特有な知のあり方が深くかかわっているように思われる。

## 四　知力と「醒覚」

メフィストと節蔵が共有する顕著な特性として、傑出した知力ないし知性は、諸家のあいだでほぼ自明の前提になっている。磯貝英夫は「節蔵に賦与されている強靭無比な知力」、「すべてのイリュージョンを拒絶する知性[11]」について語り、蒲生芳郎は節蔵の「ほとんど若者とは思いにくいほどに冷徹な知性[12]」に言い及んでいる。メフィストについては、すでにG・ヴィトコフスキの古典的な注釈書（ライプツィヒ、一九二四）が「現世を知り尽くした冷徹なリアリスト」と評している。メフィストを「純粋な知性の権化」と呼び、「メフィストはあらゆる価値を相対化し、〈二つの世界の落し子〉として両義性を免れない一切の人間的なものの幻想を破壊する[13]」と書いたのは、『ファウスト』研究の泰斗W・ケラーである。因みに〈二つの世界の落し子〉は、「われわれ人間は、自分たちのおかれた状態をあるときは神のせいに、あるときは悪魔のせいにするが、いずれも間違いだ。謎は、二つの世界の落し子であるわれわれ自身のうちにある」（『箴言と省察』ヘッカー、四二九番）からの引用である。

指摘されるまでもなく、メフィストの鋭い知性を証しする台詞はほとんど枚挙にいとまがない。「無限」（一八一五行）を求めて学問研究によっては叶わず、「いったいおれは何なのだ」と嘆息するファウストに向かって、メフィストはまるで事もなげにこういってのける。何百万本の髪を植えた仮髪《かつら》をかぶろうと、何尺もある高下駄を履こうと、「あなたは、結局――あなたですな」（一八〇六行）。

ファウストのガウンを着用して（すなわち「仮面」を被って）老教授として新入学生にガイダンスするメフィストのことばは、逆説的に、彼の真意が那辺にあるかを物語っている。「つぎには、何を措いても／形而上学に就かねばならん。／これをやれば、およそ人間の頭脳では達しがたいことを、／その究極の意義において摑むことができる。／頭にはいることにも、はいらんことにも、／ちゃんと立派な術語が出来ていて、用を足してくれる」（一九四八行以下）。――誘惑しようとする相手が、自分の頭で考えだしたのでは不都合なのである。それが証拠に、この直後の、「独白」というト書きつきの「そろそろ悪魔の地金を出すか」につづく台詞は、一面の真理を痛烈に衝いて身も蓋もない。

学問だの、研究だのと、いくら駆けずり回ったところでむだなこと。
誰しも、自分の頭で学べることしか学びはせぬ。
いまこの瞬間をつかむ者こそ、
ほんとうの男というものだ。

（二〇一五行以下）

この場面には後日譚がある。〈観照的生 vita contemplativa〉から〈活動的生 vita activa〉へと誘いだそうとしたメフィストの「教育」効果とみるべきか、かつての新入学生（ミニファウスト）は、自信たっぷりの高慢で鼻持ちならない「最新学派のひとり」（六六八七行）に「成長」し、再会した（やはりガウン姿の）老教授をさんざん愚弄し罵倒する。「われわれが世界の半分を征服していたあいだ、／あんた方はいったい何をしていたのか。……」（六七八二行以下）。挙句は「老い」を病気呼ばわりし、「人間、三十を超せば、／死んだも同然。／いっそ、さっさとあんたらをぶち殺すのが一等だ」（六七八七行以下）。「これでは悪魔も二の句が継げない」と応じているが、それは実はどうやらポーズで、言いたいことだけ言い捨てて颯爽と立ち去ってゆく若い学士を見送ったメフィストの台詞は――「変わり者め、せいぜい得意になって突っ走るがいい！――／どんな馬鹿なことであれ、小利口なことであろうと、／およそ人間が考えるようなことは、とうに誰かが考えていたとわかったら、／奴もさぞがっかりするだろうよ――」（六八〇七行以下）。メフィストのほうが一枚も二枚も上手である。

「グレートヒェン悲劇」からも、「街路」の場から一、二引いてみたい。マルガレーテが親しくしている「隣の女」、「取り持ちや橋渡しにうってつけの女」を利用しようと、見ず知らずのその夫の死亡を証言するようメフィストに迫られて渋るファウストに――

なるほどねえ、聖人君子は違ったものだ。
だがあなた、今度が生まれて初めてですか、偽証というやつをするのは。
神や世界や、世界の中で動いているものについて、
人間や、人間の頭や胸にうごめいているものについて、
臆面もなく、大胆に、
躍起になって定義を下したりしたことはないんですか。

（三〇四〇行以下）

「嘘つきの詭弁家め」と相手は歯がみして抗弁するが、そのことばには、いまひとつ力がない。図星を指されたといわぬまでも、汗顔の至り、内心思い当たるふしがあるからだろう。おなじ伝で、変わらぬ愛の誓いはリアリストの悪魔の目には「自己欺瞞」としかみえない。そもそもメフィストは「真心からの愛」など、はなから信じていない。

さてそれから、永遠《とわ》に変わらぬ誠の愛だの、
なにものにも打ち勝つひとすじの情熱とくる──
それもみんなやっぱり真心から出るんでしょうな。

（三〇五六行以下）

「よさないか、真心からだとも！」と反駁はするが、「それでもわたしのいうのが本当ですよ！」と平然と言いとおす相手に、結局ファウストは屈せざるをえない。「詭弁家」と呼ばれて「さようさ、わたしのほうが少し深い真相を知っているのでなければね」と冷然と言い返す相手の言い分にも理なしとしないからであり、その悪魔の声は、抑えようとしても抑えきれない彼自身の深

層の声でもあるだろう。「おまえのいうとおりだとも。おれとしてはそうしておくより仕方がないのだから」(三〇七二行)。――「悲劇」のはじまりである。そして破局は、周知のように、「なにもあの女が初めてというわけじゃない」(「曇り日」)とぬけぬけと言い放つ「連れ」のシニカルなことばによって告げられる(「良友」相沢謙吉の「人材を知りてのこひにあらず〔……〕」。意を決して断て」(『舞姫』)には、このメフィストのことばのこだまが聞きとれるように思う)。

F・A・トレンデレンブルクはその注釈書(ベルリン、一九二二)で、ゲーテがメフィストに付与した特性にサーカズム(Sarkasmus)やアイロニー、そして尽きることのないユーモア等を挙げているが、それらの基底にあるのも物事の本質を見とおす透徹した知力である。その鋭い知力は自己分析も怠りなく、「わたしは何でも知っているとは申しませんが、相当なことは心得ています」(一五八二行)と謙遜する一方で、「なにしろ悪魔は年寄りだ。/悪魔のいうことがわかるには、年をとることですな」(六八一七行以下)とうそぶいてもいる。

さて『灰燼』の節蔵であるが、まさに「新入学生」として上京したての、弱冠十八(その過去を回想する時点でも二十九)の「青年」を海千山千の「年寄り」の悪魔と対比するのはいかにも不合理にみえるかもしれない。しかし両者は「一種強烈な〈Disillusion〉の精神[14]」――それが主に外に向かうか内に向かってはたらくかの違いはあれ――「すべてのイリュージョンを拒絶する知性」において共通している。節蔵は「学校」には早々と見切りをつけ、「何の講義を聞いても、学科の根柢に形而上的原則のようなものが黙認してあるのを、常識で見出して、それに皮肉な批評を加えずに置かない」。あらゆる「形而上学」の根底に潜んでいる恣意的な虚妄が、どうしても目に付いてしまうのである。級友も節蔵と話していると、彼の「詞の中に、有り触れた感じや

illusionを無造作《むぞうさ》に打破するような幾句を見出して、〔……〕驚いて節蔵の顔を見て、嘲る程の価値もない物を見るような、空虚な目を、自分の顔に注がれているのに気が附いて、気味を悪がって逃げるのである」（拾肆）。

事情はむろん「学校」だけのことにとどまらない。「粗暴なる田舎育」として、厄介になることになった家主の谷田の楽しんでいる「小さい家庭の平和」を当初好意的に受けとめた彼が、やがてそこに「無智の人の天国」を見て詛いたくなる一件についてはすでに触れた。さすがに暴言を吐いたり暴行をはたらくようなことはなかったが、その自制とは裏腹に、節蔵は急速に一切の事物や人間に対する真の関心や情味を失ってゆく。段階的に進んだとされるその「情的生活」の変化は必ずしも明確に示されていないが、その推移の決定的な契機となるのが「醒覚」と呼ばれる事態である。

節蔵は醒覚《せいかく》したのである。一切の事がこれまでより一層明かに意識に上るようになったのである。

それと同時に節蔵は、自己と他人との心的生活に、大きな懸隔のあるのを知った。否、少くも知ったように思った。それは他人の生活が、兎角肯定的であって、その天分相応に、大小の別はあっても、何物かを肯定しているのに、自己はそれと同化することが出来ないと思うのである。そして節蔵は他人が何物かを肯定しているのを見る度に、「迷っているな」と思う。「気の毒な奴だな」と思う。「馬鹿だ」と思う。

（漆）

要するに、自他の心的生活に大きな懸隔のあることに目覚めた節蔵の「冷徹な知性」には、「一切の事がこれまでより一層明かに意識に上るようになった」というのである。近代的自我の覚醒とも呼応する、その目覚めた過剰な自意識には、他人のする事なす事がことごとく無意味で無価値に見えてくる。かくて「何物をも求め」ず「あらゆる価値を認めない」ニヒリストには、なにかを肯定するということができない（ここでも彼の「否定する精神」は一貫している）。

この点、節蔵は、「もしおれが満足して、のうのうと安楽椅子に寝そべったら、／その時はおれももうおしまいだ！」（一六九二行以下）というファウストに一見似ているようにみえる。が、ファウストが「永遠なる不平家」（『妄想』）なのは、たえず「何物か」を求めずにはいられぬからである（「契約」に誘うメフィストにファウストは、「高きを目指して求めてやまぬ人間の精神が、／君ら風情に理解されたためしがあるか」（一六七六行以下）と応じている）。いずれにしろ、見えすぎる（と意識する）冷徹な自意識をもった身には、「何物か」に満足して自足している凡庸で因習的な輩が我慢ならないのである。おれはあいつら「家畜の群の凡俗」（『仮面』）とは違う、という軽侮と一種の優越感のないまぜになった屈折した感情である。

ところで、この「醒覚」においてもうひとつ特徴的なのは、こうして「肯定即迷妄と観じて、世間の人が皆馬鹿に見え出してから」、節蔵のことばや態度は前よりむしろ「恭しく、優しくなった」ことである。求める何物もなく「ただ自己を隠蔽しようとする」節蔵は、「柔和忍辱《にゅうわにんにく》の仮面」を被ったのである。『普請中』の渡辺参事官が「なり済まして」きた「本当のフィリステル」も、そうした仮面のひとつであろう。いや、「参事官」という役職自体ひとつの「仮面」かもしれない。そして――いかに「柔和忍辱」を装うとも――「仮面」はあくまで仮面であって、生身の肉のもつ温かみを欠いている。自然から豊かな感性と鋭い直感をめぐまれた人（特に女性）が、そこに「気味の悪さ」、ひとを寄せつけない不気味さを感じとるのはそのためである。「ただ奥さんの本能が、節蔵のどこやらに、気味の悪い、冷たい処があるように感じているだけであった」（漆）というのは、そのことである。そして、ファウストの「連れ」の「気味の悪さ」に、いち早く敏感に感づいていたのがマルガレーテであった。

いつもあなたのおそばにいる方、
わたし、あの方、心《しん》からいやなのです。
わたし、もの心ついてこのかた、
こんな、胸を刺されるような思いをしたことはありません。
あの方の気味の悪い顔を見るたびに、そういう気持になりますの。（三四七一行以下）

「なにも、こわがることはない」「性《しょう》が合わないというやつさ」と、しきりにファウストは宥めているが、「そうするより仕方がない」とはいえ、明らかにここでも彼は相手と同時に自分を偽っている。とりわけこの対話が、恋人を気遣ってその信仰について問いただそうとする、いわゆる「グレートヒェンの問い Gretchenfrage」から切り出されていたことは注目すべきである。自明のことながら、メフィストの特性のひとつは、〔キリスト教〕信仰に対する激しい敵意である。敬虔なマルガレーテは、あの方がそばにいると、どうしても祈ることができなくて、それがつらい、とも訴えている。ファウストも、「とても美しくて、結構な」（三四五九行）ことばを連ねて、結局は「グレートヒェンの問い」をはぐらかすしかない。

ハンブルク版『ゲーテ全集』の編者E・トゥルンツは、三者の関係をゲーテ固有の極性《ポラリテート》の概念から説明して、つぎのように注解している。「ファウストとグレートヒェンとは、互いに引き合う両極である。グレートヒェンとメフィストとは、互いに避けあう対立である。グレートヒェンが初めてこの劇に登場するのは、彼女が教会から出てくるときである。〔……〕メフィストとの対立は、すでにこの最初の場面であきらかになる」。

節蔵の信仰については詳らかでないが、彼の「気味の悪さ」について、もうひとつ証言を引いておきたい。のちに触れるが、谷田の令嬢、お種さんに付きまとい、頼まれて間に立った節蔵から、そのストーカー行為をやめるよう諫止される「不良少年」相原光太郎の所見である。

相原は見ないようにして、節蔵の顔を横から覗いている。そして〔……〕自分がこの男の冷眼に観察する対象になったと思うと、非常に不快でならない。それに節蔵の顔の化石したような、仮面を被ったような、動揺しない表情が、見れば見る程気味が悪い。（拾参）

磯貝英夫は、節蔵の並外れた知力と「醒覚」について、「この知力は、たしかに、覚者のものであるよりは、魔的なものに近い。愚者の天国を嘲笑し、いっさいの権威を一蹴する精神の真ん中には、メフィストフェレス的虚無がすわっているようである」[15]と述べている。けだし、正鵠を射たものといわなければならない。

## 五　ニヒリズム、あるいは「無」への醒覚

節蔵の「情的生活」の推移は、すでに示唆したように、じつは「醒覚」をもって完結したのではない。一切に目覚め、みずから被った仮面によって己れを隠蔽して、世人への嘲笑も軽蔑も秘かな優越感も、すべてをその奥に隠して生きてゆくうちに、気づいてみると節蔵は「我ながら一切の物に対する興味の淡いのと、要望の弱いのとに驚かざることを得なかった」(漆)。頭だけが冴え冴えと冴えわたり、「氷の如くに冷かな」無関心に覆われた節蔵の内面世界は、人間的な感情を完全に抹殺された、まさに「灰燼」という名にふさわしい無の世界である。かつてのような激しい憎悪や瞋恚もないかわり、他者に寄せる関心も共感も微塵もない。「無関心にまさる軽蔑はない」ということもできよう。そしてここでも、ファウストの「連れ」を評したマルガレーテのことばが、きわめて的確に事態を言いあらわしている。

わたし、ああいう方と、とても一緒にやっていく気にはなれません。
家へお見えになるときでも、
いつも人を馬鹿にしたような顔つきをして。
それに、どこか怒っているように見えますわ。
どんなことにも親身な気持になれない人なのでしょう。
誰ひとり人を愛せない方だってことは、

ちゃんと顔に書いてありますわ。（三四八四行以下）

ゲーテの『ヴィルヘルム・マイスターの修業時代』（一七九六）といえば、ドイツ近代小説を代表する、「教養小説《ビルドゥングスロマーン》」の典型とされる長篇小説であるが、主人公ヴィルヘルムも決定的な瞬間に一種の「覚醒 Disillusion（ドイツ語では Desillusion）」を体験している。いや、彼の生涯の歩み全体がひとつの「覚醒」の過程であるとみることもできる。十八世紀後半の貧しいドイツで、未来の国民演劇の創始者を夢見て演劇界に身を投じたヴィルヘルムは、厳しい現実に触れるなかで次第に幻想から目覚め、最終的に、まさに Illusion そのものである演劇の世界から足を洗って、平凡な一市民として生きることを決意する。(16)

それにしても、この「覚醒」は別して特殊ゲーテ的である。『ドン・キホーテ』について、いみじくも「想像力による現実の誤った解釈と、一連の長い〈失敗に終わった世界との接触〉」(17)と述べたのはH・E・ホルトゥーゼンであるが、この「覚醒」の先にヴィルヘルムを待ちうけているのは、「憂い顔の騎士」に対するような〈幻滅《デセンガーニョ》 desengaño〉でもなければ、デンマークの王子の〈憂鬱《メランコリー》 melancholy〉でもない。「父のロバを探しに出かけて王国を見つけた」サウルの幸福に比せられる、「真理」の化身ナターリエと結ばれる「ハッピーエンド」である。いわば自己形成《ビルドゥング》としての「覚醒」なのである。節蔵の「醒覚」が、結局、冷たい虚無的な無関心に行き着くしかない――その点で『灰燼』を「裏返しにされた Bildungsroman」という福永の評は当を得ている――とすれば、両者の違いは、一体どこからくるものだろうか。

節蔵の「醒覚」の背景に、『灰燼』に先立って発表された『妄想』（明治四十四年三月、四月）に記された鷗外の「無意識哲学」の読書体験があることはほぼ間違いない（清水茂は端的に「節蔵の背後にはスチルネルがあった」と言明している）。周知のように、『妄想』は海を見晴らす別荘（「小家」）に端座する「白髪」の「翁」のめぐらす、孤独なわびしい想念として綴られる――。

若きエリートとしてベルリンに遊学し、医学という「自然科学のうちで最も自然科学らしい〔……〕exact な学問」に携わりながら、やがて「自分」は言い知れぬ「心の寂しさ」、癒しがたい「心の飢」に苦しむようになる。「真の生」、人生の意義はあくまで把捉しがたく、その心の空虚に促されるように手にしたのがハルトマン（Eduard von Hartmann、一八四二―一九〇六）であり、さらにその「無意識哲学」の淵源を遡ってスチルネル（Max Stirner、一八〇六―五六）からショオペンハウエル（Arthur Schopenhauer、一七八八―一八六〇）へと読み進んだ、という。

「ハルトマンの形而上学では、この世界は出来るだけ善く造られている。しかし有るが好いか無いが好いかと云えば、無いが好い。〔……〕それだからと云って、生を否定したって、世界は依然としているから駄目だ」。スチルネルを読むと「あらゆる錯迷を破った跡に自我を残している。世界に恃むに足るものは自我の外には無い。それを先きから先きへと考えると、無政府主義に帰着しなくては已まない。／自分はぞっとした」（改行省略）。

そうこうするうちに三年の留学期間は過ぎ、日本に帰る日が来た。「我《わが》行李の中に〔……〕有るのは、ショオペンハウエル、ハルトマン系の厭世哲学である。現象世界を有るよりは無い方が好いとしている哲学である。進化を認めないではない。しかしそれは無に醒覚せんがための進化である」。

長い引用になったが、このニヒリスティックな哲学に「翁」は総体として「頭を掉《ふ》った」としながらも、「錯迷打破には強く引き附けられた。Disillusion《ジスイリュウジョン》にはひどく同情した」と認めてもいる。それは、彼もまたDisillusionの果てに「近代の自我の根柢を吹き抜けるあの不吉な影[18]」、「虚無」を見てしまった、ということでもあろう。陰鬱なメフィストの声が聞こえるような気がする。「〔……〕生まれたものはすべて、／しょせん滅びるしかないものなのです。／それならいっそ、何も生まれないほうがましでしょう」（一一三三九行以下）。

「過ぎ去った」？　それはどういう意味だ。
もとから何もなかったと同じことじゃないか。
それなのに、まるであるかのように、どうどうめぐりをしているのだ。
だから、それよりおれは「永遠の虚無」のほうが好きなのさ。
（一一六〇〇行以下）

この世のすべてはいずれ無になる。ならば、生きることにどんな意味があるのか。「醒覚」の先に待ちうける「無」、「恃むに自我しかない」ニヒリズム――。近代的人間を襲う「不吉な影」の底知れぬ闇の深さである。

ところで意外にも――精緻を極める「鷗外学」の研究によれば――、鷗外の実質的な「無意識哲学」の受容、その「錯迷打破 Disillusion」説への共感は「実はドイツ留学当時のものではなく、〔……〕もっぱら『妄想』を書いたときの鷗外のものだった」というのだ。「――つまり、『妄想』という作品もまた、言われるような思想の自伝、精神の遍歴であるよりは、むしろ、明治四十四年当時の、鷗外の心境小説そのものではなかったのか」（傍点原文[19]）。

同様に『妄想』を「小説＝物語」、つまりは「虚構」だとする小堀桂一郎は、「一見作者の現實の經歷に即してその内面の閱歷を正直に語ってゐるやうでありながら、そこには實はかなり手の込んだ虚構がはめこまれてゐる[20]」という。——いかにも、「作者の現實の經歷に即して」いない、という意味では「虚構《フィクション》 Erdichtung」に違いないだろう。だが、ゲーテのいわゆる「詩と真実」の意味で、「詩＝虚構 Dichtung」が高次の「真実」を反映しうることも文学の本来として疑う余地がない。とすれば、「心境小説」『妄想』をとおして、同時期の未完の小説（『灰燼』）とその作者を推論することも許されるであろう。

それではこの時期、「虚構」によってまで鷗外が吐露しようとした「心境」とはいかなるものか、そしてそれは何故だろうか。——ひとつは疑いなく鷗外自身の迫りくる死、「一切ヲ打チ切ル重大事件」たる「死」の意識だったろう。「自分はこのままで人生の下り坂を下って行く。そしてその下り果てた所が死だということを知って居る」。侍の家に生れ、いつでも切腹が出来なくてはならないと諭されてきた身にとって、死じたいが怖いのではない。が、「この自我というものが無くなってしまう」と思うと「口惜しい、残念だと思うと同時に、痛切に心の空虚を感ずる」。——「私の死のゆえに私の生はむなしいという感覚」（真木悠介[21]）である。前年に計画が発覚し、年初早々、明治天皇暗殺計画の嫌疑で多数の社会主義者・無政府主義者が処刑された「大逆事件」も鷗外を動揺させた一因であろう。

もうひとつは、やはり鷗外自身がさりげなく『妄想』のなかに書き込んでいる。主人の翁は、生と死をめぐる孤独な思念をくり広げるに当たり、注目すべき一文から書きだしている。いわく「主人は時間ということを考える。生ということを考える。死ということを考える」。——「時間」、

「生」そして「死」、この順序はじつに意味深長である。『時間の比較社会学』を「〈死の恐怖〉および〈生の虚無〉」の節から始めた真木は、「私の死のゆえに私の生はむなしい」という感覚の根底には、西欧近代に固有な時間意識の存在があるという。すなわち、直線的に流れ過ぎて（直進性）、還ることのない（不可逆性）「時間」という意識である。

明治五年に太陽暦とともに「近代の時間」を採用してほぼ四十年、明治の第二世代として「近代化」の名のもとに公私とも、ファウストさながら「ただもう世界を駆けぬけてきた」（一一四三三行）果てに、気づいてみると、かけがえのない一度限りのはずの「生」が舞台で役者の勤める「役」にすぎないように感じられてくる。「この役が即ち生だとは考えられない」。——符節を合わせたように同じ明治四十四年、漱石は講演で「現代日本の開化」の「外発性」を指摘し、このような「皮相上滑り」の「開化の影響を受ける国民はどこかに空虚の感がなければなりません」と述べている。「痛切に心の空虚を感ずる」と書いた鷗外との——偶然にしては出来すぎている——見事なまでの符合に瞠目せざるをえない。

社会学者大澤真幸のことばによれば、「人が自分の人生を意味あるものと実感するには、人生を超える時間の流れと結びつく必要がある[22]」という。それを保証していたのが、かつての西欧人にとっての「神」や「自然」や、地縁・血縁に基づく「共同社会《ゲマインシャフト》」（その最小単位としての「家」）である。それら個々人の「生」を意味づけていた「永遠なるもの」「無限なるもの」との紐帯を「近代化」、なかんずくその新しい「時間」は断ち切ってしまった。「神」は「死んだ」とされ、「自然」は征服と利用（内実は「収奪」）の対象に貶められ、「共同社会」に取って代わる利潤追求を旨とする「利益社会《ゲゼルシャフト》」は、ばらばらな孤独な個人を生みだした。『それから』（明治四十二）の代助（やはり明治の第二世代で、しかも家長になれない「次男坊」）が、「利益社会《ゲゼルシャフト》」で敗残の身となって帰京した友人の平岡に対していだく感懐もまた、このことと無関係ではない。

平岡はとうとう自分と離れてしまった。逢うたんびに、遠くにいて応対するような気がする。実を云うと、平岡ばかりではない。誰に逢ってもそんな気がする。現代の社会は孤立した人間の集合体に過ぎなかった。大地は自然に続いているけれども、その上に家を建てたら、忽ち切れ切れになってしまった。家の中にいる人間もまた切れ切れになってしまった。文明は我等をして孤立せしむるものだと、代助は解釈した。（八章）

「翁」（＝鷗外）が「時間ということを考える」とまず書いたとき、そこでいう「時間」はおそらくこの新しい「文明」の時間（「時間」は明治の翻訳語の一つ）であり、この時期、鷗外もまたようやく「近代の時間」の両義性に想到している。独逸語のStreber——つまりはファウストを象徴する〈streben〉——が帯びている「嘲る意」について言及する『当流比較言語学』（明治四十二）の認識とも、それは正確に照応している。

「赤く黒く塗られている顔をいつか洗って、一寸《ちょっと》舞台から降りて、静かに自分というものを考えてみたい」。そう望みながら、結局、鷗外は最期まで「舞台から降り」はしなかったが、「遺言」の一見意表を突く「余ハ石見人森林太郎トシテ死セント欲ス」は、この願望の簡明直截な表現であると思われる——。

高橋義孝がその特異な鷗外論において、「ニヒリスト鷗外」の立論の有力な根拠のひとつにしたのも、「遺言」のこの一節であった。いわく「個人的な資質として異常な悟性の力を授か」り、「自然科学の洗礼を受け、自然科学を最も未来に富むものとする（『妄想』）人間であった」鷗外、その「論理的に煮つめて行くという能力、異常な理知のエネルギー、これこそ彼を比類のないニヒリストたらしめたものであった」。「ニヒリスト鷗外がこの遺言の書き手だったこともいうまでもあるまい。無常の世に、死してのちの一切の事柄はむろん〈馬鹿馬鹿しい〉のにきまっている。裸で生れて、裸で死ぬのは、陸軍軍医総監森林太郎でもなければ、帝室博物館総長兼図書頭正三位森林太郎でもない。それはただの森林太郎だろうから[23]」。

たしかに、死を前にして己れの生きてきた「生」を畢竟するに「無」と裁定する意識は、やはりニヒリズムといわなければならない。そして節蔵が鷗外のまぎれもないアルター・エゴ、「暗い破滅的な分身」（田中美代子）であるなら、「無」へと醒覚する彼もまた、当然、作者と同じ意識を生きていなければならない。

## 六　『鐘楼の悪魔』と『十三時』

回想する現在（明治四十四年）の節蔵の文筆活動については作中に具体的記述はないが、十一年前、上京して数ヵ月後に十八歳の節蔵が試みた処女作「新聞国」は作中作として読むことができる。たまたま手にした「ポオの物」に触発され、「自分の行くべき道をこの案内者が示してくれるよう」に感じて書き記したものという。筋書きの域をあまり出ないこの「毒々しい諷刺」の中身についてはひとまず措いて、注目に値するのは、節蔵が「ポオの集中にある『鐘楼における悪魔』から強い印象を受けて」下敷きにしたと回想していることである。
『灰燼』の、当該の「部分を書いてゐたと推定される頃」（正確には大正元年九月）[24]鷗外自身が『鐘楼の悪魔 *The Devil in the Belfry*』（以下、定訳に従い『鐘楼の悪魔』とする）を翻訳しているからである（鷗外がテクストに使ったのはドイツ語訳 *Der Teufel im Glockenstuhl*）。同年十月、「趣味」に発表された『十三時』がそれである[25]。ここで、図らずも、回想する節蔵と未完の長編を執筆する鷗外とがほぼ完全に重なり合う。しかし、もちろん、さらに重要なのは、二人を惹きつけたそこで扱われる主題《モチーフ》のほうである。

どの本街道からも離れた谷あいの辺鄙な町（というより、その規模から考えて「村」）が物語の舞台である。周囲をなだらかな丘に囲まれたこの平坦な円形の町には、外縁に沿って、六十軒の小さな家が中央広場に面して立っている。まったく同じ造りのどの家にも「小さな前庭があり、そこには環状の道と、円い日時計がひとつ据えつけられ、そしてキャベツが二十四株植えてある」。どの家からも等距離の、広場の中央に立つ鐘楼に見える大時計と鐘は、太古以来、けっして誤ることのない正しい時を報じている。住民たちはみな、絶えずこの大時計を眺め、「我らは我らの時計とキャベツに永遠の忠誠を誓うべし」という訓えをモットーに、古来の善き慣習を守って規則正しい生活を送っている[26]――。

すでにほぼ自明のように、この町全体が（そこに暮らす住民も含めて）時計ないし時間のメタファーである。もっとも、その「けっして誤ることのない」時計は、近代都市の市庁舎にシンボリックに建設された、時計塔の機械仕掛けの時計ではない。日時計とキャベツ――seinen Kohl anbauen（田舎に引きこもって暮らす［自分のキャベツを栽培する（原義）］）という成句を連想させる

——を基準にする、いわば「キャベツ時間」とでもいうべきその時計が計測する時間は、中世史家J・ル・ゴフのいわゆる「〈鐘〉の時間と〈時計〉の時間[27]」の比喩でいえば、あきらかに近代以前の「〈鐘〉の時間」に属するものである。ゴフを踏まえて今村仁司はつぎのように述べている。

教会の「鐘」は、農村的・自然的な、そして宗教的な時間の表現である。「一日」が朝・昼・晩に分割されていれば十分であった。固定的な生活様式が持続するかぎりは、「鐘」で時を表わしていけばよい。しかし時代はとうとうとして変動つねなき状態に変わりつつあった。鐘によるおおざっぱな時間区分ではやっていかれない時代が到来した。商人の時間と手工業者の時間は、少しずつ教会の時間を掘りくずしていく。時計が鐘に勝利する時は近い[28]。

ドールン-ファン・ロッスムは、時間計測の歴史の観点から、「鐘」の時間と「時計」の時間のあいだには様々な移行形態のあったことを教えてくれる。

市の時計と時計の鐘はたいてい市塔に設置され、市鐘もそこに懸かっていた。時計の打鐘装置は、時間合図にできるだけ長い到達距離を与えるため、もしくは別の鐘の経費を節約するために、しばしば市鐘と結びつけられた。〔……〕市塔と市鐘はヨーロッパではどこでも、共同体のアイデンティティの担い手だったのである[29]。

『鐘楼の悪魔』に話を戻すと、町には「丘の向うからは碌なものがくるはずはない」という言い伝えがあって、土地の人で丘を越えて外へ出た人はまだ一人もない。「こんな結構な、泰平無事な町に非常な災難が出来ようとは、実に誰も予期してゐなかつたのである」。

その丘の天辺に、ある日、正午五分前、怪しい人影が現れた。かつて町で見たことのない「馬鹿げた風体の男」である。「顔は黒ずんだ嗅煙草《かぎたばこ》色で、鼻は鉤形で長く、豌豆のような目をして、口は大きく、歯並のりっぱなのを見せびらかすように、口を耳まで開けて笑っている」。この「怪しい曲者」は踊るような身振りで丘を駆け降りてくると、正午三十秒前、「羽が生えて飛ぶように、町会議事堂の塔の上に駆け登つた」。そして、時刻を合わせようと固唾を呑んで見守る住民たちを尻目に、あっという間に鐘楼の番人を手込めにすると、「その職でもないのに」どうやら大時計をいじくっている。やがて、鐘が正午の時報を打ち始めた。

「一つ」と時計が云った。「一つ」と住民たちが鸚鵡返しに云った。「二つ、三つ、四つ」と鐘は鳴りつづけ、「二つ、三つ、四つ」と皆はくり返す。ついに「十二」と鐘が鳴って、「十二」と皆はホッとしたような様子で応じた――。「然るに大時計はまだこれでは鳴りやめない。〈十三〉と大時計は云つた」。

この後に起こった恐ろしい出来事は、およそ筆舌に尽くしがたい。「兎に角、町全体が大騒乱の渦中に陥つたと云ふより外はない」。

竹盛天雄は「新聞国」との関連で『鐘楼の悪魔』を検討して、「突如として起こる価値顚倒とそのもたらす衝撃」に、この作についての鷗外の関心があったのではあるまいか、と推論している。いわく「いたずら小僧で、いわばトリックスター」である「彼〔鐘楼の悪魔〕のしわざによって、市民的俗物的偽善的権威が顚倒される(30)」。

端的にいえば小篇の主題は、ル・ゴフの比喩にいうところの「鐘」の時間から「時計」の時間への（日本でなら、江戸の太陰太陽暦から明治の太陽暦への移行と一体になった）時間計測システムの（革命的な）変革《イノベーション》、およびそれによる衝撃と混乱である（正午の時報のあと、続いてすぐ「十三時」が告げられるのは、異なる二つのシステム間のズレ〔時差〕の解消のためかもしれない）。

ポオも訳している英文学者として、丸谷才一は『たった一人の反乱』（講談社、一九七二）において、元大学教授の野々宮先生に知人の受賞記念パーティで祝辞を述べさせているが、蘊蓄を傾けたその名祝辞の、賞品の時計にちなむ次のくだりなどは、あきらかに『鐘楼の悪魔』を踏まえている。

> 実用品としての時計とは何か？　言うまでもなく、市民にとっての時計であります。労働者は、労働時間を売ることによって報酬を得、生計を立てる。とすれば、当然、労働のはじまりと終りとを決め、それを告げる仕掛けがなければなりません。田園における少人数の労働ならば、太陽によっておおよその見当をつける程度で差支えない。しかし、大工場の労働となりますと、そのようなことは許されなくなり、時計がぜひとも必要になる。〔……〕これこそは近代市民社会における時計の意味にほかならない。それは労働時間を計り、さらには金利を計る。これを逆に言えば、市民社会とはすなわち時計によって運営される社会ということになりましょう。〔……〕それゆえ、もし将来、都市の時計塔を占拠して大時計を狂わせつづける者が出るならば、それは市民社会に対する反逆、つまり革命の意図を表明する、まことに好個の冗談となるでありましょう。

閑話休題、鷗外が『十三時』を発表し「新聞国」を構想・執筆していた（大正元年十月）頃――その前年に『妄想』が書かれ『ファウスト』が集中的に翻訳される――、おそらく鷗外は「近代市民社会における時計の意味」に決定的に開眼したと思われる。「労働時間を計り、金利を計る」近代の時計によって計られる人生という時には、当然「はじまりと終り」がある。『ファウスト第二部』第五幕では「海を支配し、自然の主人《あるじ》になろうとする」領主ファウストの悲劇が描かれるが、すでに齢百歳という彼は、ひどく不安げで絶えず苛立っている。近代の直線的に過ぎゆく還ることのない時間は、刻一刻と「老いさせる」、つまり「死」に向かってゆく時間《とき》でもある。しかも近くの砂丘に満ち足りて住む敬虔な老夫婦の、祈りの「時刻《とき》」を告げる礼拝堂の「鐘」は、いやでもそのことを思い出させずにはおかない。「あの鐘の響きを聞き、菩提樹の香りを嗅ぐと、／教会か墓穴にでも入ったような気がする」（一一二三五行以下）。結局、「死」を兄弟にもつ「灰色の女たち」のひとり、忍び寄る「憂い」の強大な力を認めようとしないファウストは、「憂い」のかける呪いの力によって「盲目」になる。

十八歳の節蔵がポオをどう読み、何を受けとったかは、実のところあまりはっきりしない。しかし、すでに「醒覚」していた節蔵の関心と共感が「怪しい曲者」、他所から来た「外道」――「悪魔」ないし（今なら）「トリックスター」に向けられていたことは容易に想像できる。節蔵は、「この国の人民は新聞の種を作る人と、その種を拾って書く人と、その書いたものを買って読む人との三種類に区別することが出来る」（拾捌）と書きだした作中作の紙幅の大半を「人民の類別」に費やしているが、本当に「自分が書こうと思った事」は「新聞国の政変である」と告白する。

すなわち「有力な政治家が出て、Coup d'etat のような手段で新聞を廃せようとする」、それによって引き起こされる「周章狼狽の様子は随分面白く書けそう」だというのだ。

実際には、想像をめぐらすうち「いつの間にかぐっすり寝てしまった」節蔵によって肝心の「政変《クウデタア》」は書かれず、『灰燼』自体も「新聞国」とともにそこで中断されるのだが、この処女作はどうやらポオの短篇『鐘楼の悪魔』を「新聞の外に何物をも有せない」架空の国に寓意的に変換したもののように思われる。そもそも Zeitung（新聞）という語は〈time and tide wait for no man〉（歳月人を待たず）の格言で知られる tide に由来するが、この語は「潮の干満、潮汐」を表し、古くは「時分《とき》」や「時節《とき》」をも意味した、つまりは Zeit（時間《とき》）の語源でもある。そして、洋の東西を問わず、古来「時を治めることは社会を治めること[31]」という真理を想起するなら、海を支配しようとする領主ファウストの干拓事業は、永遠にくり返す潮の干満の「不生産性」に対する彼の憤懣と反逆が始まりだった、という事実は意味深長である。それは、いわば絶えず進歩と成長を目指す近代の「時計の時間」による自然の時間《とき》に対する反逆、〈Coup d'etat〉である。

盲目《めしい》て意気阻喪するどころか、いよいよ野心をたぎらせるファウストは、耳に心地よい鋤の音に己れの事業の完成を夢想し、文字どおり〈Coup d'etat〉が画策されているのにも気づかない。

　宮殿を出て手狭な家にお移りだ。
馬鹿なことだが、とどのつまりはこれが落ちさ。
（一一五二九行以下）

古往今来、ニヒリストの常套句といってよいだろう。メフィストが手下の死霊たちに命じてさせていたのは「掘割り」ならぬ「墓掘り」であった。それではファウストもまた、トルストイの美しい民話『人にはどれほどの土地がいるか』（一八八六）の語るように、奮闘の末に「長方形の穴をひとつ」（一一五二八行）得ただけだったのか。

この直後、ファウストは壮大な理想のビジョンを夢見て、決定的な「賭け」の文句を口にする。「おれの地上の生の痕跡は、／永劫を経ても滅びはしない。――」（一一五八三行以下）。メフィストの言いぐさでは、「どうじたばたしようと、お前たち人間はたすからない。／四大《しだい》はおれたちとぐるになっている。／何をしたって、とどのつまりはいっさい破滅さ」（一一五四八行以下）。一体どちらの主張に分があるだろう。「永劫」たるべきファウストの地上の生の証しを呑みこもうと（地震の神でもある）「水の悪魔ポセイドン」が虎視眈々と窺い、傍らでは着々と彼の「墓穴」が掘りあがっている。この現実をまえにしては、勝敗の帰趨は自明と思われる。現に、斃れたファウストを尻目にメフィストは勝ち誇ったように言い放つ。

どんな快楽にも飽き足らず、どんな幸福にも満足せずに、
とっかえひっかえ、いろいろなものを追い求めた男だった。
ところが、最後の、つまらない、空っぽの瞬間を、
哀れにも引き留めようとした。
どうにも手ごわい相手だったが、
時間《とき》の力には勝てない。このとおり、砂の上に老いぼれ姿をさらしている。
時計は止まった――

（一一五八七行以下）

ここでの「時間《とき》」が、機械仕掛けの「時計」に象徴される近代の過ぎゆく時間なのはいうまでもない。そしてファウストが引き留めようとした「美しい」瞬間とは、盲人の幻想——皮肉にも、じつは己れの「墓堀り」という「つまらない、空っぽの瞬間」であった。それでは（周知のように）幻想・錯迷《イリュージョン》に囚われているファウストが救われ、あらゆるイリュージョンとは無縁の、最初から「醒覚」しているメフィストが敗北する（とみえる）のは何故なのか。また、〈Coup d'etat〉を企む「悪魔」に惹かれる虚無的な節蔵には、どのような最期がありうるだろうか。

## 七　「われらを引きて昇らしむ」？——愛の不在とメフィストの挫折

ファウストの最期とその事業の完成を目前に、「四大はおれたちとぐるになっている」と述べたメフィストの台詞には偽りがある。「偽り」といわぬまでも、半面の真理に過ぎない——もしくは、ことさら残りの半面を隠している。ファウストとの初対面となる最初の「書斎」の場においてすでに、彼は「否定する霊」として、「永遠の創造」（一一五九八行）に対するむき出しの反感と敵意を語っていた。

　無に対立する或る物、
　つまり、この不細工な世界ですが、
　こいつが、いままでずいぶん手を尽くしたが、どうにも始末におえない。
津波、嵐、地震、火事――
なんで攻めても、あとにはやっぱり陸と海とが平気で残っている。
それから動物とか人間とかいういまいましい代物だが、
これがまたなんとも手に負えない。
いままでどれだけ葬ったかわからない。
ところが、いつもまた生きのいい新鮮な血がめぐりだす。
それがいつまでも続いてゆく。考えると気が狂いそうです。
空気からも、水からも、土からも、
無数の芽が萌えだしてくる。
（一三六三行以下）

古代哲学において自然界を構成すると考えられた「四大」(すなわち地、水、火、風）は、メフィストと結託してその破壊的な力を振るうわけではない。一見「破壊的」な力が同時に創造的な作用をも秘めており、宇宙の創造と破壊、生成と消滅をつかさどる循環的な二元のコスミックな力によって世界は維持されている。メフィストはその力の破壊的な側面を体現ないし代理するに過ぎない。ファウストから「君はいったい何者だ」と訊かれてまず彼が、「つねに悪を欲して、しかもつねに善をおこなう／あの力の一部です」(一三三五行以下）と答えているのは、分をわきまえ、己れの役回りを自覚した、きわめて的確な返答といわなければならない。トーマス・マンがメフィストを「宇宙的なニヒリスト」(「ゲーテの『ファウスト』について」）と呼ぶのも、同じコンテクストで考えてよいであろう。

ところで、S・フロイト（一八五六―一九三九）は晩年の論文「文化のなかの居心地悪さ」（一九三〇）のある脚注で、「ゲーテはメフィストフェレスにおいて、悪の原理と破壊欲動とを同一視しているが、実に説得力がある」と述べてメフィストの先の台詞（一三六三行以下）を引いたうえで、こう続けている。「悪魔自身、みずからの敵として挙げているのは聖なるものや善なるものではなくて、自然がもつ生殖力や生命を増殖させる力、要するにエロスなのである」[32]。しかも晩年のフロイトにとって「エロス」とは「性欲動という枠をはるかに越え、生物にあまねく存在し、その成長を促し、より大きな統一と維持、発展と躍動とに導き、死を遠ざけるものとされている（つまり愛という概念がカバーする全領域を指して使用されているものと考えてもよいだろう）[33]」という。

はたして（「愛の人 ein Liebender」（四四五一行）でもある）ファウストは、メフィストの苦情に対し適切にも、「そうやって君は、永遠に活動する／恵みゆたかな創造の偉力《ちから》に対して、／むなしく悪意をこめて固めた／つめたい悪魔のこぶしを揮っているのだな」（一三七九行以下）と応えている。自然の永遠に休みなく創造する力こそ「エロス」の働きであるとすれば、その人間的な発現形態としての「愛」の問題も、当然、問われなければならない――。

メフィストについては、「誰ひとり人を愛せない方だってことは、／ちゃんと顔に書いてありますわ」という、マルガレーテのことばに尽きるだろう。メフィストにあるのはただの「性欲動」で、「愛」は彼の理解の埒外である。「森と洞」の場、大自然のふところ深くに抱かれて自然のみなぎる生命力との一体感に浸るファウストのもとに押しかけ、その「超現世的快楽」を揶揄するメフィストのことば──「恍惚として天地を抱きしめ、／おのれを神かとばかりに膨れあがり、／想像のおもむくまま大地をかきまわし、／神による創造の六日間を残らず胸に感じとり、／昂然として、何やらわけのわからぬものを味わい、／たちまち、歓びに陶然として、みなぎる愛を注いで万物と一体になる」（三二八四行以下）。そのことばの実に巧妙な措辞「wonniglich umfassen（恍惚として抱きしめ）／aufschwellen laßen（膨れあがり）／durchwühlen（かきまわし）／genießen（味わい）／liebewonniglich......überfließen（歓びに陶然として……みなぎる愛を注ぎ）」はすべて、A・シェーネの「注釈」（フランクフルト、一九九九）によれば、性行為の隠喩であり、長広舌を締めくくる「卑猥な身振り」は一切をその性行為に還元する。「否定の霊」のメフィストが、愛と情欲の別を認めえないのは当然である。

『第二部』第二幕「実験室」の場、喪心したファウストの蘇生のため、ギリシア行きを提案されて二の足を踏むメフィストに、ホムンクルスが誘いをかける──「あなたはまんざら野暮な方じゃない。／テッサリアの魔女といえば、／おわかりでしょう」。と、即座に「（欲情もあらわに）テッサリアの魔女！　ようし、それこそは／長年気にかけていた女たちだ。／毎晩毎夜のおつとめとなると、／あまりぞっとしないだろうが、／まあ、訪ねて、試してみるぶんには──」（六九七九行以下）。「テッサリアの魔女」は、古来ことのほか淫蕩で通っていた。

さすがに、十八かそこらの「田舎育」の若者を、「性」についてもきわめて老獪なメフィストになぞらえようというのではない。しかし、「醒覚」した節蔵が愛の幻想とも早々と切れていることは十分に銘記する必要がある。節蔵と谷田の一人娘のお種さんとのあいだにかつて何かあったとすれば、その愛と無縁な「性」にかかわるとしか思われない。そして、谷田の葬儀の場で、ほとんど九年ぶりに実現した、異常なまでの緊迫感とともに描きだされる再会の情景を読むなら、二人のあいだに何もなかったと考えるほうがむしろ不自然だろう。

お種さんも〔……〕その目を節蔵に移したが、忽ち非常な感動を受けたものらしく、血の気の少かった今までの顔が、一層蒼くなって、唇まで色を失って、全身が震慄するのを、咄嗟の間に、出来るだけの努力を意志に加えて、強いて抑制したらしかった。そして目を大きく瞠《みは》って、節蔵の顔をじっと見て、元の席に据わることを忘れたように立っている。みな子は母親がぶるぶるとした時、不意に強く手を引き寄せられたので、驚いて母の顔を見て、本能的に母の視線を辿って、同じように大きく目を瞠って、これも節蔵を見ている。節蔵はお種さんの燃えるような怒の目と、〔……〕娘の驚の目とに、一斉に見られながら、膝を衝いたままに親子の女と顔を見合せていたが、自分の顔の筋肉は些《いささか》の顫動をもしなかった。（壱）

二人の男女のあいだに、あってしかるべき懐かしさや親愛の感情は微塵もない。それどころか、お種さんの「燃えるような怒の目」と、表情ひとつ変えない節蔵の冷淡なまでの非情との、きわだった対照が印象的である。福永や蒲生をはじめ、多くの評家が二人のあいだに「性的な関係」を推測するのはいわば当然である。しかも、この日喪主を務める婿養子の次郎との結婚後間もなく――節蔵は、お種の婿取りの話が持ちあがると、その結婚を待たず早々に谷田家を出る――、少し月足らずで生まれたという「九つか十ばかりの、髪をお下《さげ》にした娘」についての記述は、あたかも彼女が節蔵の胤であることを強く示唆しようとするかのようである。

節蔵が書生として谷田家に入ったとき、華族女学校に通い始めたばかりのお種さんは十四だった。――この年齢については、「グレエトヘン」のこだまが微かに感じられる。「魔女の厨」の薬で「若返って」出た「街」で、最初に出会った町娘に熱を上げる「大事な友だち」を焦らすように抑えにかかるメフィストに、「でも年齢《とし》は十四を越しているだろう」(二六二七行)。悪魔顔負けの物言いであるが、当時十四歳未満では「一人前の女」とみなされず、それとの交渉（性交）は法的に禁じられていた。さらにこの場（「街」）は、『ファウスト』を極性《ポラリテート》の概念から解釈するE・トゥルンツによれば、「男性的なるもの」と「女性的なるもの」という二つの原理が初めて交差する重要な場面でもある。

さて、すぐに夏休みになって、お種さんが玄関わきの小室を訪れることが重なるうちに、彼女も「次第に心安くなって」くる。読書している節蔵の傍らで、独りで遊んだり、時には思い切った悪戯もする。注目に値するのは、その様子を「横目で」窺う節蔵の視線である。遊びに全神経を傾注しているふうの少女の「ただすうすうと云う、小さい息の音」、「細い、透き通るような指」、その「小さい指のしなやかな、弾力のある運動」(参)、そして鞠を衝く「お種さんのしなやかな姿」(肆)。すべては外面ないし表面をなめるように滑ってゆくばかりで、内面にまで入りこむことはない。蒲生芳郎も指摘する、無邪気で可憐な十四歳の少女に向けられた「肉感的で、しかもどこか非情な視線[34]」である。

「一体何物にも深い興味を持たない」節蔵は、いつも情熱ならぬ「好奇心のために動くことが多い」(拾壱)とされるが、ここでも観察を控えることはできぬものの、「そのくせ彼は女を尊敬してはいない」(拾柒)。ある時「柔和忍辱の仮面」が落ちて、同じような状況で『青年』の純一が「無智なる可憐なるお雪さん」に対して「ある破砕し易い物」として「これに〔……〕加えなくてはならないように感じた」〈保護〉が、お種さんには働かなかったとしても不思議はない。
学期が再開して間もなく、十七歳の「美少年」相原光太郎が谷田の令嬢に付きまとう、という事件が持ちあがる。それをやめさせてくれるよう、節蔵は交渉を依頼されるのだが、「事件」そのものより、ここには別の微妙な問題が絡んでいる――。光太郎は中学では「お光さん」という名で知れ渡っていて「赤いりぼんを掛けた娘であった」。「変生男子《へんじょうなんし》」とされているが、男に変わるにあたって「大学の附属病院へ往って、身体検査をして貰った」というから、医学的にいう「インターセックス」なのであろう。が、肝要なのはここでも節蔵の反応のほうである。彼が交渉を引き受けるのは、「そう云う人間がどんな顔をしているか、どんな態度をしているか見たいと云う好奇心を起した」(拾壱)ためであって、谷田家への恩義からでは毛頭ない。はたして対面した光太郎に向ける節蔵の視線は、やはりきわめて特徴的である。

並んで歩いている節蔵の目には、相原の薄赤い耳が見える。その耳を囲んでいる頬と頸とが、お白いを塗っているかと思う程白く、それが生際《はえぎわ》を短く刈った頭の青み掛かった地に移り行いている。顔から頸へ掛けての肌に、一種の軟みがある。〔……〕節蔵はこの頭を束髪にしたら、好くある型の女学生の貌になると思った。(拾参)

お種さんを観察するのと同じ目で光太郎を見ている――あるいは、その逆かもしれない。いずれにしろ、光太郎が「気味が悪い」と感じた、対象に向けられるその目は「愛」ではなく「好奇」

であり、しかもそこには、ある種の性的指向のけはいも濃厚に感じられる（因みに、相手の自尊心を傷つけずに節蔵が光太郎を説得した決め台詞は、例の法的規制を逆手にとった、「君、あいつはまだ一人前の女にはなっていないのだそうだよ」である）。『青年』において、純一に対するメフィストの役回りを一部引き受ける大村荘之助の感懐が想起される。

　純一の笑う顔を見る度に、なんという可哀い目附きをする男だろうと、大村は思う。それと同時に、この時ふと同性の愛ということが頭に浮んだ。人の心には底の知れない暗黒の堺がある。〔……〕自分はhomosexuel《オモセクシユエル》ではない積りだが、尋常の人間にも、心のどこかにそんな萌芽が潜んでいるのではあるまいかということが、一寸頭に浮んだ。（二十一）

わざわざ大村を引きだすまでもないかもしれない。当のメフィスト自身がはっきりと同じ指向を語っている。しかも、それがメフィストの蹉跌に（とは、つまりファウストの「救い」に）微妙にかかわっている。「埋葬」の場――この場全体がかなり茶番劇《バーレスク》風に描かれているが――、手下の悪魔たちと共にファウストの「霊魂」が飛び出すのを取り押さえようと見張っていたメフィストは、不意に「愛」の薔薇を撒きながら舞い降りてくる「男の子とも女の子ともつかない」（一一六八七行）天使たちに性的刺激を覚え、肝心の獲物を見失ってしまう。

　お前たちはおれを呪われた悪霊とそしるが、
　ほんとうの魔法使いはお前たちのほうだ。

なにしろ男でも女でも迷わすんだからな。——
なんというういまいましい色仕掛けだ。
これが愛の火というやつかい。
おれはもう体じゅうが燃え立って、
頸筋に薔薇の炎が燃えついているのも感じないくらいだ。——
いつまでもふわふわ浮かんでいないで、そろそろ降りてこいよ。
その可愛い手足をもうちょっと俗っぽく動かしてみせてくれ。
まったくの話、その真面目くさったところがまたいいね。
だがね、一度でいいからお前たちの笑顔が見たいんだ。
それが見られたら、おれは天にも昇る心地だろう。

（一一七八〇行以下）

最後にメフィストが口にするのは、いわば悪魔流の「とどまれ、おまえはじつに美しい！」である。それに続く台詞の結びの二行はこれに輪をかけて露骨である。「ほほう、背を向けたね——うしろ姿が見られるて！／小僧ども、なんともまったく旨そうだなあ！」（一一七九九行以下）。——この時点でもう勝敗は決している。気がつくと「天使ら、ファウストの不死なるものを運んで空へ昇ってゆく」（一一八一七行以下ト書き）。

「いい齢をして、まんまとしてやられた。／身から出た錆とはいえ、どうにもひどい幕切れだ。／とんでもないへまをやらかしたぞ。／たいへんな元手をかけて、それをすっかり棒に振ってしまった」（一一八三四行以下）。覧れたファウストに向かって吐いたばかりの台詞——「最後の、つまらない、空っぽの瞬間を、／哀れにも引き留めようとした」を、我が身において実演してみせている。メフィストの敗北である。

福永武彦は、『灰燼』が『青年』の立ち至らなかった「暗黒の堺」、人間存在の「暗黒面」をも描こうとする以上、話は当然 homosexuel の問題にも及んだはずである、としてこう述べている。「お種さんが婿養子を取ることにきまって彼女から覚悟を問われた時に、節蔵が何か不徳義なことを、行為で示したか口先で言ったか、とにかく彼の冷やかな仮面がその時落ちた、ということも考えられるのではないか。そしてそこに必ずや相原光太郎との同性愛が絡んで来ていると私は想像する」(35)。大胆な推測である。が、「同性愛」――「少年愛」というべきか（主人公は、奇しくも節蔵と同じ十八歳）――をモチーフに、美しくも哀しい物語『草の花』（新潮社、一九五四）を書いた作家のことばとして、信憑性は高いと思われる。

ただ、二人の主人公の違いもまた大きいといわなければならない。節蔵には、美少年の後輩に思いを寄せる旧制高校生の苦しいまでの観念の純潔はもとより、「大事な、かけがいのない宝」を攫われて己れの失態をみずから嗤うメフィストの（限りなく「ブラック」に近い）ユーモアもない。そもそも、なにごとにも幻想をもたないニヒリストの醒めた知性には、「好奇」のみあって「愛」がない。「そういう邪悪な知性を真に相対化するものがもしあるとすれば、それは〔……〕お種さん以外にはない」(36)とは、中絶した小説の書き継がれる可能性についての磯貝英夫の推論であるが、冒頭の再会の時間を超えて進む小説の展開はいかにも想像しにくい。『灰燼』の結末は、白々と死灰の広がる荒涼とした虚無の世界以外ありうるだろうか。愛が不在のところに、はたして「救い」は可能だろうか――。

周知のように、『ファウスト』全篇の結びは「永遠にして女性的なるもの、／われらを引きて昇らしむ」（一二一一〇行以下）である。小説が未完に終わっている以上、断定はできないが、「おのれの過ちにもそれと気づかず」（一二〇六七行）いたずらに蹂躙された「無智なる」お種さんが、「かつてグレートヒェンと呼ばれし贖罪の女の一人」のように、「永遠にして女性的なるもの」に迎えられ、「上からの愛」の列に連なることは、まして不実な男の仲介者・救済者として立ち現れることなど、どう考えてもありそうにない——。そしてそこには、当然ゲーテと鷗外との世界像ないし自然観の違いが反映している。

## 八　近代科学と二つの「自然」観、あるいは「ニヒリズム」の行方

およそ時間の秩序は根本的に自然（宇宙）の秩序に照応し、畢竟そこに帰するのかもしれない。というのも、近代的な時間意識の淵源を探ってゆくと、必然的に十六世紀に起こった自然（宇宙）観の大転換に逢着するからである。ゲーテは『色彩論・歴史篇』（一八〇〇）、「十六世紀」の部の「中間考察」においてコペルニクス（一四七三—一五四三）——歴史上のファウストの同時代人でもある——の地動説について、つぎのように述べている。

しかしあらゆる発見と確信のなかで、コペルニクスの学説にもまして人間精神に大きな影響を及ぼしたものはないだろう。この世界がひとつの球体であり、自己完結するものと認定されたのもつかの間、世界は宇宙の中心であるという途方もない特権を放棄しなければならな

くなった。おそらく人間精神に対してこれ以上の要求がなされたことは、かつてなかったであろう。というのも、このような認定によって何もかもが霧消してしまったからである。

いわゆる「科学革命」の幕開きであるが、そこで転換されたパラダイムは単に天文学上のそれにとどまらず、その作用は人間精神に深く両義的にはたらいた。すなわち、それなりに安定していたアリストテレス＝プトレマイオス型の宇宙モデルのもとで世界の中心として自己完結していた人間は、不意に拠って立つ足場を突き崩される。それは人間精神を広大な世界へと解放する一方で、人間を宇宙の片隅の一存在へと相対化する力として作用した。だが、他方この転回こそが、やがて同時に自然に対する人間理性の優位へと反転するのである。すなわち、いわば「アルキメデスの点」として世界全体から切り離され、その外に屹立することを余儀なくされた意識主体は、世界を己れの「理性」によって理解可能な対象として想定し、自然に対する完全な支配権を獲得しようとする。ここに始まる新たな「人間中心主義」が、近代の性格を決定づけることになる——。「時間」もまた人間の働きかけの対象たることを免れなかった。福井憲彦によれば、時間は何よりも神に属するものだとする捉え方から、やがて「人びとは徐々に時間を操作し、分割や計測の対象にしたりしだすことになった」という。

かつて時間が神に属するものであり、したがって歴史の進行は人の手のおよぶことのできないものだ、とみなされていた場合には、人びとの生は、いわば神によって与えられ、定められた歴史のひとこま、とでもいうべきものとなる。〔……〕

それはいわば予定調和的な安定した歴史観であり、死生観だったといえよう。しかしそのようなとらえかたは、時間と歴史が神の手をはなれはじめるとき、もはや崩れはじめざるをえない。時間が世俗的な、つまり人の働きかけの対象になるとすれば、歴史や、また歴史のなかでの個々人の一生も、人の働きかけの対象とならないはずはない。(37)

こうした「進歩時間論」(今村仁司)が近代科学の発展を促し、やがて産業革命を準備することになる。以下は孫引きになるが、ゲーテより二世代ほど後のフランスの経済学者・官僚ミシェル・シュヴァリエ(一八〇六—一八七九)のことばである。最晩年のゲーテも購読していたサン゠シモン派の機関紙「ル・グローブ」の編集長も務めた彼のことばは、科学技術による自然の征服という「進歩的な」近代人の思想を典型的に示している。

それ自身では弱く貧弱な存在にすぎない人類は、機械の助けを借りて、この無限の地球の上に手を広げ、大河の本流を、荒れ狂う風を、海の満ち引きを我がものとする。機械により、大地の内臓から、そこに埋まっていた燃料と金属を引きだし、さらには、その燃料と金属を渡すまいと頑張る地下の大河をてなずける。人類は、機械を用いて、水の一滴一滴を蒸気の貯水池に変え、力の貯蔵庫にする。地球のわきにおいたらひとつの原子にすぎない人類が、その地球を、倦むことなく従順に働く召使いにしてしまう。地球は、主人の監視のもとで、どんな過酷な労働もしてくれるようになる。人間のこのうえない力を思い知らせてくれるもの、それは、鉄道の上で荷物を運ぶために考え出されたあの独特の形の蒸気機関にほかならない。

（『北アメリカ書簡』パリ、一八三六[38]）

かつて地霊を呼びだして「おまえの方がおれには近い」(四六一行）と豪語したファウストの、「海の権利をせばめ、／海に代わって主人《あるじ》になろうとする」(一一〇九三行以下)干拓・植民事業も、開発されたばかりの蒸気機関に象徴される「機械の助けを借りて」進められていることはまず疑いない。「夜になると、小さな炎がたくさん群がって、／翌朝には、ちゃんと土手ができていました」(一一一二五行以下）という媼のことばは、夜を徹して稼働する蒸気機関による排水作業を想起させる。だが注目すべきは、それがメフィストの「魔術」と同一視されてもいる（「どうも、あの仕事は、どこからどこまで／まともではありませんでした」）ことであり、そして時代の進歩に取り残された老女の戯言《たわごと》では済まされないことである――。

ストックトン―ダーリントン間を世界最初の蒸気機関車が走った同じ年、ゲーテは（発送されなかった）ある書簡の草稿にこう記している。「いまや蒸気機関をとどめることができないように、道徳上のことでも抑えがきかなくなっている。取引は活況を呈し、紙幣は飛ぶように流通し、負債を返すために負債が増大する――これらすべてが、現在、若者がおかれている途方もない世界である。自然からほどよい落ち着いた心をさずかり、世間に対して不釣り合いな要求をせず、また世の不当な要求をしのぶ必要もないひとは、幸いである」(G・H・L・ニコローヴィウス宛、一八二五年十一月末?)。

要諦は、ここで、近代科学にもとづく十九世紀の科学技術の進展が「道徳上のこと」にまで押し広げて捉えられ、「自然」との関連で大きな危惧の念をもって考量されていることである。同じ年、友人の作曲家ツェルターに宛てた書簡（六月六日付）では、こう書かれている。「富とスピード、これこそ世の人びとが賛嘆し、誰もが求めているものです。鉄道、急行郵便、蒸気汽船、ありとあらゆる便利な通信手段を開化した世界はわれ勝ちに求め、結局は行き過ぎ、教養を積みすぎたあげく、かえって凡庸にとどまってしまうのです」。その彼の現代をゲーテは――一時代の終焉を予感しながら――「有能な頭脳のための世紀、呑みこみの早い実際的な人間のための世紀」として憂慮している。

むろん一人の科学者（というより「自然研究者」）として、ゲーテが科学技術の進歩をはじめ、アクチュアルな諸問題に無関心だったわけはない。たとえば最晩年、当時話題になっていたパナマ、スエズ、ライン＝ドナウ運河の建設に関心を寄せ、「これら三大事業を目の黒いうちに経験したい。そのためならあと五十年ほど我慢して生きてもいい」（エッカーマン『対話』一八二七年二月二十一日）と壮語したゲーテは、海を征服し土地を拓こうと意欲をたぎらせるファウストその人を彷彿させる。

またゲーテが、自然の破壊的な側面に無知で無関心だったわけでもない。むしろ大きな関心を持ち、その猛威に有効に対処するには自然の法則を知悉し、それに倣う必要があると考えていた（この点、人間において「知 scientia」と「力 potentia」を同一視し、「だが自然は、その法則に従うのでなければ征服されえない[39]」と述べた「近代科学の父」F・ベーコンを想起させる）。それは、『気象学試論』（一八二五）の、つぎのような件りにも明らかである。

われわれが四大と呼ぶ自然は、明らかに、隙あらば独自の不羈奔放な歩みをとろうとする衝動をもっている。人間は地球の所有権を手に入れ、それを維持する義務を負っている以上、この四大に抵抗する備えをし、警戒を怠らないようにしなければならない。しかし個々に予防策を講じてみても、無規則なものに法則をもって対抗することができなければ、けっして有効には働かない。ところがこの点で、自然はわれわれに実に素晴らしい手本を示してくれた。それも、無形態のものに形態のある生命を対置することによって。〔……〕

しかし、これまで考案されてきたことのうち最高のことは、自然がそれ自体のなかに法則や規則として包摂しているものを洞察したことであり、それあればこそ、われわれは、かの無法則な制御しがたい存在をも圧倒することができるのである。（「四大の抑制と解放」）

一見「無法則」で「制御しがたい」ものとみえる自然現象の根底にあるのは、絶えざる創造と破壊。四季のめぐり、――芽生え、花咲き、実を結び、そして枯死して種を残す――植物の一生に象徴される「循環」である。そこでは「死」もまた生ける自然の不可欠の要素であり、同じ思念は、芸術を一面的に自然の模倣ないし美化と捉える啓蒙主義美学者J・G・ズルツァー（一七二〇―七九）の『美術』を評した、若きゲーテの書評にすでにうかがうことができる。

わたしたちに不快な印象をあたえるものも、自然のうち最も好ましいものと同じように、自然の計画に属してはいないだろうか。荒れ狂う嵐、洪水、噴火、地下の灼熱、そしてすべての四大にひそむ死もまた、ゆたかに実った葡萄山や、かぐわしいオレンジ畑に燦然と射し昇る朝日と同じように、自然の永遠の生命を真に証しするものではないのか。

（「ズルツァーの『美術』」一七七二）

暴力や破壊、「死」をもはらむ「力を呑みこむ力」（同前）としての自然、そこに生命そのものの本質、豊饒な働きを見るゲーテの自然観・宇宙観は、死の前年に吐露された――底の浅い「人間中心主義」とはほど遠い――つぎのことばにおいて、究極的な表現に達していると思われる。

とかく人間は、自己を天地創造の目的と考え、他のいっさいのものはただ自己との関係において、それが自己に奉仕し、役に立つかぎりにおいて認めようとしがちである。人間は植物界と動物界を我が物とし、ほかの生物を格好の食料としてむさぼり食いながら己が神を認め、父のように自分を養ってくれるその神の慈愛をたたえるのだ。〔……〕

しかし私は、この世に無尽蔵の生み殖やしてゆく力をあたえた者を神として崇拝する。その力の百万分の一だけでも生命をあたえられれば、世界は生き物でいっぱいになり、戦争も、ペストも、洪水も、火事も、その世界をどうすることもできない。これこそが私の神だ。

（エッカーマン『対話』一八三一年二月二十日）

ここにいう、世界にあたえられた「生み殖やしてゆく力 Produktionskraft」とは、否定の霊としてのメフィストの自己紹介を機にファウストが口にした、「永遠に休むことなく／めぐみゆたかに創造する偉力《ちから》」そのもの――メフィストが自らを称して「あの力の一部」と認める「あの力」にほかならない。創造と破壊、生成と消滅が一体となった、宇宙の循環的な二元のコスミックな力による「永遠の創造」にとって、メフィスト的「破壊・消滅」もまた不可欠なその「一部」である。彼みずから「つねに悪を欲して、しかもつねに善をおこなう」と自認するゆえんであり、「天上の序曲」の主が「およそ否定をこととする霊たちのなかで、／このいたずら者はわしにはいちばん邪魔にならない」(三三八行以下）という道理である。

そして、天上の「主」がキリスト教的・超越的な神ではないように、ファウストの「不死なるもの」が天使たちによって引き上げられてゆく先はキリスト教の「天国」ではない。ゲーテ自身昇天の場に触れて、そこでのキリスト教的・教会的な人物や観念が、みずからの文学的な意図に堅固な形式を与えるために借りた、いわば意匠であると認め、それなくしては「ああいう超感覚的なほとんど想像もつかないようなものは、いともたやすく茫漠とした捉えどころのないものになってしまったろう」(同前、一八三一年六月六日）と確言している。

シュトゥルム・ウント・ドラング期のヴェルテルの汎神論的自然観――彼は周囲の草や木、虫や小動物のすべてに生命《いのち》の輝きを見、いっさいを創造された「全愛者の息吹」を感じる――や、「信仰のこと」を問われてファウストのふるう長広舌の「とても美しくて、結構な」ことばにうかがわれるように、若くしてスピノザ（一六三二―七七）やライプニッツ（一六四六―一七一六）に共鳴したゲーテにとっては、みずからを生みだし、受け入れる世界と自然そのものが「私の神」なのだ。ゲーテは青年期の友ヤコービの「神的なものについて」を論評したことばのなかで、「自然のなかに神を見、神において自然を見る、これが私の全存在の基礎をなしている」(『年代記録一八一一』）と書いている。

人間も生き物として、自然から生まれ、自然のなかで限りある生命《いのち》を生きて、「永遠にして女性的なるもの」たる自然へと還ってゆく。ヘレナの消失にあたって共に「黄泉の国」へ帰ることを拒んだ侍女たちは、「名をあげもしなければ、気高い願いをもってもいない」(九九八一行)けれど、「永遠に生きてはたらく自然を恃みに」(九九八九行以下)「自然《エレメンテ》へと身を投じ」、木の精や山の精、泉の精や葡萄の精に変身する。かくて、巧まずして「永遠なるもの」の流れに融け入るのだ。
——「それは新しい種類の不死性ですね」というエッカーマンのことばを、ゲーテは賛意をもって諾っている(『ゲーテとの対話』一八二七年一月二十九日参照)。「新しい種類の」という表現がいみじくも告げているように、正統的なキリスト教の立場からすれば、明らかにそれは異端といえる自然観・宗教観であり、そこにゲーテという存在の意義と面目もまたあるであろう。

さらに、近代科学とは一線を画するこうした独自の自然観・宗教観が、やはり固有な時間意識と無関係であるはずはない。現代の生物学者福岡伸一は、分子生物学の見地から、生命現象それ自体を絶え間ない合成と分解のバランスの上に成り立つ「循環的なシステム」と捉えて、つぎのようにいう。

私たちは今、あまりにも機械論的な自然観・生命観の内に取り囲まれている。そこでは、インプットを二倍に増やせば、アウトプットも二倍になるという線型的な比例関係で世界を制御することが至上命題となる。その結果、私たちは常に右肩上がりの効率を求め、加速し、直線的に進まされる。それが、ある種の閉塞状況を生み、様々な環境問題をもたらした。今、私たちは反省期に至りつつあることもまた事実である。私たちは線形性の幻想に疲れ、より自然なあり方に回帰しつつある。

そこでは、効率よりも質感が求められ、加速は等身大の速度まで減速され、直線性は循環性に置き換えられる。(40)

福岡は自然界に溢れている「渦巻きの意匠」に着目し、「渦巻きは、おそらく生命と自然の循環性をシンボライズする意匠そのものなのだ」と続けている。ゲーテ自然科学研究の泰斗・高橋義人は、「たしかに、ゲーテには時間を循環しつづける円環と捉えているところがある」と述べているが、(41)ゲーテ自身、いわばこの「循環性」、「円環的」時間への信奉を簡明に語ったことがある。『詩と真実』「第三部」（一八一四）には、青年期の『若きヴェルテルの悩み』（一七七四）に関連して、六十代半ばの詩人のことばとして、つぎのような一節を読むことができる。

生の快適さはすべて、外界の事物の規則的な回帰に基づいている。昼と夜、四季、開花と結実の循環、その他われわれが楽しむことができ、またわれわれを楽しませるように、時節ごとにわれわれに巡ってくるもの、これが地上の生の本来の原動力である。これらの喜びに心が開かれていればいるほど、われわれはいっそう幸せを感じる。しかし、これらの多様な現象がわれわれの前で生起するばかりで、われわれがそれに何の関心も持たず、われわれに差しだされる、かくも快きものをわれわれが感受しなくなるとき、最大の不幸、最悪の病があらわれる。生が厭うべき重荷と思われるようになるのである。

書斎に引き籠もって「美しい世界」（一六〇九行）のすべてを呪う学者ファウストを、さらにメフィストに誘いだされ、〈活動的生 vita activa〉を全力で「直線」的に駆け抜けたあげく、死を眼前にして「憂い」に捕らえられる老ファウストを襲う「病」もまたそれであろう——。もっとも、かなわぬ願いではあったが、最後の最後にファウストは「魔術」と手を切り、「自然」との本来のすこやかな関係を回復したい、と希求するのであるが。

おれは、まだ自由の境地をたたかいとっていない。
そうだ、おれはおれの歩む道から魔術を遠ざけ、
呪文など、すっかり忘れてしまいたい。
そして自然の前に一個独立の男子として立つことができたら、
人間として生きている甲斐もあろうというものだが。

（一一四〇三行以下）

ゲーテ自身は、近代化の流れを押しとどめることはできないことを知悉していたが、ここには明瞭に、近代科学技術に対する彼のアンビバレントな姿勢をみてとることができる。そして、にもかかわらず、究極的に彼が「自然」の側に立っていることもまた疑う余地がない。

さて、つぎに鷗外の「自然観」についても瞥見してみたいが、それは独自の困難を伴っている。管見の限りでは、直接「自然」について触れた鷗外の発言が極端に少ないうえ、明治の翻訳語としての「自然」の意味するものと、開化以前から存在した伝来の「自然《じねん》」の語の意味するところとが大きく食い違っている。この問題が典型的な形であらわれたのが、一八八九(明治二十二)年、

巖本善治の発表した論文「文学と自然」に、すぐに鷗外が「『文学ト自然』ヲ読ム」によって反論し口火が切られた、いわゆる「文学と自然」論争である――。

まずは、近代以前の日本人の「自然」観について、唐木順三はこんなふうに書いている。

> 「自然」といふ言葉や文字は萬葉集にも出てきてゐて、その後も使はれてゐないことはないが、頻度は少ない。それも多くは、おのづから然り、みづから然り、といふ意味において使はれてゐる。『保元物語』以下の軍記物に、「自然のことあらば」といふやうに使はれてゐる場合は、「萬一のこと、不慮のことがあつた場合は」といふやうな意味である。〔……〕そういふ「自然」の使ひ方はあるが、對象としての自然、人間と對立したり、また人間をそのうちに包んだりしてゐる自然としての自然を、自然といふ文字や言葉で示してゐる例は近代にいたるまでは殆ど無い。（「自然といふこと」[42]）

要するに、明治中期に外来語のnature《ネイチャー》を「自然」と訳すまでは、日本語に今日的な意味での自然という語は存在しなかったというのである。哲学者内山節は「そのことは日本の人々のなかに、今日の自然を意味する概念がなかった」ことを示している、として、その理由をこう解説する。「日本では自然と人間は別の概念でも、対立概念でもなく、共同の時空のなかに存在し、お互いに関係しあいながら存在しつづけるものだったのです。自然との関係のなかに、人間は存在していたのです。ですから、自然を客観化し、客観的にとらえることなど不可能であり、そのことが自然総体を客観的にとらえる言葉を成立させませんでした[43]」。

畢竟するに、これは単に言葉の問題ではなくて、「近代化」とともに日本人の自然に対する関係もいやおうなく根本的な変質を被らずにはいなかった、ということである。

さて、巖本と鷗外の論争に返るが、両者の論文の内容に直接立ち入ることは控え、柳父章『翻訳語成立事情』に拠って[44]、ここでの問題に論点を絞って摘記してみたい。

結論を先取りしていえば、柳父の指摘するとおり、「論争」はまったくの「すれ違い」に終わっている。原因は、同じ「自然」という語を使いながら、その語によって二人の意図するものが基本的に違っていたのだ。巖本の論旨を端的にいえば、「最大の文学は自然の儘に自然を写し得たるもの也」ということだった。これにたいし鷗外は、哲学や文学は「自然」とは別の「精神《ガイスト》」を写すのだ、というのである。

ここで明らかなように、鷗外の言う「自然」とは、今日「自然科学」と言うときの「自然」である。つまりnatureの翻訳語としての「自然」のことである。natureは当然、客観的存在であって、人間の「精神」とは対立する。

さらに柳父はことばを継いで、「natureは客体の側に属し、人為のような主体の側と対立するが、伝来の意味の〈自然〉とは、主体・客体という対立を消し去ったような、言わば主客未分、主客合一の世界である」という。

二人の論争を通じて、巖本の「自然」は、基本的に日本語の伝統的な意味であり、鷗外の「自然」は、natureと同じ意味であった。そして、ここで重要なことは、そのことに、二人ともまったく気づいていなかった、ということである。論争はどちらの勝ちでもない。ことばの意味をめぐるすれ違いにすぎなかった。

「すれ違い」に終わった論争をつうじて浮かび上がってくるのは、逆説的に、すでに鷗外のうちでnatureの訳語としての「自然」、すなわち西欧近代的な「自然」の概念がいかに自明化し「客観化」していたか、ということである。しかも、そのことに彼が「まったく気づいていなかった」という事実は、二重にそのことを証するものであった。柳父は、科学上の用語としての「自然」についてては、鷗外の「『文学ト自然』ヲ読ム」が、明らかな意味で使われている例としては最も早いものであろうと述べ、「じしん〈自然〉科学者でもあった鷗外が、科学の対象であるnatureを、はっきりと〈自然〉と訳していたのである」と補説している。くり返しになるが傍証として、相良亨による総括的知見を引いておきたい。

自然観・自然環境・自然科学等々の自然の用法が定着したのはほぼ明治三十年代からのことで、それまでは、われわれが今日、自然と呼ぶものは天地・万有・万物・森羅万象・造化等々の言葉で捉えられていた。それまで自然はほとんど「自然の」「自然に」のごとく形容詞・副詞として用いられ、「おのずから」の意味をもつものであった。[45]

「歴史小説」の執筆にあたって「作家」鷗外のまず尊重したのが「歴史の〈自然〉」（『歴史其儘

と歴史離れ』)であったという事実も、逆説的に彼の科学者としての資質を証していよう。

ところで、この鷗外の「自然」観(そしてそれに呼応する近代的「時間意識」)が、執筆中の『灰燼』を挫折させた、といえば牽強付会、論理の飛躍だろうか――。

明治天皇の崩御と乃木希典夫妻の殉死という歴史的事件に遭遇して、決定的に一時代の終焉を直感した鷗外の前に、「死」が「一切ヲ打切ル重大事件」(「遺書」)として立ちはだかる。鷗外が「自然」から「歴史」の側に決定的に押しやられる瞬間でもあった。そしてその時、節蔵を「悪のヒーロー」に、本格的な長編小説を構想していた鷗外にとって、己れの「分身」でもある主人公《ヒーロー》の「救い」は――ゲーテにとってのファウストの場合同様――緊要であった。

ファウストの「救済」について、完結した芸術作品としての「すべての論理を無視した」、「死の足音を耳に聞く老ゲーテの、譲ることのできない絶対的要請[46]」とする解釈のあることを知らないわけではない。それにしてもゲーテには、一方で「私はわれわれの永生を信じて疑わない」(エッカーマン『対話』一八二九年九月一日)という強烈な自我意識と、それを支える「自然」に寄せる絶対の信頼があった。だが鷗外の場合、救いはどこからも期待できそうになかった。「柔和忍辱の仮面を被って」「終始何物かに策うたれ駆られているように」齷齪と生きてきた、その生じたいが彼にはどこか仮のもののようにみえてくる。医学という最も自然科学らしい「精密《エクサクト》な学問」を修めた身として、「凡ての人為のものの無常の中で最も大きな未来を有しているものの一つ」(『妄想』)として科学を恃むのは無理からぬとしても、近代科学そのものが両義的であることは見てきたとおりである。高橋義孝の評語「そしてあらゆる自然科学には、いつもひとりのメフィストーフェレスが隠れている[47]」は、そのことの端的で象徴的な表現であろう。

それでは、鷗外にとって、永遠にして「女性的なるもの」は救いの契機たりえただろうか。娘の小堀杏奴が母から聞いたこととして回想に記した話によれば、鷗外＝林太郎は――それを我が目で見届けぬうちは死んでも死に切れぬ、とでもいうように――、「死期の迫った一日、〔……〕母に命じて、独逸時代の恋人の写真や、手紙類を持って来させ、眼前で焼却させた」という。(48) 節蔵には、お種さんとのあいだに、そもそも愛の形見といえるような思い出の品も記憶もなかったであろう。ましてや、「燃えるような怒の目」で再会に応えた女が、当のその男の救いを代願するなど、（虚構の上のこととしても）考えられなかったであろう――。

ゲーテは、「女は裁かれた」というメフィストの台詞で終えていた若き日の『ウルファウスト』を六十歳を前に書き換え、「救われた！」という「上からの声」を書き加えると同時に、去ってゆく恋人を気遣う、情愛と憧れの入り混じった「ハインリヒ！ ハインリヒ！」という哀切きわまる「牢獄」からの呼び声で「第一部」を閉じている。――呼応するように、悲劇に終わりはしたが、この彼の「アウロラの恋」「こよなき宝」は早くも『第二部』第四幕冒頭「高山」の場で、柔らかな霧が形をとり「愛らしい姿」となってファウストの追憶のうちに甦り、彼の「心のなかの最善のものを、ともに高みへと引き上げてゆく」（一〇〇六六行）。

ゲーテは『箴言と省察』のひとつで「人生の最後をその最初と結びつけることのできる者は、この上なく幸せな人間だ」（ヘッカー、一四〇番）と記している。晩年の思想詩「流転のなかの永遠 *Dauer im Wechsel*」（一八〇三？）の最終連は、つぎのように結ばれている。「始めと終わりとを／ひとつに結び合わせしめよ！／……／詩神の恵みに感謝するがよい。されればこそ／移ろわぬものが約束されるのだ／汝の胸には内容が／汝の精神には形式が」。――『灰燼』は、やはり中絶されるほかなかった。

それでは、ゲーテは「ニヒリズム」とまったく無縁でいられたのだろうか。明治四十三年前後から死まで、鷗外を覆ったある種の「心の空虚」(『妄想』)、木下杢太郎のいわゆる「悲哀に似る一種の氣分」「寂しみの情緒」[49]は、ゲーテにはまったく無縁なものだったろうか。——そうではないであろう。「流転のなかの永遠」の第一連をゲーテはこう書きだしている。「この春の恵みをああ／ほんの一時《いっとき》でもとどめられたら！／だが　梢を揺する暖かい西風に／早くも　吹雪となって舞い散る花」。——どこか西行の「花を散らす」春風を連想させもしよう。また、長寿に恵まれるということは、幾多の親しい、愛する人たちに先立たれることでもある。無常との対決・克服は、晩年のゲーテにとっても避けがたい深刻な問題であった。

『ヴィルヘルム・マイスターの修業時代』第六巻「美しい魂の告白」には、修道女の視点から彼女の父、「塔」の「教養理想」の体現者と目される「大叔父」の最期が語られている。近づく自らの死の予感と、重なる身内の不幸とによってさすがの大叔父もすっかり気弱になり、ふさぎ込みがちになる。そんななか、修道女は、彼女の甥にあたる(長じて後に「塔の結社」の中心になる)ロターリオの誕生の報を受けた父の様子をこう記す。


子供を一目見るなり、父は信じられぬほど満足げで嬉しそうな顔になりました。洗礼のときは、日ごろに似合わずまるで有頂天になって、いいえ、顔を二つ持った守護神とでも言いたいくらいでした。ひとつの顔は、前方の、やがて自分が入ってゆこうとしている彼方の世界を嬉々として眺め、もうひとつの顔は、自分の血をひいた男の子のなかにいま始まったばかりの、新しい、希望に満ちた地上の生活を眺めているのです。

いみじくも双面神ヤヌスになぞらえられるように、あらゆる生きものには二つの生命《いのち》がある。ひとつは、生まれ、老い、死で終わる個体としてのそれであり、いまひとつは、種としての生命、つまり、死が生の始まりともなる、連綿と連なって途絶えることのない生命である。そこでは生と死は表裏一体であり、現在は未来へと接続されることによって生き続け、しかもその生命を個は、一つまたひとつと過去から繰りだされる永遠の生の鎖から受けとっている。そして、このような想念には、たしかに慰めがある。——家に帰り着いた修道女の父は、「これまでよく感じていた死の恐怖はどこへいってしまったのだろう。どうして死の怖いことがあろう。〔……〕わしには永遠の生命がある」といって、平静に死を迎える。

教訓詩「植物の変態《メタモルフォーゼ》」（一七九八）は、イタリア旅行（一七八六〜八八）以降、ゲーテの打ち込んだ植物研究の成果でもあるが、つぎの一節は孫の洗礼に立ち会う修道女の父の感懐の正確な反復であり、その客観化にすぎない。

そして自然はここに久遠の力の環を結ぶ——
だがすぐ新しい環が前の環を受けついで
果てしない連鎖があらゆる時を貫いて伸び
全体も個もともに生きつづける

生々流転する有機体の生命のなかに、いわば形成する時を見いだしたのは形態学者《モルフォローク》ゲーテであったが、同時にその目は、いっさいの生成の奥にひそむ恒常の相をひたと見据えている。若き日の文通の友「グストヒェン」に宛てたつぎの書簡は、往時から四十年を経て、いまはフォン・ベルンストルフ未亡人（一七五三―一八三五）となっている七十歳の彼女からの来信に返したものである。

長生きするということは、ずいぶんたくさんのものよりも生きのびるということです。愛する人、憎んでいた人、どうでもよい人、王国、首都、若い頃に種をまいて育てた森や木々、皆そうです。私たち自身が老朽化してしまうのですが、肉体と精神の賜物がまだ少しでも残っていれば、まだまだありがたいことだと思うのです。こういう移ろいゆくものはすべて甘んじて認めましょう。永遠なるものがあらゆる瞬間に現前していさえすれば、はかない時間のために思い悩むことはありません。

（一八二三年四月十七日付）

「科学になにかある種の全体性を期待するなら、科学も必然的に芸術として考えなければならない」（『植物学のための諸論考』「問題と回答」一八二三）というゲーテである。詩「流転のなかの永遠」において「移ろわぬもの」を約束してくれる、と謳われたのも「詩神の恵み」――学問と芸術をつかさどるミューズたちであった。結局、最終的に彼を「ニヒリズム」から救ったのは、「科学者」ゲーテのなかの「詩人」、というより「科学者」と切り離しがたく融合し、一体となった「詩人」であったろうか。あらゆる幻想をもたず、「無」へと「醒覚」する冷徹な知性には不可能な、創造的な知性と想像力、そして「エロス」のはたらきである。

最後に、ゲーテにも造詣が深かった哲学者三木清（一八九七―一九四五）の『人生論ノート』（一九四一）から、死と永生にかかわる含蓄の深いことばを引いておきたい。

> 執着する何ものもないといった虚無の心では人間はなかなか死ねないのではないか。執着するものがあるから死に切れないということは、執着するものがあるから死ねるということである。〔……〕私に真に愛するものがあるなら、そのことが私の永生を約束する。
>
> （「死について」）

『人生論ノート』をこの章から書きだした三木清は、彼の「こよなき宝」、妻・喜美子を二年前に亡くしたばかりであった。

【註】

1 Peter Michelsen: Im Banne Fausts. Zwölf Faust-Studien, Würzburg 2000, S. 224.

2 Thomas Mann: Über Goethe's *Faust*. Gesammelte Werke in 13 Bänden, Bd. IX, Frankfurt/M. 1974, S. 601. トーマス・マン（山崎章甫訳）『講演集　ゲーテを語る』（岩波文庫）一九九三年に所収。

3 Vgl. Lektürehilfen J. W. v. Goethe: Faust 1/2 von Eberhard Hermes, 7. Aufl., Stuttgart 1994, S. 44f.

4 福永武彦『鷗外・漱石・龍之介　意中の文士たち（上）』（講談社文芸文庫）一九九四年、四三頁（当該エッセイ「鷗外、その挫折」の初出は「文芸」一九六二年十月号）。

5 清水茂「ニヒリスト鷗外の定立と挫折――『灰燼』をめぐる覚え書き」、「日本近代文学」第十七集、一九七二年十月、二頁。

6 田中美代子「群がる影法師」、ちくま文庫版「森鷗外全集」第三巻『灰燼　かのように』、一九九五年「解説」。

7 小堀桂一郎『森鷗外――文業解題・創作篇』岩波書店、一九八二年、八三頁。

8 Th. Mann, a.a.O., S. 607.

9 岡崎義恵『鷗外と諦念　下』岩波書店、一九五〇年、八三頁。

10 磯貝英夫『灰燼』【鑑賞】、『鑑賞日本現代文学①　森鷗外』角川書店、一九八一年、一七六頁。

11 磯貝英夫、同書、一七七頁。

12 蒲生芳郎『森鷗外　その冒険と挫折』春秋社、一九七四年、二二七頁以下。

13 Werner Keller: Faust. Eine Tragödie. In: Interpretationen. Goethes Dramen. Hrsg. von Walter Hinderer, Stuttgart (Reclam) 1992, S. 302.

14 蒲生芳郎、前掲書、二二八頁。

15 磯貝英夫、前掲書、一七九頁。

16 拙著『ゲーテと小説――「ヴィルヘルム・マイスターの修業時代」を読む』郁文堂、一九九九年、特に第一章第三節「真理への〈覚醒〉」を参照されたい。

17 Hans Egon Holthusen: Was ist abendländisch? In: Kritisches Verstehen, München 1961, S. 322.

18 真木悠介『時間の比較社会学』岩波書店、一九八一年、三〇一頁。

19 蒲生芳郎、前掲書、一九四頁以下参照(引用は一九六頁)。蒲生は神田孝夫「森鷗外とE・V・ハルトマン——「無意識哲学」を中心に」(『比較文学比較文化』弘文堂、一九六一年)に依拠している。

20 小堀桂一郎『森鷗外——日本はまだ普請中だ』ミネルヴァ書房、二〇一三年、四二〇頁。

21 真木悠介、前掲書、三頁ほか。

22 「ナショナリズムの迷宮——すれ違う日韓（下）」、『朝日新聞』二〇一九年十一月二十四日付参照。

23 高橋義孝『森鷗外』（一時間文庫）新潮社、一九五四年、引用は一三七、一五六および一六二頁。

24 小堀桂一郎『森鷗外——文業解題・翻訳篇』岩波書店、一九八二年、一三四頁以下参照。

25 本章での引用は、『十三時』については「諸国物語　下」（「鷗外選集」第十五巻、岩波書店、一九八〇年）から、ポオ『鐘楼の悪魔』は谷崎精二訳（「ポオ小説全集」第4巻「探美小説」春秋社、一九六三年）を基本にし、野崎孝訳（「ポオ全集」第1巻、東京創元新社、一九六三年）を参看したが、いずれも文脈を考慮し適宜変更した。

26 因みにこの町を鷗外はドイツ語訳に倣って「オランダのスピイスブルク Spiessburgh」としているが、ここにはすでに訳者の解釈に基づく改変が潜んでいる。なぜならポーの原文で Vonder-votteimittiss《ヴァンダアヴォットタイミティス》（「何時ですか」の謂）とされていた町がスピイスブルクになるなら、その住人は Spießbürger（「因習的で頑固な俗物的な人」の謂）であるのが理の当然であり、鷗外もまた当然この含意を理解し諒としていたと思われる。宮永孝「鷗外とポー——ポーの訳者としての鷗外」、森鷗外記念会〔編〕「鷗外」第二〇号（一九七七年）所収を参照。

27 ジャック・ル・ゴフ（加納修訳）『もうひとつの中世のために——西洋における時間、労働、そして文化』

白水社、二〇〇六年、第一部第二章「中世における教会の時間と商人の時間」を参照。
28 今村仁司『近代の思想構造――世界像・時間意識・労働』人文書院、一九九八年、一六五頁。
29 ゲルハルト・ドールン‐ファン・ロッスム（藤田幸一郎ほか訳）『時間の歴史――近代の時間秩序の誕生』大月書店、一九九九年、一八六頁。
30 竹盛天雄「『灰燼』再考」、『鷗外　その紋様』小沢書店、一九八四年所収、六九五頁。
31 福井憲彦『時間と習俗の社会史』新曜社、一九八六年、第Ⅰ部「歴史のなかの時間」を参照。また論考「時計が人間を支配するとき」（福井憲彦『鏡としての歴史・現在へのメッセージを読む』日本エディタースクール出版部、一九九〇年所収）は、十九世紀、イギリス人がキリスト教布教と近代化を進めるに際し、最大の障害になった（基本的に循環的時間による）現地のメリナ暦を解体して、グレゴリオ暦に置換することから始めたマダガスカルの事例を挙げ、「時間を支配することは、つまり社会を支配することなのである」所以を具体的に説いている。
32 Sigmund Freud: Das Unbehagen in der Kultur. Gesammelte Werke, chronologisch geordnet, Bd. 14, London 1948, S. 480.
33 福原泰平「エロス／タナトス」、今村仁司編『現代思想を読む事典』（講談社現代新書）一九八八年、九五頁。
34 蒲生芳郎、前掲書、二四四頁。
35 福永武彦、前掲書、四七頁。
36 磯貝英夫、前掲書、一七六頁。
37 福井憲彦『時間と習俗の社会史』新曜社、一九八六年、一二頁以下。

38 鹿島茂『絶景、パリ万国博覧会』河出書房新社、一九九二年、五〇頁参照。
39 ベーコン著（桂寿一訳）『ノヴム・オルガヌム』（岩波文庫）二〇一一年、七〇頁参照。
40 福岡伸一『動的平衡』木楽舎、二〇〇九年、二五〇頁以下。
41 高橋義人『形態と象徴――ゲーテと〈緑の自然科学〉』岩波書店、一九八八年、二七七頁以下参照。
42 唐木順三『日本の心』筑摩書房、一九六五年、四四頁以下。
43 内山節『子どもたちの時間――山村から教育をみる』岩波書店、一九九六年、二〇七頁以下。
44 柳父章『翻訳語成立事情』（岩波新書）一九八二年「7　自然」、一二五～一四八頁。
45 相良亨「はじめに」、相良亨ほか編『講座　日本思想』第一巻「自然」東京大学出版会、一九八三年、ⅲ頁。なお、ここでの主題である「自然」は「おのずから」であると称せられている。
46 柴田翔『闊歩するゲーテ』筑摩書房、二〇〇九年、二二四頁（初出は『集英社　世界文学大事典2』一九九七年、「ゲーテ」の項）。
47 高橋義孝、前掲書、五一頁。
48 小堀杏奴『晩年の父』（岩波文庫）一九八一年「あとがきにかえて」（初出は「諸君！」昭和五十四年一月号）。
49 木下杢太郎『森鷗外』（「岩波講座　日本文學」）岩波書店、一九三二年、三七頁。

# 第五章　望遠鏡と顕微鏡、あるいは「仮面」社会の小道具たち（補論）

どの時代にも、その時代をいろどる固有の「小道具」が存在する。それは時代を鮮やかに特徴づけるばかりか、その小道具に対する処し方が当該の人間の特性のみならず、時代に対する関係をも浮かび上がらせる。それまで知られていなかった小道具が「新しい世界の見方、世界に対する態度」自体を規定することがあるからである。一種の補論として、そうした近代のいくつかの「小道具」を手掛かりに、視点を変えて問題を概括的に考えてみたい(1)。

## 一　「目の人」ゲーテの「眼鏡嫌い」

「目の人ゲーテ」といえば、ほとんど常套句に聞こえるほど人口に膾炙した評言であるが、事実ゲーテ自身、「目」や「見ること」について数多くのことばを残している(2)。いわく「私が世界をとらえる器官は、まず何よりも目であった」（『詩と真実』第二部、第六章）、「視覚はもっとも高尚な感覚である。〔……〕視覚はこれら〔他の四つの感覚〕より限りなくまさっており、物質という面を超えて洗練されて精神の能力に近づく」（『ヴィルヘルム・マイスターの遍歴時代』第三巻「マカーリエの文庫から」）。なかでも極め付きは、見ることの愉悦、見えることの幸いを謳った絶唱というべき「リュンコイスの歌」であろう。ギリシア神話の「アルゴナウテス」の一人と同名の、この遠目のきく男（原義は der Luchsäugige〔山猫のような鋭い目をした者〕）は、「夜更け」、塔守としてファウストの居城の望楼の上で歌いだす――。「見るために生まれ／物見の役を仰せつかり／……」(一一二八八行以下)。

彼は遠くを眺め、近くを見、月や星を、森や小鹿を見る。そして万象のうちに「永遠の飾り」を見る。調和し完結した宇宙秩序《コスモス》が彼の気に入るが、同様に、その自然の一部である「わたし自身も気に入った」。そこでは、「近いものも遠いものも／波立ちさわぐ胸を満足させない」(三〇六行以下)ファウストとは対照的に、眺める「わたし」と眺められる世界とが呼応し交感している。そして、法悦にひたる無条件の世界肯定が響きわたる――。

幸福な双の目よ、
お前がこれまでに見たほどのものは、
どんなものであろうと、
やはりとても美しかった。
(一一三〇〇行以下)

だがリュンコイスの「歌」はこれだけには終わらない。高らかに「見ること」の幸いを謳った絶唱のあとに、ゲーテはさりげないト書きを置く――「(間《ま》)」。そこには「広大なアイロニーの帝国」がこめられており、「詩的アイロニーがこれ以上の深みにたっしたことはない」(3)。

劇進行的には、海を征服して土地を拓いた老ファウストが、なおも懊悩に苦しんでいる。新開地のなかに「飛び地」のように残る丘の上の屋敷の、小屋と菩提樹の木立と礼拝堂が我慢ならないのだ。「おれの自慢の領地は無瑕疵《きず》ではない」(一一一五六行)。オウィディウスにちなむ、やはり古代風の名をもつピレモンとバウキス夫婦の抵抗にしびれを切らしたファウストは、ついに「立ち退かせろ」（「片づけろ」とも読める）と命じる。命令は夜陰に乗じて直ちに実行に移され、赤々とあがる火の手に凶行はすぐ露見する。木立の陰の小屋と礼拝堂もろとも、丘に住む善良な老夫婦は焼き殺される──。命令から実行までの一連の経過が、極小の「間《ま》」に凝縮して込められている。見ることの幸いを謳ったリュンコイスは、炯眼に生まれついた己れの「自然《ナトゥーア》」を呪わずにいられない。「これをおれの目は見きわめなければならぬのか、／遠目のきく身が恨めしい」（一一三二八行以下）。

失われたのは、罪のない翁媼の命だけではない。二人が体現していた「客に親切」で「人助けを惜しまぬ」、「実直」で「敬虔な」生き方（一一〇五二行以下）──古代ギリシア以来の良き人文主義的伝統やキリスト教文化もまた、行為万能主義（「行為がすべてだ」（一〇一八八行））を標榜する「近代的人間」の登場によって潰え去る。「これまで人の目の慰めだったものが、／幾百年の歳月とともに滅んでしまった」（一一三三六行以下）。

小さな「間」を境にして、リュンコイスにとって世界は一変する。なにより、自然（世界）の内にあって、その一部であった人間と世界との関係自体が変容する。R・グァルディーニによれば、「世界との人間の神話的な紐帯は断裂する。新しい自由が開かれ、新たに生まれた世界との距離が、〔……〕古代の人間には拒まれていた世界の見方と世界に対する姿勢を許すようになる」(4)。──じつはここで「真摯で正統的なキリスト者」（訳者「あとがき」）でもある思想家が、「世界を超え出ることがない」古代の人間のものの見方に触れて、それを超出することを可能にした契機（「確たる支点」）として述べたのは、「世界の外に、世界を超えたところに神の実在を確信させる」

聖書の「啓示」についてであった。そしてこの変革をさらに決定づけ、最終的に近代を招来するのに与ったひとつの「小道具」がある。望遠鏡である。

ハンナ・アーレントは『活動的生 *Vita activa oder Vom tätigen Leben*』(一九六〇)において、「望遠鏡の発明」をアメリカの発見と宗教改革とならぶ近代の出発点をなす三つの大きな出来事のひとつに数え、「近代は、新しい器具に起因する発見とともに始まった」と記している[5]。すなわち、ガリレイ(一五六四―一六四二)の屈折望遠鏡が「アルキメデスの点」――地球の外にあり、それを梃子にすれば地球を動かすことができるという「点」――の発見へと導き、爾来人間は自然から切り離された想像上の「支点」に立ち、獲得した新たな視点から、距離をとって自然を操作《コントロール》するようになる。「とどのつまり、人間の手によって作られた望遠鏡という器具が、自然ないし宇宙からその秘密を力ずくで奪い取ったのである[6]」。

ところで、ここで留意しなければならないのは、近代科学の勝利を決定づけたともいえる「望遠鏡」に対する肝心のゲーテの立場が、きわめて両義的であったことである。「目の人」ゲーテは大の「眼鏡嫌い」でもあった。『遍歴時代』(決定稿、一八二九)でマカーリエの館を訪れたヴィルヘルムは、その夜、誘われて天文台で星の観測を試みる(第一巻第十章)。まず裸眼で見上げた夜空の光り輝く満天の星に、ヴィルヘルムは恐れに近い畏怖の念を覚え、「無限なるもの」に圧倒されて目を閉じる。星たちは〈われわれは法則にかなった運行によって日と時を記す。おまえも、日と時に対していかなる関係にあるかを自らに問うてみよ〉と告げているように思われる。やがて壮麗に輝くジュピターが目にとまり、天文学者は衛星を従えたこの幸運の星を「完璧な望遠鏡を通して大きく拡大して」見せてくれる。だがヴィルヘルムは星の友に、それにたいして感謝すべきかどうかわからない、といってこう続ける。

「われわれの感覚を補助するこうした道具が、人間に対してけっして道徳的に良い影響を及ぼさないことを、これまで私はじつにしばしば見てきました。眼鏡を通して見る人は、自分を実際以上に賢明だと思うものです。眼鏡によってその人の外的感覚が内的判断力とバランスがとれなくなるからです。〔……〕私は眼鏡を通して見るたびに、なんだか別人になったようで、自分でも自分が嫌なのです。見るべき以上に見え、より鮮明に見られた世界は、私の内面と調和しません」。「〔……〕ですから最近の若い人たちの高慢な態度については、近眼鏡をかける習慣に主たる責任があると、私は確信しています」。

「わたし自身も気に入った」というリュンコイスの、対蹠的な反応との大きな径庭に驚かされるが、ここにはすでに外なる感覚と内なる自然との均衡の危機が告げられている。ヴィルヘルムによれば、望遠鏡は拡大された星とほかの無数の星たちとの、また観察者自身との（それまで保たれていた）「釣り合い」を崩してしまうというのだ。「顕微鏡と望遠鏡は、ほんとうのところ、純粋な人間感覚をかき乱す」（第二巻「遍歴者たちの精神による考察」）。

ゲーテにとって目はたんに外界の事象を受動的に捉えるための器官ではない。『色彩論』のための「予備研究」として書かれた小品『目』（一八〇四―〇七）は、つぎのように結ばれている。――「目には、外からは世界が、内からは人間が映しだされる。内と外との全体性は目によって完成される」。『色彩論・教示篇』の「序文」に掲げられた箴言風の詩が語っているのも同じ謂であろう。

もし目が太陽のようでなかったら、
どうしてわれわれは、光をみとめることができようか。
もしわれわれのうちに、神みずからの力が宿っていなければ、
どうして神的なものがわれわれを歓喜させることができようか。

ここには主体と客体の分離はない、いわんや主体による対象の制御・征服といった発想は無縁である。肝心の色彩について「序文」には、色彩とは「眼という感覚に対する基本的な自然現象」ないし「眼の感覚との関連における法則的な自然」と書かれている。自然の諸現象は人間の内面のいわば「照応像 antwortende Gegenbilder」(『ヴィンケルマンとその世紀』「門出」)であり、自然は主体が手を加えて自由に改変できるような対象ではない。ゲーテ自然科学の近代自然科学との決定的な相違である。『遍歴時代』第三巻「マカーリエの文庫から」には、つぎのような箴言が書きとめられている。「人間は自分の健全な感覚を用いるかぎり、それ自身、およそ存在しうるもっとも偉大で、もっとも精密な物理学的装置である。そして、実験をいわば人間から切り離して、人工の装置に示されるもののなかにのみ自然を認識しようとすることこそ、近代物理学の最大の災厄である」。

天文台のヴィルヘルムのいうように「ほかの器械類と同様、この世から眼鏡類を追放することはできない」ことはゲーテも十分承知していた（それればかりか一八一一年以来、自身イェーナ大学

附属の天文台監督官を務めてもいた）[7]。が、人間と自然とを切り離し、人工の自然を生みだす表徴としての「人工的なレンズを用いた道具システム」[8]に対する不信において、彼の自然の見方は近代自然科学のそれとは明確に一線を画していた。H・D・イルムシャーによれば、望遠鏡に対するヴィルヘルムの一見的外れで奇矯な反応は、「疑いもなく、台頭してくる近代自然科学の世界像と認識方法に対するゲーテの深い苛立ちを暗示している」[9]。

　ニュートン光学に対するゲーテの、明らかに公正を欠いた理不尽な激しい批判・攻撃も、おなじコンテクストにおいて理解される。ゲーテによれば、ニュートンは感覚と切り離せないはずの色彩を光の屈折率という「数字」に還元しようとする。そしてここでも、主体である目と光とのあいだにプリズムという象徴的な眼鏡《グラス》が介在している――。ゲーテは、小さい開孔部を通して暗室に入れた太陽光をプリズムによって反対側の壁面に屈折させ、人工的に光を分析しようとするニュートンの実験を批判して、つぎのように述べる。

> これはいわゆる決定実験なるものであり、そこでは研究者〔ニュートン〕が自然を拷問にかけて、あらかじめ自分が決めてかかっていたことを白状するように強要する。だが自然は、どんな責め苦にあっても真理を守ろうとする毅然とした高潔な人に似ている。調書が事実と違っているなら、それは異端審問官が聞きちがえたか、書記が書きまちがえたのである。
>
> （『色彩論・論争篇』「ニュートン『光学』第一篇第一部」）

「決定実験 experimentum crucis」とは十字架の実験の謂で、ニュートンを、自然を十字架にかけて責めつける異端審問官になぞらえる比喩ひとつにも、ゲーテの「厚顔無恥」（ヘラー）は窺われる（論争は素人目にもニュートンに分がありそうである）。しかし臆面もなくニュートンに反駁するゲーテが本当にいわんとしたことは、ヘラーによれば、「ニュートン物理学が人間の自然からいってまちがっている」ということであり、ゲーテにとって「真理とは、人間が知るにふさわしいもの」[10]でなければならなかった。彼には、神的なものの啓示に他ならない「光」をプリズムによって分析するニュートンの実験が、いよいよ本格的に数値化・抽象化に向かう近代科学の方法の体現と見えたはずであり、「自然は拷問にかけられると口をつぐむ」という警句（『箴言と省察』ヘッカー、一一五）は、そのことの端的な表現であろう。

ところで、アーレントによれば、重要なのはガリレイが望遠鏡を開発したこと自体でも、それを用いてジュピターの四つの衛星を発見したことでもない。近代科学にとって決定的だったのは、「アルキメデスの点」が発見されて「視点が変わった」ことであり、それと連動して必然的に、〈観照的生 vita contemplativa〉と〈活動的生 vita activa〉のヒエラルキーの序列が転倒したことであった――。たしかに人間は、現実には依然として本来の生活の場である地上に拘束されている。「だがわれわれは、この地上に立ち、自然の内にいながら、アルキメデスの点を発見したかのように、それらを外から、意のままに操る方途を発見したのである」[11]。このアーレントのいう「近代科学が成し遂げた厳格な距離化の作業」について、ヴァイグルは、「自然支配と世界からの疎隔は彼女にとっては同じものとなる」[12]と付言する。そして、この「自然支配」と「近代的人間」ファウストの悲劇は、無関係どころではない。

悲劇「第一部」の冒頭、書斎でファウストは「星辰の動き」のしるされた神秘の書をひもとき、「大宇宙の符《しるし》」に宇宙と自然の全容を俯瞰する。「おれには、この清らかな筆の跡のうちに、／生きてはたらく自然の全容が広がっているのがありありと見える」(四四〇行以下)。だが、より強い行為への衝動に目覚めた精神には、たんなる静的な観照では満足できない。「すばらしい観《み》ものだ！しかし、ああ、ひとつの観ものにすぎぬ！／無限の自然よ、おれはおまえのどこを摑んだらいいのだ」(四五四行以下)。ファウストが観照から活動へ、認識から行為へ――「大宇宙の符」から、行為の霊でもある「地霊の符」へと移行するのは必然である。「おお、地の霊よ、おまえのほうがおれには近い」(四六一行)。そしてそのとき、「未来の縁を結ぼうと」黒犬が魔法の圏《わ》を描いて近づいてくるのもまた不可避的である。「第二部」第四・五幕には、「幾百年の歳月」を閲した世界のその後の姿が象徴的に描かれる――。

「美」の化身ヘレナの「雲」の高みから地上を睥睨したファウストの目は、海の波の「不生産性」に向けられる（一〇一九八行以下）。波は寄せては返し、「時が来ると、また同じ戯れをくり返す」。目を凝らして見ても、「引いていってしまえば、何ひとつし遂げていない」。「それがおれを不愉快にした」、「制御されない自然の無目的な力だ」。――そこで、一念発起して企てた、「おれは海と戦いたい、戦って征服したいのだ」。

「循環」という自然の営みそのものの象徴にして「時《とき》 time」の語源でもある「潮汐 tide」、その潮の満ち干を「無目的」で「不生産的」と難じる（「おれを不愉快にした」）ファウストは、海（自然）の支配という大事業に乗りだそうとする。

刮目に値するのは、ここでファウストが徹頭徹尾みずからを自然の「外側」に捉え、自然と距離をとってそれを「制御」し「征服」しようとしていることであり、それは近代科学・技術の本質そのものでもある。そして「魔術」の力を借りた彼の「事業（行為）Tat」は、今や完成に近づいている。「専横な海を岸からしりぞけ、／広大な水の領分を狭めて」（一〇二二九行以下）新たに拓いた土地には大勢の人が住み着き、「楽園」のような光景が広がっている。そのうえ、指揮をとるメフィストがうそぶくには、「戦争」「海賊業」と「三位一体で切り離せない」「〔海外〕貿易」（一一一八七行以下）に進出したファウストの持ち船が、異国の豊かな産物を山と積んで港に入ってくる――。

にもかかわらずファウストが快々として楽しまないのは、じつは、丘の上の猫の額ほどの土地（だけ）のせいではない。そこに住む老夫婦のファウストとは対照的な生き方、自然にたいするあり方が、たえず「目のなかの棘」（一一一六一行）となって彼の胸を刺すのである。完全に自然と融け合い、自然の一部となって自足し、祈りのうちに齢を重ねてきた老夫婦の死に臨んでの願いは、オウィディウスによれば、ひとえに「ふたり同時に死にとうございます(13)」という一事に尽きる（はたして願いは叶えられ、最期の瞬間に二人はそれぞれ樫の木と菩提樹の若木に変身して蘇る）。

大事業の完成を間近にして、ファウストもまた老いている（齢「百歳」と想定されている）。しかも依然としてなお寧日がない。己れを自然と切り離し、自然を制御・支配しようとした彼に、「魔術」の力を借りても意のままにならないものがあるからである。地霊が自らの宰領する領分として挙げた「誕生と墓 Geburt und Grab」（五〇四行）、すなわち生と死である。生命《いのち》の誕生が根本的に解明できないひとつの神秘なら、最期のとき、まぎれもなく自然の一部である死もまた人間にはコントロールできない。丘の上の礼拝堂の鐘の音は、いやでもそのことを思い出させずにはおかない。「あの鐘の音を聞き、菩提樹の香りをかぐと、／教会か墓穴にでも入ったような気がする」（一一二五三行以下）、「あの鐘が鳴ると、おれは気が狂いそうになる」（一一二五八行）。それでもなお、「法則にかなった運行によって日と時を記す」星たちが、天文台でヴィルヘルムに告げた忠告――〈おまえも、日と時に対していかなる関係にあるかを自らに問うてみよ〉――に、こころ驕ったファウストが耳を貸すことはない。

一夜の宿を請う「旅人」が神であるとも知らずに心尽くしの饗応《もてなし》で迎えられるオウィディウスの場合とは違い、訪ねてきた「旅人」は老夫婦ともども、強制立ち退きを命じるファウストによって「火葬にされる」。菩提樹は「幾百年の歳月とともに滅び」、若木となって蘇ることはない。燃えくすぶる老樹から「影のように漂ってくる」（一一三八三行）灰色の女たちの一人「憂い」によって「盲《めしい》になった」ファウストは、「死」を出し抜こうとでもするように、まだ暗い未明から人夫たちを駆り出し、急き立てられるように事業の成就へと突き進む。

寝床を離れろ、僕《しもべ》ども。ひとり残らず仕事につけ。
おれが立案した大胆な計画を立派にし遂げるのだ。
……………………
どんな大事業でもそれを完成するには、
千本の手を動かす一つの精神があれば足りるのだ。
（一一五〇三行以下）

『ファウスト』が「悲劇」であるゆえんであり、ゲーテが主人公をけっして理想的人物として造型したのでないことは、この一節からだけでも一目瞭然である。そしてここにも、次第に旗幟を鮮明にしてくる近代に対するゲーテの両義的な姿勢を読みとることができる。

## 二　「目の人」鷗外？　あるいは鷗外と顕微鏡

さて、鷗外もまたゲーテとは異なる意味で「目の人」といえるかもしれない。いくつかの作品の重要な箇所に「目」についての特徴的な描写が散見される――。『山椒大夫』では、安寿のうちに重大な決意が萌してくると、彼女は「遥に遠い処を見詰め」、「大きい目を赫かしている」。打ち明けられて弟の「厨子王の目が姉と同じように赫いて来」る。結末の、丹後の国守となった正道（厨子王）が本懐を遂げ母と再会する場面――粟の鳥を遂っていた盲の女は「見えぬ目でじっと前を見た。その時干した貝が水にほとびるように、両方の目に潤いが出た。女は目が開いた」。『安井夫人』と『妄想』は、その掉尾の一見の類似によって着目に値する。

お佐代さんは必ずや未来に何物をか望んでいただろう。そして瞑目するまで、美しい目の視線は遠い、遠い所に注がれていて、あるいは自分の死を不幸だと感ずる余裕をも有せなかったのではあるまいか。

かくして最早幾何もなくなっている生涯の残余を、見果てぬ夢の心持で、死を怖れず、死をあこがれずに、主人の翁は送っている。

その翁の過去の記憶が、稀に長い鎖のように、刹那の間に何十年かの跡を見渡させることがある。そう云う時は翁の烱々たる目が大きく瞠《みは》られて、遠い遠い海と空とに注がれている。

それぞれ極めて印象的で、それを強いて一般化することは無理かもしれない。が、あえていえば、ゲーテにおいて「目」は内なる自然と外なる自然との照応と平衡の証しとすれば、鷗外における目の「赫き」はむしろ柔靱な意志や透徹した知性の体現であるように思われる。またゲーテが「純粋な人間感覚をかき乱す」として警戒を隠さなかった「眼鏡類」に対する両者の考え方も対照的で、ゲーテが「眼鏡」、特に望遠鏡に対するアンビバレントな態度を保持したのにたいして、顕微鏡に対する鷗外のつよい関心と執着も最後まで一貫していた。

そもそも、顕微鏡と望遠鏡という対照的な「眼鏡類」の進化そのものが、いわばアナロジーとして捉えられる。十六世紀末ないし十七世紀初頭とされる最初の製作当初、望遠鏡も顕微鏡も「科学のための道具としてではなく、玩具として」眼鏡職人のショーウインドーに展示されていたという。(14)マクロコスモスに関しても、この地上のミクロコスモスについても、膨大な距離の彼方の領域、もしくは肉眼では見えない微小な領野の存在自体が、およそ想像の埒外だったのである。それればかりか「肉眼で見えないものを見よう」とする行為は、定められた領域を超えようとする「人間の思い上がり・不遜」――神への冒瀆であるとする宗教的観念が支配的であった。そうした観念は、やがてF・ベーコン（一五六一―一六二六）やデカルト（一五九六―一六五〇）の哲学を経て、望遠鏡は神が近代人にあたえた恩寵であり、「神の恩寵による第二の目」であるとする公式に転換されてゆく。たとえばハンブルクの商人詩人B・H・ブロッケス（一六八〇―一七四七）は顕微鏡および望遠鏡によって展開される光学の帝国を神の啓示と受けとめ、「第三の啓示は拡大鏡のなかに現われ給う」と詠っているが、その詩行を含む詩の一節を引いたうえで、ヴァイグルはつぎのように解説する。

ここには自然科学的であると同時に宗教的な息吹があるが、この〔……〕神の概念は新しいものであり、中世末期の、もはや古いキリスト教的な考えとははっきり異なっていた。ここには声高ではないが、静かな、しかし明確な解釈上の変化が進行している。この新たな神、いわば啓蒙の神は人間に対して被造物に潜む合理性を覗き込むことを許してくれる。こうしていまや被造物は人間にとって予測のつく、計算可能なものとなり、強大な自然に対する人間の自己主張を可能にしてくれる。(15)

この「新たな神」の概念には、少なくとも自然に対する畏敬、いわんや畏怖の念は感じられない。「知は力」と宣言したベーコンは、「宇宙のどの部分も人間によって探求され十分明瞭に知られないようなものはない」と壮語する。(16)

さて、技術的には画期的なガリレイの発明とそれに基づく「発見」によって望遠鏡が数歩先んずることになるが、顕微鏡もまたいくつかの大小の発明・発見を経て、十九世紀になると前半では細胞説の展開のもとで、また後半には細菌学をはじめとする実験医学における医学的な利用とその目覚ましい成果によって、ようやく隆盛の極にたっする。目ぼしいものだけ拾っても、ローベルト・コッホ(一八四三—一九一〇)による炭疽の病原体としての炭疽菌の分離同定(一八七六年)、結核菌の発見(八二年)とコレラ菌の純培養(八三年)。「近代細菌学の開祖」とされる彼の門下からはG・ガフキー、F・レフラー、E・ベーリング、P・エールリヒ、北里柴三郎ら、後のノーベル賞受賞者を含む俊秀が陸続と輩出し、数々の輝かしい業績を残している。そのいずれの研究にも当然、顕微鏡が大いに与っている。いや、炭疽菌の場合が象徴的だが、高性能の顕微鏡あればこそ細菌という病原体の存在が証明されたのであり、細菌学という新たな世界そのものが拓かれた。山中浩司は「十九世紀の医学における顕微鏡の特権的地位はどれほど強調してもしすぎることはないだろう[17]」と述べている。

森林太郎が「陸軍衛生諸制度」ならびに「衛生学」研究のためドイツ留学を拝命するのは、折しもドイツの実験医学が興隆期を迎えようとするこうした時期であった。一八八四（明治十七）年、二十二歳のやはり若き俊才として彼が、勇躍壮途についたのも当然であろう。

『独逸日記』に、ドイツ留学中の研究内容について、具体的な記述は思いのほか少ない。創設間もない実験衛生学（教授ホフマン）のもとで研究を開始したライプツィヒの件りには「黴菌培養法の講習を始む」（明治十八年六月五日）とあり、最後の滞在地となるベルリンの件りには「北里余を誘ひてコッホ Koch を見る。従学の約を結ぶ」（二十年四月二十日）と記されている。すでに前年からコッホに師事していた北里柴三郎（一八五三―一九三一）の紹介で、細菌学の泰斗の指導を仰ぐことになったのだ。以下、晩秋になってようやく「下水喞筒《そくとう》操作所 Pumpstation に至り、〔……〕下水を汲む。以て試験材料と為すなり」（十月二十七日）、「下水役人ラシュケと〔……〕屠馬場に至る。衛生試験の材料たる汚水を採酌するなり」（十一月十六日）といった記述が散見されるようになる。師の勧めで「下水中の病原細菌について」研究することになったのだが、もっぱら実験中心の、顕微鏡なくしてはなし得ない研究である――。

はたして『独逸日記』には、顕微鏡についての言及も見いだされる。ドイツ留学二年目（明治十八年）の夏、避暑に出かけなかった理由のひとつとして、つぎのように記されている。

曰余は近《ちかご》ろ一顕微鏡を購求す。器械の精良なる、以て人に誇示すべし。然れどもその価もまた廉ならず。約五百麻《マルク》（百二十五円）を費せり（八月二十三日）。

当時の林太郎の給費は年俸で千円だったというから、綜合すると一台の顕微鏡の購入に彼は丸ひと月半分の給費を充てたことになる。それも驚きだが、それ以上に、最新の機器を手に入れた誇らしげな満足感と高揚感がストレートに伝わってきて微笑ましい。そして同時に注目に値するのは、この十日前の日付で、つぎのような表白がなされていることである。

架上の洋書は已《すで》に百七十余巻の多きに至る。〔……〕ダンテ Dante の神曲 Comedia は幽昧にして恍惚、ギヨオテ Goethe の全集は宏壮にして偉大なり。誰か来りて余が楽《たのしみ》を分つ者ぞ（八月十三日）。

鷗外の文学活動は帰朝後にようやく始まったのではない。本務の傍ら西欧の文学作品を読み漁り、最新の文芸思潮に注目していた留学中のこの時点ですでに、林太郎のなかで科学者と広義の文学者とが併存している。おそらく「ギヨオテ」全集のわきに並べて置いてみたであろう顕微鏡は、それを表徴するかのようである。同年暮れには（十月に移っていたドレスデンから）ライプツィヒを再訪し、若き哲学者・巽軒《そんけん》井上哲次郎とともにゲーテゆかりの「アウエルバハ窖《こう》Auerbachskeller」で『ファウスト』を酒の肴に気炎を上げ（十二月二十七日）、明けて十九年には「劇ギヨオテの『ファウスト』を」観る（二月五日）幸運にも恵まれている。そうしたなか、ベルリンに居を移した一八八七年には、文学史家E・シュミットによって偶然「原本」（『ファウスト考』）の筆写原稿が発見され、『ウルファウスト』として刊行されるという歴史的僥倖にも立ち会うことになった。ゲーテの死から半世紀あまり後のことである――。さながら、文学が科学のあいだに鎮座している趣ではないか。

さて、林太郎は研究の成果として課題と同名の論文を専門誌「衛生学誌 *Zeitschrift für Hygiene* 1888」に発表しているが、免疫学者西澤光義の所見によれば[18]、下水中に未知の或る強毒性の病原菌の存在を確認しているのみの、「全般に議論に薄い〔……〕当て外れなもの」に終わっている。それは西澤が斟酌するように、所論が「細菌学的である以上に衛生学的なものであるためであり、病原菌の研究ではなくて、ベルリンの下水道の研究であった」せいかもしれない。林太郎の本当に望んでいたのが、破傷風菌の純粋培養に成功し、血清療法に道を拓いた北里に課されたような本格的な「細菌学的」研究だったとすれば、検鏡によってサンプル中に菌の存在を確認した段階で彼の関心が急速に冷めたとしても不思議はない。

顕微鏡については、おそらくもうひとつの「課題」の方がより深刻で隠微な問題を提起している。林太郎の留学の本来の目的のひとつは、衛生学教授ホフマンのもとで食物栄養学を学ぶことにあり、それは上官石黒忠悳《ただのり》の「殊ニ兵食ノ事ニ就イテ」という指示によって念押しされていた。補説すると、富国強兵のスローガンのもと明治六（一八七三）年に徴兵令が敷かれ、全国で強壮な壮年男子が徴兵されるようになって、むしろ軍は脚気の多発に悩まされるようになる。この脚気の原因をめぐって、ある種の栄養素の欠乏と考える「食物」派と感染症のひとつとする「細菌」派とのあいだで論争が起こっていた。

石黒医務局長の要請に応え、ライプツィヒで急遽まとめた『日本兵食論大意』(一八八五)では、「米食ト脚気ノ関係有無ハ余敢テ説カズ」という断りによって巧みに切り抜けた森であったが、以後「脚気問題」は鷗外にとって生涯の宿命に、まさしく「最大の悲劇」の因となる。[19] 日清、日露の戦争に陸軍第二軍兵站軍医部長として従軍した彼は、それぞれ戦死者を上回るほどの脚気による死者を出してしまう。日本陸軍は脚気によってほとんど戦闘能力を失うところであった。そしてそれには、米食が洋食と比べて栄養学の点で何ら遜色がないと主張し、固執した「兵食論」が影を落としていた。

じつは、論争は鷗外が帰国した時には実質的に決着がついていた、ともいえる。森に先んじて五年間の英国留学を終え、海軍医務局長の職にあった高木兼寛《かねひろ》はイギリス式経験主義に基づく麦飯食試行航海(明治十七)を経て、海軍の主食をパンと麦飯に切り替え、いち早く脚気を克服しつつあった。その事実を前にしてもなお、森は脚気「細菌」説に固執した。帰朝の翌(明治二十二)年、自ら実行した兵食試験の「成績略報」で「米食主ニ居リ、麦食之ニ次ギ、洋食又之ニ次グ」と、米食の最優位を伝えているが、結論はすでに推して知るべしだろう(ふとゲーテがニュートンに批判した「決定実験」を想わせる)。いまは軍医監にある石黒ともども、陸軍における白米中心の兵食を堅持し、日清(一八九四〜五)そして十年後の日露戦争における惨状を招くことになるのである。脚気細菌説をとる彼らは「脚気菌が発見されていないだけだ」という理屈で、海軍の実績には耳を貸そうとしなかった。

そうこうするうちに、論争は思いがけない方面から終止符を打たれる。明治四十三（一九一〇）年に農芸化学者・鈴木梅太郎が米糠から抗脚気因子オリザニン（ビタミン$B_1$）を抽出することに成功したのである。それでも森は直ちに脚気栄養障害説を受け入れようとはしなかった。そのとき吐いたという「農学者が何を言うか。米糠で脚気が治るわけがない」という放言の真偽はともかく、最後まで森は脚気細菌説を固く信じ、「脚気菌」を探していた節がある。

ドイツ流の「観念的実証主義」が、あるいは彼の「変節」の妨げになったのかもしれない。新たに開かれた細菌学の宇宙《そら》に巨星として輝くコッホの薫陶を受けたという矜持が邪魔をしたのかもしれない(コッホもまた細菌説をとっていた)——。たしかにそうした一面はあったかもしれない。しかしそこには、顕微鏡という道具（ひいてはそれが表徴する近代科学）の両義性が潜んでいるように思われる。山中浩司は「顕微鏡は、不可視のレベルに隠れた構造を可視化するが、この可視性は、さらに不可視なレベルを想像力の中にとどまらせる作用を伴っていた」[20]と述べている。ヴァイグルが、『天文対話』のなかのガリレイのことば——「我々の研究は感覚の世界を対象とするのであって、紙上の世界ではない」を引いて謂わんとするのも同じことであろう。


たしかに書物と自然をガリレイは激しく対抗させあう。〔……〕だがそのような議論をすることでガリレイは重大な事実を隠蔽してしまっている。それは、望遠鏡を使うことによってガリレイが(裸眼による)可視性という自然の基盤を離れたことであり、またそれとともに、使う装置によってそのつど新たに規定する必要のある相対的可視性、つまりは揺れ動き不安定な可視性を導入しているということである。〔……〕望遠鏡の発明とその科学的応用によって、それまで何千年にもわたって安定していた、宇宙に関する経験の地平が打ち砕かれてしまった。見えるかどうか――可視性はそのつどの技術発展の水準次第になってしまった。[21]

いまはまだ「発見されていないだけだ」とする脚気菌をめぐる論争における森の立場は、使う装置の性能が上がり、対象を十分に拡大することができさえすれば見えるはずだ、という「相対的可視性」を典型的に示している。こうして顕微鏡に表徴される近代科学は、その技術的進歩発展とともに、逆説的にも、いよいよ本来の「自然の基盤を離れ」てゆく。より敷衍して端的にいえば、そこでは近代化とは、人間が自然から離脱ないし離反してゆく過程そのものであるということができる。まさに「地球-疎外」であり、近代科学・技術の過信が陥りやすい陥穽といってよいであろう。

## 三 「仮面」社会としての近代とその小道具たち

鷗外の創作からもひとつ取りあげてみたい。明治四十二年、創刊された「スバル」第四号に発表され、六月に初演された最初の現代劇『仮面』である。この作にもいくつか近代の「小道具」が随所にちりばめられ、重要な役を演じている――。プロットは至って簡明である。

文科大学生の山口栞が、依頼していた「喀痰検査」の所見を聞きに医学博士杉村茂の診療所を訪れる。偶然の成り行きから彼は博士の「手控《てびかえ》」を見てしまい、自分が結核に罹患していることを知る。動揺する栞に杉村は、自身も結核だったが十七年間それを隠し「仮面を被って」生きてきた、と打ち明ける。おれは「善悪の彼岸に立って」「知識の限を尽して〔……〕君の病気を直して遣る」という博士の熱意に栞は気を取り直し、一緒に精養軒で食事をして「それからChopin《ショパン》を聴こう」という誘いに二人は意気投合して、連れ立って出かける――。

いうまでもなく当時結核は脚気と並ぶ国民病で、「死病」と恐れられた。そうであればこそ、後年長子の於菟《おと》が父・鷗外の一死因として宿痾の肺結核を明かした（『父親としての森鷗外』昭和三十年）とき、衆目を集めたのも当然であろう。だがこの一幕物に（於菟が示唆したような）作家の個人的な病歴と特異な思想を読みとるだけでは、やはり不十分であろう。――ここで「小道具」に着目することによって、隠れた一面が見えてくるように思われる。

かねて懇意な間柄とはいえ、二人に（社会学の用語でいう）「ホモソーシャル」な関係を結ばせるのは、博士が「為事部屋《しごと》」――「右手の戸」によって隔てられたそこには「船の着く度に来る本が〔……〕一ぱい溜まって」いる――から持ちだしてくる顕微鏡である。彼は自身の結核菌の写った古い写真を見せ、顕微鏡に栞の標本をセットして覗かせる（それはいわば親方《マイスター》が徒弟に奥義を授ける錬金術の秘儀のようだ）。そしてそれが、二人のあいだに「家畜の群の凡俗を離れ」た、選ばれた「高尚な人物」の盟の結ばれた象徴にして証しになる。作者が「顕微鏡」をいかに重視していたかは、配役《キャスティング》にあたり杉村博士について「顕微鏡の取扱ひだけは大いに研究して貰ひたい」（「鷗外博士の『仮面』談」、「歌舞伎」四十二年六月）と、ことさら言及したことでも推し量ることができる（この要請と呼応して「顕微鏡の取扱ひ」を指示したト書きは精緻を極めている）。

それにしても、栞に結核の件は（「仮面を被って」）一切口外しないと誓わせ、卒然「僕には父が無いとは今日からは云いません」と断言させる（同時に田舎に残した母（＝〈自然〉）から離れ、血縁ではない父（＝〈知〉）と盟約を結ばせる）「奥義」伝授の実質は何だろうか。――顕微鏡が象徴する近代医学ないし科学、いや西洋近代文明そのものではなかろうか。

博士は栞も読んでいるというニーチェの『善悪の彼岸』（一八八六）を借りて独自の「仮面」の哲学を展開する。

あの中《うち》〔『善悪の彼岸』〕にも仮面ということが度々云ってある。善とは家畜の群のような人間と去就を同じゅうする道に過ぎない。それを破ろうとするのは悪だ。善悪は問うべきではない。家畜の群の凡俗を離れて、意志を強くして、貴族的に、高尚に、寂しい、高い処に身を置きたいというのだ。その高尚な人物は仮面を被っている。仮面を尊敬せねばならない。どうだ、君はおれの仮面を尊敬するか。

強いられて長い鎖国を廃し開国した明治日本は、「脱亜入欧」の旗印のもと幾多の西洋の文物を取り入れ、足早に「近代化」を遂げようとする。はたして鷗外の主人公たる選良《エリート》たちはほぼ例外なく開化の洗礼を受け、「仮面」の奥に屈折した両面価値的《アンビバレント》な感情を隠している。『普請中』の渡辺参事官は「本当のフイリステルになり済ましている」とうそぶき、文筆で身を立てようとする『灰燼』の節蔵は「柔和忍辱の仮面を被って」世を渡ろうとする。彼は「漢文を書いてみてはどうだ」という、漢学の素養によって身を立てた主人の助言を、「外国語で書く程なら、支那の昔の詞より、今のヨオロッパのどの国かの詞で書いた方が増しだと思います」と受け流す。また若き日にドイツで過ごし、老いてなお西洋から届く書物を繙き、「折々のすさび」にZeissの顕微鏡やMerzの望遠鏡を翫《もてあそ》ぶ『妄想』の翁には、閲してきた己れの生が、舞台の役者よろしく「ある役を勤めているに過ぎない」ように感ぜられる——。

ゲルノート・ベーメは、フランスの社会哲学者C・カストリアディスの「想念の社会[22]」という概念を借りて、「近代文明」の本質についてつぎのように述べている。

「〔近代になると〕社会のなかでの関係性が自然や神によって規定されているという考えは、もはや通用しなくなった」「社会はもはや共同体ではなくなった」。「〔カストリアディスは〕近代社会はその構成員たちの〈想念〉によって作り出されていること、すなわち近代社会は相互の帰属意識と承認関係によって成り立っていることを明らかにした」。「そこでは」——宮廷人たちがカーニバルの衣装をまとってさまざまな社会的地位の人びとを演じる『ファウスト第二部』第一幕の「仮装舞踏会」でのように——、「ひとは自分自身が実際はそうであるはずのもの、あるいはそうであったはずのものから、〈仮装によって〉自分が演じる役割へと変質する。これこそ、近代における人間生活にとって決定的に重要な点である[23]」。

己れの生が実体から役割へと変質するとき、随伴して、それを生きることの意味の稀薄化が起こるのは必定である。『青年』の純一は「己には真の生活は出来ないのであろうか」と「日記」に記し、医学という「exactな学問」を修めながら『妄想』の翁は、「生れてから今日まで、自分は何をしているか」「舞台監督の鞭を背中に受けて、役から役を勤め続けている」と表白する。役としての生を忠実に演じ続けるうち、仮面は素面の肉にピタリと貼り付いて一体化し、もはやそれが生きてゆくための（役のうえの）「小道具」であることさえ意識されなくなる。「想念

imagination」が実体に取って代わる。近代を「仮面」社会とする所以であり——その主題を扱う『仮面』という作が演劇（芝居）なのは二重に意味深長である——、そして、そこには決まって新しい自然観や時間意識とかかわる小道具が用意されている。

たとえば一幕物の短い『仮面』には、時や時計にかかわる言葉がくり返し登場する（いうまでもなく「時計」もまた近代に必須の小道具のひとつである）。そうしたなかから、一、二顕著な例を引いてみたい。——まずは検査所見を聞いた栞が「Chaos《カオス》の状態」に陥る件り。

> 死を遂げるなら、一刹那に遂げるのが一番幸福でしょう。先生は、悪くなっている処は狭い間だと仰やった。それが段々に広がって、一方の肺を破壊してしまい、更に進んで他の一方の肺を破壊してしまわねば、死なれないのでしょう。それには少なくも一年は掛かりましょう。一年は十二箇月あります。一箇月は三十日あります。一日は二十四時間あります。その一時間が又分に分れ、秒に分れているのです。その一秒毎に一滴宛《ずつ》の毒を注入せられるわたしの心が、これからどれ程の毒を受けねばならないでしょうか。わたしはその苦痛を想像して見ることが出来ません。

「死病」の告知という極限状況によって増幅されているが、栞の台詞には近代的な時間の諸特徴——時間の抽象化、細分化、均質化そして加速化等が顕著に認められる。栞が本当に怖いのは死そのものではない、確実に進行する時間《とき》とともに刻一刻実現してゆく死という「想念」が恐怖なのである（この点、似ても似つかぬはずの、死を前にしたファウストとも通底するところがある）。

不易の法則に則した星たちの運行によって具体的に記される「日と時」という観念は、ここでは忘失されている。そして「仮面」もまたそのことと無関係ではない。

ヴィルヘルムがその館を訪れる霊的存在マカーリエは『遍歴時代』の隠れたもう一人の女主人公《ヒロイン》とも目されるが、それは彼女が「すべての悩める魂の聴罪師」として「皆の信頼をかちえている」（第二巻第五章）からである。推論するところによれば、「彼女は全太陽系を自分のうちに持っている、というよりむしろ、彼女自身が太陽系を構成する不可欠な一部をなす霊としてその中を運行している」（第一巻第十章）という。実際、マカーリエと話していると、彼女は話題になるひとたち「一人ひとりを包みこんでいる仮面 Maske を透《とお》して、個々の人間の内なる自然を見ているかのようであった。〔聞いているうちに〕ヴィルヘルムの知る人びとが純化されて彼の心に立ち現れてきた。この計り知れない女性の透視する善意が殻をはがし、健康な核に気品と生気を吹きこんだのであった」（同前）。

内なる太陽系に従うにしろ、太陽系の不可欠な一部としてそのなかを巡っているにしろ、星たちとのあるべき正しい関係を守っているマカーリエにしてはじめて、法則にかなった「日と時」を刻むことが可能となり、備わった一種の透視力によって「仮面を被った」ひとを浄化し、人びとの心の傷を癒すことができるのである。この点、意外にも彼女には、肉体をもたない侏儒ホムンクルスと共通するところがある。

「ヘレナ幕」の公刊に先だつ「〈ヘレナ予告〉第二草案」（一八二六）によれば、「霊的存在」ホムンクルスのなかには「世界史全般の暦 allgemeiner historischer Weltkalender が内包されており、アダムの創造このかた、太陽、月、地球、惑星が同じ位置に来たとき、人間のあいだで何が起こったかを、いつでも告げることが出来る」という。誕生早々ホムンクルスは、その持ち前の透視力によって、ヘレナの「美」に撃たれて喪心し眠り続けるファウストの夢を読み解き、「古典的ヴァルプルギスの夜」の到来を告げて再生の道を提示するのである。――「いまの問題はただ、どうしたらこの人が心の傷を癒せるかということでしょう」(六九六七行)。

『仮面』にもたしかに〈自然〉へと発展しうる芽、「仮面」とはまったく無縁な一人の庶民の女性が欠けてはいない。夫の不慮の事故死によって急遽呼び寄せられる植木屋の妻みよである。彼女は悲報に接して取り乱すことなく「十八、九歳」とは思えぬ毅然たる高潔な態度によって、「仮面」の哲学を標榜する「高尚な人物」をただ驚かせ「敬服」させるばかりで、登場した同じ「左手の戸」からまた外へと去って行く――。「どうだ、君、あの女の態度は。(間。)本能的人物には、確に高尚な人物に似た処があるなあ。家畜の群の貴婦人に、あの場合をあの位に切り抜けて行けるものは、たんとあるまい」。学生に向けた博士の感嘆の声である。

もうひとつの例は他でもない、「仮面を被る」決意を固めた学生と博士のあいだに「帰属意識と承認関係」に基づく「盟約」が結ばれ、(「新生活の門出」をことほぐ「道連れ」と主人よろしく一種祝祭的な気分で出立の準備をする二人を描く、長いト書きによる幕切れ。

一寸《ちよつと》待つてくれ給え。

(右手の戸を開け、退場。直に外套を着、帽を被り、手套とステツキとを持ちて出で、長椅子にステツキを立て掛け、卓の上に手套を置き、顕微鏡の筒を螺旋《ねじ》にて上げ、鞣革《なめしがわ》にて油浸装置の油を拭い、手套を持ち、ステツキを持つ。この間に学生は卓の上の帽を手に持つ。)

さあ。

（左手の戸の方に歩む。学生帽を持ちたるまま跡に附く。号砲《ドン》鳴る。置時計十二時を打つ。博士と学生と立ち留まる。学生は帽を左の腋に挟み、二人共兜児《かくし》より時計を出し、竜頭を巻く。幕。）

閉幕にあたって念を押すように、近代科学の表徴としての「顕微鏡の取扱ひ」が実演される。しかもそのシンボルとしての小道具が機縁となって、「学生と博士」という地位を超えて二人のあいだに内密の盟約が結ばれたのである。博士の爲事《しごと》部屋のある「右手」奥には西洋の書物や顕微鏡が置かれ、選ばれた「高尚な人物」しか立ち入ることが許されない。そして「左手」の戸の向こうには、いわば「家畜の群の凡俗」の棲む、猥雑な賑わいに満ちた「小世界」（二〇五二行）が広がっている（この幕切れは、一部役割を交換してはいるが、学者ファウストと「道連れ」（一六四六行）のあいだに一種の「契約」が成立し、「新生活の門出」（二〇七二行）を祝う「書斎」の場の結びを連想させる）。

しかしそのこと以上に刮目に値するのは、顕微鏡とあきらかに関連づけて、もうひとつの小道具――「時計」が取り上げられることである。「精養軒」（「西洋軒」のホモニム（?））に繰りだそうとする両者をことほぐように（短い劇中「十時」「十一時」と二度まで時を告げた）「置時計」が「十二時を打つ」と、二人はおもむろに懐中時計を取りだし、「竜頭を巻く」。前田愛は、「エリートのシンボル」としての懐中時計は、明治二十八年、精工舎が国産に成功するまで需要のほとんどが舶来品でまかなわれていた、としてつぎのように書いている。

このモノとしての稀少性は、時計の実用的な機能そのものよりも、近代的な時間の観念を意味する記号としての役割をふくらませることになった。チョッキのポケットにおさめられた懐中時計は、その所有者が明治国家の開明的な部分に帰属しているたしかな標章だったのである。(24)

ところで、ト書きには厳密には、置時計が「十二時を打つ」直前に「号砲《ドン》鳴る」とある。明治五年に太陽暦と共に定時法が採用されるのに先んじて、前年九月から正午を知らせるため皇居で撃たれることになった空砲、すなわち「午砲《ドン》」である。つまり改暦前の不定時法の時代に、定時法の時制を基準にして「昼十二時」が報じられることになった。その午砲を太政官に建言したのは兵部省（のちの陸軍省）である。富国強兵を掲げて近代化を推し進め、軍事的に強固な国家建設を急ぐ人たちにとって、統一的なひとつの時間の確立は喫緊の課題であった。そこで進言されたのが昼十二時の号砲であった。「諸官員より府下遠近の人民に至るまで、普く時刻の正当を知り易くし、以て各所持する時計も、正信を取る」ように、と。(25)

このような歴史的事実を背景にすると、「明治国家の開明的な部分に帰属している」二人が懐中時計の「竜頭を巻く」ト書きには、おそらく意図せざるアイロニーが籠められることになった。というのも、自然の法則にではなく、「時計」に即して生きることが求められる近代社会を目指しながら、その精度も普及率もまだ低かった当時（明治四十二年？）にあって、二人が時刻を合わせる基準にするのはいかにも古風で牧歌的な「号砲《ドン》」なのである（この「十二時のどん」は国木田独歩の『武蔵野』(明治三十一年）の結びでも「微かに聞えて」牧歌的な小説に独特の風情と叙情性を添えていた）。これが最終的に廃止されるのは、奇しくも大正十一（一九二二）年、鷗外死の年のことである。

こうした事実にさらに鷗外の年譜から二、三ひろって重ねてみると、興味深い事態が浮かび上がってくるように思われる。すなわち明治四年、林太郎が七歳の年から通って四書五経を復読し、左伝・史記・漢書などを学んでいた藩校・養老館が廃藩置県により廃校になる。東京で「号砲《ドン》」が撃ち鳴らされるようになる年である。そして翌・明治五年、定時法と太陽暦の施行の年、父に従って上京した林太郎は遠縁の西周《あまね》邸に寄寓し、本郷の進文学社に通ってドイツ語を学び始める（いわば個人のレベルにおける「脱亜入欧」である）。

周知のように、その後東京大学医学部に進んだ林太郎は卒業後、軍医として（陸軍省管轄下の）陸軍に奉職し、本格的に官吏としての道を歩み始める（明治十四年）。その明治初年の東京の時間は、前田によれば、「二つの異質な時間の流れに切り分けられていた」という。すなわち「旧暦にそくしたゆるやかな生活のリズムを温存させていた自然的な時間と、ヨーロッパ式の二十四時間制が約束する管理された均質な時間[26]」である。そのとき以来、国家や家のため立身を求められる鷗外・林太郎は、宿命的に「二つの異質な時間」のあいだで引き裂かれることになる――。

偶然の符合にしては出来過ぎとみえるかもしれない。が、そうではないであろう。それは国家的な使命を帯びた当時の知的エリートたちが、近代〔化〕自体がはらむ両義性を、「仮面を被って」身をもって生きなければならなかった、ということだろう。「本当のフイリステルになり済ましている」渡辺参事官も、努めて「柔和忍辱の仮面」をかぶる節蔵も、そして科学の進歩を恃みに「仮面を被って」死病を隠す杉村博士も。いや、「元《も》と世に立ち交っている頃に」建てたという小家に隠棲する「一観想家」(高橋義孝)を主人公にした『妄想』の翁さえもが、「翁」というひとつの仮面かもしれない。というのも、「元《も》と」どころか、鷗外が陸軍軍医総監・陸軍省医務局長に補せられ、キャリアの頂点に上りつめるのは『妄想』が書かれるつい四年前、鷗外四十五歳のことである。そしてそうであればこそ、いっそう、「一寸舞台から降りて、静かに自分というものを考えて見たい、[役の]背後《うしろ》の何物かの面目を覗いて見たい」という「翁」の嘆息は痛切に響く。

## 四　ニヒリズム——近代の悲劇

ここでいま一度例の奇警な「遺言」の一節を引いてみたい誘惑を覚えるのだが、「余ハ石見人森林太郎トシテ死セント欲ス」とは、いかなる意味なのか。官職・位階をはじめ身に帯び、被っていたすべての「仮面」(その背後《うしろ》には宿痾の「病歴」も隠れている)を脱ぎ、赤や黒に塗られた厚化粧を落として、「役」ではない「真の生」を生きて最期を迎えたいということだろうか。——とすれば、「凡《すべ》ての人為のものの無常の中で、最も大きい未来を有しているものの一つは、やはり科学であろう」という「翁」のことばも額面どおりには受けとりにくい。「未来の幻影を逐うて、現在の事実を蔑《ないがしろ》にする」心が、本当に「日の要求」に安んずるときは来るであろうか。「大きく睜《みは》られ」た翁の「炯々たる目」が水平線の彼方に幻視していたのは科学の未来であるよりは、むしろ石見国津和野の藩校養老館に通って、その意味も十分理解せぬままひたすら四書五経を復読した、幸福な幼い過去の日々であったろうか。『妄想』を「resignation につらなるテーマの作」と読む三好行雄は、老翁の「炯々たる目」が見ていたのは「あるいは茫漠とした虚無だったかもしれない」[27]と述べている。

「ニヒリスト鷗外」に負けず劣らず慧眼で冷徹な、（みずから云うところの）「ニヒリスト」だった（と思われる）高橋義孝は、「すべてのものを見てしまう、すべてのものの正体や動き方やつながりが欲すると欲せざるとにかかわらず見えてしまうという呪いのようなものに縛られて一生を過さざることをえなかった人間」について、つぎのように書いている。「だから、ニヒリストもやはり仮面のひとつだったのだ。その仮面のもうひとつ下に、こういう遺言を書いた〈人間〉がひとり、実は六十年間息を殺して潜んでいたのである」（傍点原文）[28]。

主観にしろ、すべてが見え過ぎる人間にとって、何かを一途に信ずることができるだろうか。高橋が愛慕する二人の知的作家を比較して、二人の本質的な相違について書いている。――「レッシングの世界観の中核には宗教があった。〔……〕レッシングにおいて宗教が占めていた位置は、鷗外にあっては何物によって占められていたのであろうか。〔……〕それはニヒリズムである。ニヒリズム――曖昧な言葉だ。〔……〕もう少し控え目にいえば、それは自然科学である。〔……〕そしてあらゆる自然科学には、いつもひとりのメフィストーフェレスが隠れている」[29]。

いずれ形を変えた悲劇といわなければならない。

一方、はっきり「悲劇」と銘打たれた詩劇の主人公の最期を、ゲーテはきわめてアイロニカルに描きだしている。迫りくる死の気配を感じて苛立ち、「死」の姉妹のひとり「憂い」の侵入をゆるしたファウストは、一瞬歩みをゆるめて〈観照〉にひたる。

　　そうだ、おれはおれの歩む道から魔術を遠ざけ、呪文など、すっかり忘れてしまいたい。
そして自然の前に一個独立の男子として立つことができたら、
人間として、ほんとうに生きる甲斐もあるというものだろう。
（一一四〇四行以下）

しかし、それは一時《いっとき》しか続かない。アーレントの説いた、近代の諸発見の精神的帰結としての「観照的生と活動的生のヒエラルキーの序列の転倒」(30)は、ファウストの身にも「必然的不可避的に」及んでいる（それこそ、ファウストが「近代的」人間とされる所以であろう）。

この地上のことは、もう好い加減よく分かった。
天上のことは人間にはうかがい知れぬのだ。
…………
どうして永遠の境なんかに迷いこむ必要があろう。
ここでは自分の認識したことは、しっかり摑むことができる。
そうやってこの地上の日々を生きてゆくのだ。
…………
そうして先へ先へと進んで行くことを、苦しみとも喜びともするがいい。
どうせ、どんな瞬間にも満足できない人間なのだから！
（一一四四一行以下）

結局「憂い」の強大な力を振り切り、自分が「盲目」になったのにも気づかず事業（活動）の仕上げへと邁進するファウストは、己れの墓穴を掘る音を「掘割り」工事の音と錯覚し、禁句の賭けの文句を口にして後ろざまに倒れる――。メフィストが凱歌を挙げるのも当然である。「どうにも手ごわい相手だったが、／時間《とき》の力には勝てない。このとおり、老いぼれて砂の上に倒れている。／時計は止まった――」(一一五九一行以下)。

自然からの解放（距離化）を完遂し、時間を克服した（「おれの地上の生の痕跡は、／永劫を経ても滅びはしない」(一一五八三行以下)）と思った瞬間、ファウストは「死」に追いつかれる。「時計」が持ちだされるのも謂れのないことではない。近代の直線的に過ぎゆく不可逆的な時間が「老い」と「死」しかもたらさないとすれば、そして plus ultra（さらに彼方へ）をモットーに無限の進歩と成長を志向した西欧近代の歩みが結局「墓掘り」に帰着するほかないとすれば、それは近代的時間（に則った生き方）それ自体の行き詰まり・破綻を示唆してはいまいか――。いずれ悲劇的アイロニーの極みであり、メフィストならずとも「だからおれは〈永遠の虚無〉のほうが好きなのさ」(一一六〇三行）と言いたくもなろう。

しかしゲーテは――そこがゲーテの真面目《しんめんもく》なのだが――ただのニヒリズムには陥らない。それどころか逆に、死を前にしたファウストの最後の長大なモノローグにおいて、まったく意想外の理想的世界がくり広げられる。そこでは、「死の恐怖と生の虚無」から出発した真木悠介（『時間の比較社会学』）がその元凶を「時間のニヒリズム」に求め、ミンコフスキーの概念「生きられる時間」を借りて、近代において「解体」され「喪われ」た、と見た自然との、また共同体との〈生きられる共時性[31]〉さえもが回復されているように思われる。

おれは幾百万という人びとのために土地を拓くのだ。
安全とはいかぬが、働いて自由に暮らしてゆける土地だ。
……………………

外では怒濤がたけって岸壁に打ちかかろうと、
内側のこちらは楽園のような土地なのだ。
そして潮が岸を噛みくだいて強引に押し入ってくれば、
人びとは心を協《あわ》せて、すぐに裂け目をふさごうと駆けつける。
そうだ、このような精神《こころ》におれはすべてを捧げる、
それは叡知の究極の帰結で、こうだ、
およそ生活も自由も、日々これを闘いとる者だけが、
それをほんとうに享受する権利があるのだ。
だからここでは、子供も大人も老人も、
危険に囲まれながら、有為な歳月をおくるのだ。

（一一五六三行以下）

虚を衝かれる思いを禁じ得ないのは、ファウストの生きる現実とのあまりの落差の大きさのせいだが、それだけこのヴィジョンが高邁で真正な証しでもあろう。自然の猛威を認識したうえで、営々たる「日々の務め」によってそれを克服しようとする。――これは、いわば「あるべき人間の姿」（E・トゥルンツ）、ひとつの理想的社会《ユートピア》であり、ここに人間と自然との「共生」のひとつの形を見ることができる。それはゲーテ自身の生と詩作の「究極の帰結」でもあるはずだが、それが、

老若男女だれもが「自由な土地に、自由な民と共に立ち」（一一五八〇行）、「協同の精神」のもと力を協《あわ》せて有為な歳月をおくる、というファウストの最期の壮大なヴィジョンにおいて――盲人の幻想として、であるが――、一瞬たしかに達成されている。「福音は聞こえるが、おれには信仰がない」（七六五行）と嘆いたファウストが、「永劫を経ても滅びない」ものを地上の日々の孜々たる営みの果てに幻視する。

これは本当に悲劇なのか、それとも「悲劇」そのもののアイロニカルな「転倒」だろうか。厄介なファウストの「救済」の問題を度外視するとしても、極めて多義的であることに変わりはない。「一寸舞台から降りて、静かに自分というものを考えて見たい」といいながら鷗外がけっして舞台を降りなかったように、ファウストも最期まで〈活動的生〉を変えようとはしなかった。そして、ヴィルヘルムをはじめ「塔の結社」の人びとも、産業革命以後、急速に近づいてくる近代化・機械化の「嵐」を前に、新たな活動を求めて新天地アメリカへの移住を決意する。もっともその活動（ヴィルヘルムにとっては「外科医」としての）は、核となるマカーリエの霊的精神作用を受け、「善意と慈愛に満ちた活動」（第一巻第十章）を目指す「結社」において果たされるはずなのだが。

## 五　ホムンクルスと「最高善としての生命《いのち》」

もうひとり、真正の「ニヒリスト」の運命についても触れておくなら、「埋葬」の場で失態を演じて肝心の獲物を攫われるメフィストは、最後に文字どおり「道化」を演じてお役御免となる(32)（すなわち最終的に『ファウスト』劇から退場する)。捕吏を務めた「とんま」な手下の悪魔たちのように「もんどり打って、/尻から地獄に落ちてゆく」(一一七三七行以下)ことこそなかった代わりに、「天上の序曲」で主から約束された「天」が彼の再登場のために開くこともついになかった。それを埋め合わそうとでもするかのように、ゲーテは『一八一八年の仮装行列劇』にメフィスト自身を登場させ、存分に思いのたけを述べさせている。それは、まるで(「仮面」を被った)ゲーテ自身の「思い」であるように聞こえる。

あのままじゃあ奴は、終生煩悶のうちに過ごしていただろう。
そこへたまたまおれが行き合わせた。
おれは奴に言い聞かせた、生命《いのち》は
生きるためにこそ与えられているのだ、
ふさぎの虫や夢想や、
埒もない思案に逃れてはならないのだ、
生きているあいだは、いきいきと生きよ! と。

ファウストもそれを理解し、おれを道連れに新しい旅に出た、と続けている——。彼の言い分は、「天上の序曲」の主の台詞とも矛盾しない。いわく「人間の活動はとかくゆるみがちで、/すぐ絶対的な休息を求めたがる。/だからわしは人間に仲間をつけておいて、/刺激したり、促したりと、悪魔としてはたらかせるのだ」(三四〇行以下)。また、逆に主の台詞は、「君はいったい何者だ」というファウストの問いに答えた「否定する霊」の謎めいたことば――「つねに悪を欲して、／しかもつねに善を為すあの力の一部です」（一三三五行以下）のパラフレーズとして読むこともできる。

それにしても、かつて〈この世のすべてはいずれ無になる。ならば、生きることにどんな意味があるのか〉という謂のニヒリスティックな決め台詞（一三三九行以下参照）を吐いた同じ口に、別の劇中でとはいえ、「生きているあいだは、いきいきと生きよ！」と語らせるのだ。ゲーテという精神の端倪すべからざる多面性・奥深さを思わないわけにゆかない。

要諦はファウストとメフィスト、「二つの魂」が作者自身の「胸」にも棲んでいる、ということだろう。そしてそのような詩人にとって、その詩劇を「悲劇」と呼ぼうが「喜劇」と呼ぼうと、命名自体にほとんど意味はない。悲喜はもとより裏表なのだ――。肝心なのは「いきいきと生きよ！」であり、その意味で、誕生したばかりのホムンクルスの第一声が、「生まれたからには、ぼくも活動しなくちゃ」（六八八八行）なのは意味深長である（しかも、厳密には「まだ半分しか生まれていない」（八二四八行）ホムンクルスの誕生と仮死状態のファウストの「回復」が軌を一にしている）。ゲーテ自身同意していることだが、「美や有用な活動への傾向」を持ち前の特性とするこの小人間《ホムンクルス》はファウストのエンテレヒーの体現と見ることもできる。ホムンクルスは、最初の活動として異能を発揮し、ヘレナの美に触れて昏倒したファウストの見ている夢を透視し、眠り続ける主人公を美と生命の国、古代ギリシアへと案内する。そして、その小人間《ホムンクルス》自身の誕生には、メフィストが一枚噛んでいたらしいのである（エッカーマン『対話』一八二九年十二月十六日）。

ともあれ、「生まれたからには、活動しなくちゃ」という精神・霊《ガイスト》にとって、本来ニヒリズムは無縁である。やはりエッカーマン相手に人間の「永生 Fortdauer」について説いたゲーテは、「もっとも、われわれ誰もが同じように不死というわけではないのだよ。未来において偉大なエンテレヒーとして現れるためには、現在もまたそうでなければならない」(『対話』一八二九年九月一日)とも述べている。「永遠の生命の保証」としての「活動」という観念である。

望遠鏡の発明による「アルキメデスの点」の発見から出発したアーレントが、近代における〈観照的生〉と〈活動的生〉の序列の転倒をめぐる両義的な考量を経て、最終的に「最高善としての生命《いのち》」に帰結していることも、ここで想起しておいてよいかもしれない。(33) いわく「地上の生は嘆きの谷に似ているかもしれない。しかしそれは、やはりあくまで不死なる生命の始まりにして、その条件であることには変わりがない。そして、その不死性の始まりとして、地上の生にはある絶対的な価値がある」(34)。死において終わる地上の生命がなければ、永遠の生命もまたありえない。生と死はそこでは表裏一体である。生物学者・福岡伸一は、分子レベルにおいても、生命現象それ自体を絶えざる分解と合成、破壊と更新とのバランスのうえに成り立つ「循環的なシステム」と捉え、生命を「流れ」とするならわれわれの身体はその「流れの淀み」であると説いて、生命と自然の循環性を強調している。(35) どんな生命もすべて流れては巡っている、その意味で一瞬であり同時に悠久でもある。

「ニヒリスト鷗外」について、そのニヒリズムを超える契機は何か見いだされるだろうか。一見楽観的に過ぎるようにみえる『仮面』の例の幕切れに、その示唆をかいま見ることはできるであろうか。博士と学生のあいだに〈父―子〉の契りが結ばれ、祝祭的な気分のうちに外出しようとする例の場面である。――「これから君と一しょに精養軒へ往って飯を食って、それから

Chopinを聴こう」。二人に「相互の帰属意識と承認関係」に基づく対等な関係を結ばせるのは、顕微鏡に象徴される西洋近代科学に寄せる大きな期待だけではない。栞が最初に話題にした「ショパン」——「今日のプログラムにはChopinが三つもあります。僕は是非往く積《つもり》です」——が、杉村に相手が自分のいわば「同属」であることを感得させる。

それでは〈Chopin〉とは何者だろうか？　「ピアノの詩人」とも称された作曲家が美と芸術の象徴なのは自明として、この「詩人」は単に甘く美しい愛の旋律を奏でるだけではない。その楽曲は練習曲《エチュード》「革命」や「英雄」ポロネーズを想うまでもなく、力強い躍動感と生命力に溢れ、まさに生命の賛歌——「美や有用な活動への傾向」そのものである。

そして「詩人」といえばすぐ想起されるのは、『第二部』第一幕の「仮装舞踏会」でファウストの扮する「富の神」の乗った龍車を御する少年御者である。どこかホムンクルスを想わせる少年は、こう自己紹介する。「ぼくは浪費です、つまり詩《ポエジー》です。／自分のいちばん大切なものを浪費することで、／自分を本当の存在にする詩人です」（五五七三行以下）。

「ぼくもプルートスに負けないくらい無限に富んでいます」という彼のまき散らす詩の霊感の炎は、凡俗たちのもとでたちまち燃え尽き、少年が本来の領分である善と美の支配する「孤独」へと去って彼の制御を失うと、物質的な富の神プルートスはメフィスト扮する「貪欲」とともに取り残され、宮廷は——インフレの暗喩《メタファー》でもあろう——大火の大災害に見舞われる（真木によれば、時間と同じに、〈貨幣〉は「近代市民社会の存立それ自体の影[36]」である）。

さて、鷗外自身がショパンをどう見ていたかは詳らかでないが、ある種の好感を抱いていたことは『仮面』での用例からも推察できよう。それでは鷗外もまた「最高善としての生命」によって、彼の「ニヒリズム」を超克しえたであろうか――。

惜しむらくは、鷗外にはゲーテにとっての「ホムンクルス」が欠けていた。自然と人間に共通して内在し、「永生」の確信の支えでもあるエンテレヒー、不死なる霊的活力への信頼である。晩年のゲーテには、「私はわれわれの永生を信じて疑わない。自然はエンテレヒーなしには存在できないからだ」（エッカーマン『対話』一八二九年九月一日）といった類の発言が頻繁に見いだされる。存分に生きられた地上での生が最期を迎えるとき、「別の存在形式」を用意するのは自然の責務である、とも述べている（同前、一八二九年二月四日）。結局、最後に鷗外とゲーテの運命を分かつものがあったとすれば、「自然」に対する揺るがぬ信頼と、そして何物にも拘束されない、奔放なまでに自由で豊かな詩的想像力ではなかったろうか――。

それは、二人の作家の資質によるものなのか、それとも二人のおかれた時代や環境のせいだったのか。たとえば強いられた開国によって始まった「外発的」な近代化の立ち後れを取り戻そうとするのに急なあまり、西欧近代の科学技術の成果を受容することに熱心で、それを生んだ歴史や精神に学ぶことを蔑ろにしたといった批判を、ひとり鷗外だけが免れられただろうか。「昨日から今日へと一足飛びに」、ヨーロッパ「十九世紀の全成果を即座に、しかも一時にわが物にしよう」とする「死の跳躍《サルト・モルターレ》」(37)は、つとにベルツの指摘するところであった――。

あるいは「目の人」というより、「欲すると欲せざるとにかかわらず」すべてが「見えてしまう」という呪いのようなものに（主観的に）縛られた、慧眼で冷徹な人の網膜に、幻視のように、一瞬ディストピアとしての未来図の映じることはなかったであろうか。

いずれにしろ、「小道具たち」の精緻化・精密化、デジタル化、つまり自然との極限の距離化と歩度を合わせるように、「仮面」社会はいよいよその性格を強めているように思われる。とりわけ現代の必須の「小道具」ともいうべきインターネットがグローバル化した世界を席捲し、真偽を問わず、偉力《ちから》にもなれば暴力にもなりうる大量の情報が「悪魔的なスピードで veloziferisch」飛び交い、〈ニヒリズムの元凶〉たる近代の時間がいよいよ加速度を増して、一瞬の時間《とき》がことを決する究極の「仮面」社会が到来してみると、真木悠介がかの古典的名著を締め括ったつぎのことばさえ、どこかまだ楽観的な響きを帯びて聞こえるかもしれない。

> 現在が未来によって豊饒化されることはあっても、手段化されることのない時間、開かれた未来についての明晰な認識はあっても、そのことによって人生と歴史をむなしいと感ずることのない時間の感覚と、それを支える現実の生のかたちを追求しなければならない。われわれがもはやたちかえることのできない過ぎ去った共同態とはべつな仕方で、人生が完結して充足しうる時間の構造をとりもどしえたときにはじめて、われわれの時代のタブー、近代の自我の根柢を吹き抜けるあの不吉な影から、われわれは最終的に自由となるだろう（傍点原文）[38]。

真木について「楽観的」云々といったのは間違いであった。そんなことは彼自身、誰よりもよく知悉していたはずである。現に最新の〔そして最晩年の〕著作のひとつ〔となった〕見田宗介『現代社会はどこに向かうか』（岩波新書、二〇一八）において彼は、行き詰まり、閉塞した現代社会にあって「高原の見晴らしを切り開こう」とする困難な試みに果敢に挑んでもいる。

真木の愛する詩人宮沢賢治に『学者アラムハラドの見た着物』という未完に終わった不思議な作品がある。作中、林の中の塾で十一人の子どもを教えている学者アラムハラドが、ある日子供たちに「人が何としてもさうしないでゐられないことは一体どういう事だらう」と質問する。つぎつぎ何人かの子供が様々の答えを返した後、最後に指名されたセララバアドが答える。――「人はほんたうのいゝことが何だかを考へないでゐられないと思ひます」。

アラムハラドはちょっと眼をつぶる。しかしその答えの奥には、何が「ほんたうのさいはひ」だろうと問い返す〈銀河鉄道〉のジョバンニの問いのように、「けれどもほんたうのいゝことは何だらう」という問いがひそんでいる。

真木が「近代の時間」に主眼をおいて論じた高著の最後に掲げたのは、あるいは自分自身に向けた「セララバアドの問い」だったかもしれない。「アラムハラドにもわからなかったし、作者の賢治にも、わからなかった問いである[39]」。そしてわれわれにとっては、「近代」から手渡された永遠の課題であろう。まぎれもない「近代の子」であるわれわれも、鷗外とともに、『ファウスト』を手掛かりに、その問いを問い続けなければならない。

【註】

1 基本文献の一つとして、エンゲルハルト・ヴァイグル（三島憲一訳）『近代の小道具たち』青土社、一九九〇年を挙げておきたい（引用は九七頁）。同書は大部分が一九八八年一〜十二月に「現代思想」

に連載され、Engelhard Weigl: Instrumente der Neuzeit: die Entdeckung der modernen Wirklichkeit, Stuttgart 1990と並行して日本語版として刊行された。

2 ゲーテと視覚については松村朋彦『五感で読むドイツ文学』鳥影社、二〇一七年、特に第二章「視覚の変容」を参照。

3 Erich Heller: Fausts Verdammnis. Die Ethik des Wissens. In: Die Reise der Kunst ins Innere und andere Essays, Frankfurt/M. 1966, S. 44.　E・ヘラー（河原忠彦・渡辺健・杉浦博訳）『芸術の内面への旅』法政大学出版局、一九七二年参照。

4 Romano Guardini: Das Ende der Neuzeit. 9. unveränderte Aufl., Würzburg 1965, S. 19.　R・グァルディーニ（仲手川良雄訳）『近代の終末』創文社、一九六八年参照。

5 Hannah Arendt: Vita activa oder Vom tätigen Leben.Ungekürzte Taschenbuchausgabe, München 2002, S. 318 u. 336.　H・アーレント（森一郎訳）『活動的生』みすず書房、二〇一五年参照。また、原著は最初に英語版（*The Human Condition*, Chicago 1958）が出版されたが、その邦訳（志水速雄訳）『人間の条件』（ちくま学芸文庫）一九九四年をも参照。

6 Ebd., S. 368. 別の箇所でアーレントは、「近代自然科学の発展全体の根底にある」こうした力業を、端的に「地球‐疎外（大地からの疎外）Erd-Entfremdung」と呼んでいる（S. 337）。高橋義人「ファウストと大地からの疎外――ゲーテはコロナ・パンデミックを予見していたか」、「モルフォロギア」第四三号、二〇二一年所収、をも参照。

7 石原あえか『科学する詩人ゲーテ』慶應義塾大学出版会、二〇一〇年、特に第3章「避雷針と望遠鏡――ゲーテと物理学」参照。

8 E・ヴァイグル、前掲書、一〇〇頁。

9 Hans Dietrich Irmscher: Wilhelm Meister auf der Sternwarte. Goethe-Jahrbuch 110 (1993), S. 289.

10 E. Heller, a.a.O., S. 39f.

11 H. Arendt, a.a.O., S. 334.

12 E・ヴァイグル、前掲書、六六頁。

13 オウィディウス（中村善也訳）『変身物語（上）』（岩波文庫）一九八一年、三四〇頁。

14 この段落、E・ヴァイグル、前掲書、特に第Ⅳ章「ARCANA NATURAE DETECTA 顕微鏡による自然の秘密の発見」および石原あえか、前掲書、第3章、また大林信治・山中浩司編著『視覚と近代』名古屋大学出版会、一九九九年、第Ⅲ章、山中浩司「視覚技術の受容と拒絶――一七〜一九世紀における顕微鏡と科学」を参照。

15 E・ヴァイグル、前掲書、一一四頁以下参照。

16 坂本賢三『ベーコン〈人類の知的遺産30〉』講談社、一九八一年、二二四頁、およびベーコン（服部英次郎・多田英次訳）『学問の進歩』（岩波文庫）一九八三年、二〇頁参照。

17 山中浩司、前掲書、一二六頁。

18 西澤光義「下水中の病原細菌について」の項。平川祐弘編『森鷗外事典』新曜社、二〇二〇年、一九六頁以下。また西澤光義「鷗外森林太郎の三科学論文総評」、「文学」第一七巻第二号（二〇一六）所収を参照。

19 坂内正『鷗外最大の悲劇』新潮社、二〇〇一年は、鷗外における「脚気問題」について、実証的かつ委曲を尽くして啓発的で、説得力がある。同書に多くを依拠する所以である。

20 山中浩司、前掲書、一二四頁。
21 E・ヴァイグル、前掲書、五二頁以下。
22 Vgl. Cornelius Castoriadis: Die Gesellschaft als imaginäre Institution, Frankfurt/M. 1984. C・カストリアディス（江口幹訳）『想念が社会を創る――社会的想念と制度』法政大学出版局、一九九四年参照。
23 G・ベーメ（久山雄甫訳）「ゲーテと近代文明」、「モルフォロギア」第三四号、二〇一二年、引用は二〇、三〇頁および二一頁。Vgl. auch Gernot Böhme: Goethes Faust als philosophischer Text, Zug/Schweiz 2005.
24 前田愛『都市空間のなかの文学』筑摩書房、一九八二年、一五二頁。
25 西本郁子『時間意識の近代――「時は金なり」の社会史』法政大学出版局、二〇〇六年、特に第3章「ふたつの時刻制度のはざまで」参照。引用は石井研堂『明治文化全集・別巻・明治事物起源』日本評論社、一九六九年、一二五六頁。
26 前田愛、前掲書、一四八頁以下。
27 三好行雄「解説」、『近代文学注釈体系　森鷗外』有精堂、一九六六年、三七四頁。
28 高橋義孝『森鷗外』（一時間文庫）新潮社、一九五四年、一六二頁以下。
29 同書、五一頁。
30 H. Arendt, a.a.O., S. 367.
31 真木悠介『時間の比較社会学』岩波書店、一九八一年、四〇頁以下。またE・ミンコフスキー（中江育生・清水誠訳）『生きられる時間Ｉ』みすず書房、一九七二年参照。
32 詳述はできないが、メフィストの顕著な特性のひとつに、己れをも笑い相対化する「道化」性を挙げることができる。拙書『「ファウスト」研究序説』補論1「道化メフィスト」を参照。

33 Vgl. H. Arendt, a.a.O., S. 399ff. (Kap. 44: Das Leben als der Güter höchstes). 同様に「近代文化の基本原理」を問う現代ドイツの社会学者H・ローザが、「加速 Beschleunigung」を――その両義性を十分洞察しながらも――最終的にそれと認め、その本質に「運動そのものへの愛」を見ていることを指摘しておきたい。ハルトムート・ローザ（出口剛司監訳）『加速する社会――近代における時間構造の変容』福村出版、二〇二二年、特に第2章「運動への愛から加速の法則へ――近代の観察」参照。

34 Ebd., S. 402f.

35 福岡伸一『動的平衡』木楽舎、二〇〇九年、特に第8章「生命は分子の〈淀み〉」参照。

36 真木悠介、前掲書、二六三頁ほか。

37 トク・ベルツ編（菅沼竜太郎訳）『ベルツの日記 第一部（上）』（岩波文庫）一九五一年、二一五頁。

38 真木悠介、前掲書、三〇〇頁以下。真木はGemeinschaft（共同体）の訳語として独特の「共同態」の語をあてている。

39 見田宗介『宮沢賢治　存在の祭りの中へ』（同時代ライブラリー）岩波書店、一九九一年、一五一頁以下参照。――因みに、社会学者・見田宗介が本名（『現代社会はどこに向かうか』は見田宗介著）とペンネーム・真木悠介を使い分けたのは、両者を「分節化」したというよりむしろ、賢治に理想の形をみた、詩人と科学者との完全な融合一致を夢見てのことだったかもしれない。

# 参考文献

**《テクスト（作品）》**

それぞれ最初に挙げたものをテクストとして使用し、併記したもの（おおむね出版年順）を必要に応じ参照した。

ゲーテ『ファウスト』からの引用にさいしては、本文中（　）内に行数のみ記した。

訳出に当たっては、各種の既訳（後掲）を参照した（特に手塚富雄訳からは多くを学び、訳文をそのまま拝借した個所もある）。

本書における『ファウスト』解釈は、基本的に拙著『「ファウスト」研究序説』（鳥影社、二〇一六年）に依拠しており、部分的に記述の重複する箇所があることをお断りしたい。

**〈ゲーテ以前の『ファウスト』〉**

Historia von D. Johann Fausten. Text des Druckes von 1587. Kritische Ausgabe. Hrsg. von Stephan Füssel und Hans Joachim Kreutzer, Stuttgart (Reclam) 1988.

Historia von D. Johann Fausten. Neudruck des Faust-Buches von 1587. Hrsg. und eingeleitet von Hans Henning, Halle (Saale) 1963.

Marlowe, Christopher: Die tragische Historie vom Doktor Faustus. Deutsche Fassung. Nachwort und Anmerkungen von Adolf Seebass, Stuttgart (Reclam) 1964.

〈ゲーテ『ファウスト』〉

Goethe: Faust (= Sonderausgabe von Bd. 3 der Hamburger Goethe-Ausgabe). Hrsg. und kommentiert von Erich Trunz, 13., neubearbeitete und erweiterte Aufl., München 1986.

Johann Wolfgang Goethe: Faust. Texte (= Band 7/1 der Frankfurter Goethe-Ausgabe). Hrsg. von Albrecht Schöne, 4., überarbeitete Aufl., Frankfurt/M. 1999.

Goethe: Die Faustdichtungen (= Band 5 der Artemis-Gedenkausgabe). Hrsg. von Ernst Beutler, 3. Aufl., Zürich u. München 1977.

Goethe: Faust. Der Tragödie Erster Teil (= Bd. 6・1 der Münchner Goethe-Ausgabe). Hrsg. von Victor Lange, München u. Wien 1986.

Goethe: Faust. Der Tragödie Zweiter Teil (= Bd. 18・1 der Münchner Goethe-Ausgabe). Hrsg. von G. Henckmann u. D. H.-Lohmeyer, München u. Wien 1997.

Johann Wolfgang Goethe: Faust-Dichtungen, 3 Bde. Hrsg. von Ulrich Gaier, Stuttgart 1999.

〈その他のゲーテの作品〉

Johann Wolfgang Goethe: Sämtliche Werke, Briefe, Tagebücher und Gespräche, 40 Bde (= Frankfurter Ausgabe). Hrsg. von Dieter Borchmeyer u. a., Frankfurt/M. 1985~99.

Goethes Werke. Hamburger Ausgabe in 14 Bänden. Hrsg. von Erich Trunz, Hamburg 1948~64; Neubearbeitete Aufl., München 1981.
Johann Wolfgang Goethe: Gedenkausgabe der Werke, Briefe und Gespräche, 24 Bde (= Artemis Gedenkausgabe). Hrsg. von Ernst Beutler, Zürich 1948~54.
Johann Wolfgang Goethe: Sämtliche Werke nach Epochen seines Schaffens. Münchner Ausgabe, 21 Bde. in 33 Tln. Hrsg. von Karl Richter u. a., München 1985~98.

*

Eckermann, Johann Peter: Gespräche mit Goethe in den letzten Jahren seines Lebens (= Bd. 39 der Frankfurter Ausgabe) Frankfurt/M. 1999.
Goethes Gespräche in 4 Bänden. Biedermannsche Ausgabe, Zürich 1965~84.
Gräf, Hans Gerhard: Goethe über seine Dichtungen. Die dramatischen Dichtungen, Bd. 2, Frankfurt/M. 1904.

**〈鷗外の作品〉**

旧漢字・旧仮名づかいを採用した章と、新漢字・新仮名づかいで引いた章とがあり、全体は統一されていない。旧漢字・旧仮名の場合は、他のテクストを参考に適宜ルビを付した。

『森鷗外全集　全14巻』（ちくま文庫）一九九六年。
『鷗外近代小説集　全六巻』岩波書店、二〇一二～一三年。
『鷗外選集（新書版）』（全二一巻）岩波書店、一九七八年。

高橋義孝選による、彼が「鷗外短編集」「別巻鷗外短編集」と呼ぶ二巻の短編集（新潮文庫、一九六八）をはじめ、各種文庫版テクストもできるだけ参考にした。

必要に応じ適宜『鷗外全集』（全三八巻）岩波書店、一九七二〜七五年を参看した。

## 《主要参考文献（欧文）》

本書の性格に鑑み、煩瑣になることを避けて主要な文献に限定して挙げることとする（詳細は拙著『「ファウスト」研究序説』に付した「参考文献」を参照されたい）。

### 〈『ファウスト』注釈書（アルファベット順）〉


Arens, Hans: Kommentar zu Goethes Faust I, II, Heidelberg 1982, 1989.

Beutler, Ernst: Goethe. Faust und Urfaust. Erläutert von E. Beutler, Wiesbaden 1953.

Gaier, Ulrich: Goethes Faust-Dichtungen. Ein Kommentar, Bd. 1: Urfaust, Stuttgart 1989.

Gaier, Ulrich: Johann Wolfgang Goethe, Faust-Dichtungen, Bd. 2, 3: Kommentar I, II, Stuttgart 1999.

Schöne, Albrecht: Johann Wolfgang Goethe: Faust. Kommentare (= Band 7/2 der Frankfurter Goethe-Ausgabe), 4., überarbeitete Aufl., Frankfurt/M. 1999.

Trunz, Erich: Anmerkungen des Herausgebers zu Hamburger Ausgabe, Bd. III, 13., neubearbeitete u. erweiterte Aufl., München 1986.

〈その他の二次文献（アルファベット順）〉

Alewyn, Richard: Das große Welttheater. Zweite, erweiterte Aufl., München 1985.

Bachtin, Michail M.: Formen der Zeit im Roman. Untersuchungen zur historischen Poetik. Aus dem Russischen von Michael Dewey, Frankfurt/M. 1989.

Bacon, Francis: Weisheit der Alten. Hrsg. von P. Rippel, Frankfurt/M. 1990.

Bahr, Ehrhard: Die Ironie im Spätwerk Goethes. „diese sehr ernsten Scherze“ Studien zum *West-östlichen Divan*, zu den *Wanderjahren* und zu *Faust II*. Berlin 1972.

Beck, Ulrich: Risikogesellschaft. Auf dem Weg in eine andere Moderne, Frankfurt/M. 1986.

Binswanger, Hans Christoph: Geld und Magie. Deutung und Kritik der modernen Wirtschaft anhand von Goethes Faust, Stuttgart 1985.

Böhme, Gernot : Goethes Faust als philosophischer Text, Zug/Schweiz 2005.

Borchmeyer, Dieter: Weimarer Klassik. Portrait einer Epoche, Weinheim 1994.

Böschenstein, Renate: Idylle, Stuttgart 1967.

Conrady, Karl Otto: Goethe. Leben und Werk, 2. Aufl., Düsseldorf u. Zürich 1999.

Emrich, Wilhelm: Die Symbolik von Faust II. Sinn und Vorformen, 2., durchges. Aufl., Bonn 1957.

Fischer, Paul: Goethe-Wortschatz, Leipzig 1929.

Friedenthal, Richard: Goethe. Sein Leben und seine Zeit, München 1963.

Gaier, Ulrich: Fausts Modernität. Essays, Stuttgart 2000.

Guardini, Romano: Das Ende der Neuzeit. Ein Versuch zur Orientierung. Neunte unveränderte Aufl.,

Würzburg 1965.

Henning, Hans: Faust in fünf Jahrhunderten. Ein Überblick zur Geschichte des Faust-Stoffes vom 16. Jahrhundert bis zur Gegenwart, Halle (Saale) 1963.

Heller, Erich: Fausts Verdammnis. Die Ethik des Wissens. In: Die Reise der Kunst ins Innere und andere Essays, Frankfurt/M. 1966.

Herder, Johann Gottfried: Journal meiner Reise im Jahr 1769. In: Johann Gottfried Herder: Werke. Hrsg. von Wolfgang Pross, Bd. 1, München 1984,

Hertz, Gottfried Wilhelm: Natur und Geist in Goethes Faust, Frankfurt/M. 1931.

Jaeger, Michael: Fausts Kolonie. Goethes kritische Phänomenologie der Moderne, 2. Aufl., Würzburg 2005.

Jens, Hermann: Mythologisches Lexikon, München 1958.

Kaiser, Gerhard: Wandrer und Idylle, Göttingen 1977.

Kaiser, Gerhard: Ist der Mensch zu retten? Vision und Kritik der Moderne in Goethes *Faust*. Freiburg im Breisgau 1994.

Kaiser, Gerhard: Goethe – Nähe durch Abstand. Vorträge und Studien, 2. Aufl., Weimar 2001.

Keller, Werner: Größe und Elend, Schuld und Gnade. In: Aufsätze zu Goethes Faust II. Hrsg. von W. Keller, Darmstadt 1991.

Keller, Werner: Faust. Eine Tragödie. In: Interpretationen. Goethes Dramen. Hrsg. von Walter Hinderer, Stuttgart (Reclam) 1992.

Kerényi, Karl: Das ägäische Fest. Eine mythologische Studie. In: Humanistische Seelenforschung, Darmstadt 1966.

Kluge, Friedrich: Etymologisches Wörterbuch der deutschen Sprache, Berlin 1957.

Kommerell, Max: Gedanken über Gedichte, Frankfurt/M. 1956.

Kommerell, Max: Geist und Buchstabe der Dichtung, Frankfurt/M. 1956.

Kreutzer, Leo: Goethes Moderne. Essays, Hannover 2011.

Mann, Thomas: Über Goethe's *Faust*. Gesammelte Werke in 13 Bänden, Bd. IX, Frankfurt/M. 1974.

Meyer, Herman: Diese sehr ernsten Scherze. Eine Studie zu Faust II, Heidelberg 1970.

Meyer, Herman : „Friede den Hütten, Krieg den Palästen". In: Jahrbuch der Deutschen Akademie für Sprache und Dichtung 1974, Heidelberg 1975.

Mommsen, Katharina: Natur- und Fabelreich in Faust II, Berlin 1968.

Nietzsche, Friedrich: Unzeitgemäße Betrachtungen. In: Werke in 3 Bänden. Hrsg. von Karl Schlechta, Bd. 1, München 1966.

Osten, Manfred: „Alles veloziferisch" oder Goethes Entdeckung der Langsamkeit. Zur Modernität eines Klassikers im 21. Jahrhundert, Frankfurt/M. u. Leipzig 2003.

Requadt, Paul: Goethes Faust I. Leitmotivik und Architektur, München 1972.

Rosa, Hartmut: Beschleunigung. Die Veränderung der Zeitstrukturen in der Moderne, Frankfurt/ M. 2005.

Schadewaldt, Wolfgang: Goethestudien. Natur und Altertum, Zürich u. Stuttgart 1963.

Schings, Hans-Jürgen: Faust und der „Gott der neuern Zeit". Goethe als Kritiker des Faustischen. In:

Goethe-Jahrbuch der Goethe-Gesellschaft in Japan 43 (2001).
Schlaffer, Heinz: Faust Zweiter Teil. Die Allegorie des 19. Jahrhunderts, Stuttgart 1981.
Schmidt, Jochen: Goethes Faust. Erster und Zweiter Teil. Grundlagen – Werk – Wirkung, München 1999.
Schöne, Albrecht: Götterzeichen – Liebeszauber – Satanskult. Neue Einblicke in alte Goethetexte, München 1982.
Staiger, Emil: Goethe, Bd. I, II, III, Zürich 1952~59.
Stöcklein, Paul: Die Sorge im Faust. In: Wege zum späten Goethe, Hamburg 1949.
Strich, Fritz: Goethes Faust, Bern u. München 1964.
Vischer, Friedrich Theodor: Zum Zweiten Theile von Goethe's Faust. In: Aufsätze zu Goethes Faust II. Hrsg. von W. Keller, Darmstadt 1991.
Wiese, Benno von: Die deutsche Tragödie von Lessing bis Hebbel, 8. Aufl., Hamburg 1973.
Zimmermann, Rolf Christian: Das Weltbild des jungen Goethe. Studien zur hermetischen Tradition des deutschen 18. Jahrhunderts. Bd. 2: Interpretation und Dokumentation, München 1979.

## 《主要参考文献（和文〔邦訳を含む〕）》

エッカーマン（山下肇訳）『ゲーテとの対話（上）（中）（下）』（岩波文庫）二〇一二年改版。

ビーダーマン編（大野俊一ほか訳）『ゲーテ対話録（全5巻）』白水社、一九六二〜七〇年。

＊

〈『ファウスト』邦訳（出版年順）〉


『ファウスト博士――付　人形芝居ファウスト』（ドイツ民衆本の世界Ⅲ、松浦純訳）国書刊行会、一九八八年。

マーロー、クリストファー（小田島雄志訳）『マルタ島のユダヤ人／フォースタス博士』（エリザベス朝演劇集Ⅰ）白水社、一九九五年。

＊

『ファウスト第一部』『第二部』（森林太郎訳）岩波文庫、一九四〇年、一九四三年。

『ファウスト第一部』『第二部』（相良守峯訳）岩波文庫、一九五八年。

『ファウスト』（大山定一訳）人文書院（「ゲーテ全集」第二巻）一九六〇年。

『ファウスト第一部』『第二部』（高橋義孝訳）新潮文庫、一九六七年、一九六八年。

『ファウスト　悲劇』（手塚富雄訳）中央公論社、一九七一年。

『ファウスト』（井上正蔵訳）集英社（「愛蔵版世界文学全集」第七巻）一九七六年。

『ファウスト』（山下肇訳）潮出版社（「ゲーテ全集」第三巻）一九九二年。

『ファウスト』（小西悟訳）大月書店、一九九八年。

『ファウスト』（柴田翔訳）講談社、一九九九年。

『ファウスト第一部』『第二部』（池内紀訳）集英社、一九九九年、二〇〇〇年。
『ファウスト 悲劇第一部』『悲劇第二部』（手塚富雄訳）中公文庫（改版）二〇一九年。
＊
『ウルファウスト』（前田和美訳）潮出版社（「ゲーテ全集」第三巻）一九九二年。
『原形ファウスト』（新妻篤訳）同学社、二〇一一年。
『ファウスト』（手塚治虫作）不二書房、一九五〇年。
『絵本ファウスト』（山本容子絵・池内紀文）集英社、二〇〇〇年。

〈『**ファウスト**』**注釈書および研究書**（**出版年順**）〉

森林太郎『ファウスト考』冨山房、一九一三（大正二）年。
菊池栄一『ファウスト第2部注解』南江堂、一九六四年。
越塚信行『ゲーテ・ファウスト第一部──解説と注釈──』郁文堂、一九七四年。
高橋義孝『ファウスト集注』郁文堂、一九七九年。
渡邉信生『ゲーテ「ファウスト」（第一部）釈註』鳥影社、二〇一〇年。
＊
道家忠道『ファウストとゲーテ』郁文堂、一九七九年。
柴田翔『ゲーテ「ファウスト」を読む』岩波書店、一九八五年。
小栗浩『「ファウスト」論考──解釈の試み──』東洋出版、一九八七年。
新妻篤『ゲーテ「悲劇ファウスト」を読みなおす』鳥影社、二〇一五年。

田中岩男『「ファウスト」研究序説』鳥影社、二〇一六年。

〈**森鷗外関係の注釈書および研究書（出版年順）**〉

三好行雄『近代文学注釈体系　森鷗外』有精堂、一九六六年。

山崎一穎編『日本文学研究資料叢書　森鷗外Ⅰ』有精堂、一九七〇年。

磯貝英夫編『森鷗外』（『鑑賞日本現代文学①　森鷗外』）角川書店、一九八一年。

小堀桂一郎『森鷗外――文業解題・創作篇』岩波書店、一九八二年。

小堀桂一郎『森鷗外――文業解題・翻訳篇』岩波書店、一九八二年。

田中実編『森鷗外初期作品の世界〈日本文学研究資料新集13〉』有精堂、一九八七年。

平川祐弘・平岡敏夫・竹盛天雄編『講座森鷗外　第二巻　鷗外の作品』新曜社、一九九七年。

小堀鷗一郎・横光桃子編『鷗外の遺産3　社会へ』幻戯書房、二〇〇六年。

平川祐弘編『森鷗外事典』新曜社、二〇二〇年。

＊

木下杢太郎『森鷗外』（「岩波講座　日本文學」）岩波書店、一九三二年。

岡崎義恵『鷗外と諦念　下』岩波書店、一九五〇年。

高橋義孝『森鷗外』（一時間文庫）新潮社、一九五四年。

小堀桂一郎『若き日の森鷗外』東京大学出版会、一九六九年。

中野重治『鷗外　その側面』筑摩書房、一九七二年。

蒲生芳郎『森鷗外　その冒険と挫折』春秋社、一九七四年。

小堀桂一郎『西學東漸の門――森鷗外研究――』朝日出版社、一九七六年。

小堀杏奴『晩年の父』（岩波文庫）一九八一年。

竹盛天雄『鷗外　その紋様』小沢書店、一九八四年。

福永武彦『鷗外・漱石・龍之介　意中の文士たち（上）』（講談社文芸文庫）一九九四年。

坂内正『鷗外最大の悲劇』新潮社、二〇〇一年。

西成彦『胸さわぎの鷗外』人文書院、二〇一三年。

小堀桂一郎『森鷗外――日本はまだ普請中だ』ミネルヴァ書房、二〇一三年。


**〈その他の二次文献〔雑誌論文を含む〕（あいうえお順）〉**


アーレント、ハンナ（志水速雄訳）『人間の条件』（ちくま学芸文庫）一九九四年。

アーレント、ハンナ（森一郎訳）『活動的生』みすず書房、二〇一五年。

アレヴィン、リヒャルト／ゼルツレ、カール（円子修平訳）『大世界劇場――宮廷祝宴の時代』法政大学出版局、一九八五年。

赤坂憲雄・小熊英二編著『〈辺境〉からはじまる――東京／東北論』明石書店、二〇一二年。

天野郁夫『学歴の社会史――教育と日本の近代』新潮社、一九九二年。

荒木繁・山本吉左右編注『説経節』平凡社、一九七三年。

伊佐久三四郎『幻の人車鉄道――豆相人車の跡を行く』河出書房新社、二〇〇〇年。

石井研堂『明治文化全集・別巻・明治事物起源』日本評論社、一九六九年。

石原あえか『科学する詩人ゲーテ』慶應義塾大学出版会、二〇一〇年。

今村仁司『近代性の構造――「企て」から「試み」へ』講談社、一九九四年。

今村仁司『近代の思想構造――世界像・時間意識・労働』人文書院、一九九八年。

ヴァイグル、エンゲルハルト（三島憲一訳）『近代の小道具たち』青土社、一九九〇年。

内山節『時間についての十二章――哲学における時間の問題』岩波書店、一九九三年。

内山節『子どもたちの時間――山村から教育をみる』岩波書店、一九九六年。

エラスムス（渡辺一夫・二宮敬訳）『痴愚神礼讃』、『エラスムス／トマス・モア』〈世界の名著22〉中央公論社、一九八〇年。

オウィディウス（中村善也訳）『変身物語（上）』（岩波文庫）一九八一年。

大林信治・山中浩司編著『視覚と近代』名古屋大学出版会、一九九九年。

オステン、マンフレート（石原あえか訳）『ファウストとホムンクルス――ゲーテと近代の悪魔的速度』慶應義塾大学出版会、二〇〇九年。

オリガス、ジャン＝ジャック「〈蜘蛛手〉の街――漱石初期の作品の一断面」、「季刊芸術」24号、一九七三年。

ガイアー、ウルリヒ（宮田眞治訳）「ゲーテの『ファウスト』――近代の悲劇的総括としての」、「モルフォロギア」第二〇号、一九九八年。

カストリアディス、コルネリュウス（江口幹訳）『想念が社会を創る――社会的想念と制度』法政大学出版局、一九九四年。

加藤周一『日本文学史序説　下』（ちくま学芸文庫）一九九九年。

樺山紘一『ルネサンス』（講談社学術文庫）一九九三年。

亀井秀雄「『舞姫』読解の留意点」、「月刊国語教育」創刊号、一九八一年八月。

唐木順三『日本の心』筑摩書房、一九六五年。

柄谷行人『日本近代文学の起源』講談社、一九八〇年。

川村二郎『翻訳の日本語』（「日本語の世界15」）中央公論社、一九八一年。

菊池良生『ハプスブルク家の光芒』作品社、一九九七年。

木村直司『続　ゲーテ研究――ドイツ古典主義の一系譜――』南窓社、一九八三年。

グァルディーニ、ロマーノ（仲手川良雄訳）『近代の終末』創文社、一九六八年。

国木田独歩『武蔵野』（岩波文庫、改版第一刷）二〇〇六年。

呉茂一『ギリシア神話』新潮社、一九六九年。

高津春繁『ギリシア・ローマ神話辞典』岩波書店、一九六〇年。

コット、ヤン（高山宏訳）「フォースタス博士のふたつの地獄」、『シェイクスピア・カーニヴァル』

平凡社、一九八九年。

コメレル、マクス（新井靖一ほか訳）『文学の精神と文字』国文社、一九八八年。

小森陽一「『舞姫』試論」、「成城國文學論集」16、一九八四年。

西澤光義「鷗外森林太郎の三科学論文総評」、「文学」第一七巻第二号、二〇一六年。

西澤光義「下水中の病原細菌について」、平川祐弘編『森鷗外事典』新曜社、二〇二〇年。

坂井栄八郎『ゲーテとその時代』、朝日新聞社、一九九六年。

坂本賢三『ベーコン〈人類の知的遺産30〉』講談社、一九八一年。

相良亨ほか編『講座　日本思想』第一巻「自然」東京大学出版会、一九八三年。

座小田豊・尾崎彰宏編『今を生きる――東日本大震災から明日へ！ 復興と再生への提言――1 人間として』東北大学出版会、二〇一二年。

柴田翔『闊歩するゲーテ』筑摩書房、二〇〇九年。

司馬遼太郎『本郷界隈』（「街道をゆく37」）朝日文芸文庫、一九九六年。

澁澤龍彦『思考の紋章学』河出書房新社、一九七七年。

清水威能子「グレートヒェンという名前の神話」、『文学における不在 原研二先生追悼論文集』二〇一一年。

清水茂「ニヒリスト鷗外の定立と挫折――『灰燼』をめぐる覚え書き」、「日本近代文学」第一七集、一九七二年十月。

清水孝純「引用のドラマとしての『青年』」、『講座森鷗外 第二巻 鷗外の作品』新曜社、一九九七年。

ジョルダーノ、パオロ（飯田亮介訳）『コロナの時代の僕ら』早川書房、二〇二〇年。

高橋義人『形態と象徴――ゲーテと〈緑の自然科学〉』岩波書店、一九八八年。

高橋義人「ファウストと大地からの疎外――ゲーテはコロナ・パンデミックを予見していたか」、「モルフォロギア」第四三号、二〇二一年。

竹盛天雄「『灰燼』幻想」、『日本文学研究資料叢書 森鷗外』有精堂、一九七〇年。

竹盛天雄「『舞姫』論――序説 その〈恍惚〉をめぐって」、「國文學」一九七二年三月。

竹盛天雄「〈明治廿一年の冬〉――『舞姫』論」、「国語と国文学」一九七二年四月。

竹盛天雄「豊太郎の反噬（一）（二）――『舞姫』論」、「國文學」一九七二年八・九月。

竹盛天雄「『灰燼』再考」、『鷗外　その紋様』小沢書店、一九八四年。

田中岩男『ゲーテと小説――「ヴィルヘルム・マイスターの修業時代」を読む』郁文堂、一九九九年。

田中岩男「エンデ〈時間の花〉とゲーテ〈母たちの国〉――《『ファウスト』と時間》論のための予備的考察」、『エルンテ――〈北〉のゲルマニスティク』郁文堂、一九九九年。

田中岩男「〈美〉の探求者ファウスト、あるいはヘレナ劇の時間」、「東北ドイツ文学研究」第四五号、二〇〇一年。

田中岩男「〈飛ばない〉ファウスト、または理性の時代のファウスト像――レッシングの『ファウスト断片』」、弘前大学人文学部「人文社会論叢」（人文科学篇）第一二号、二〇〇四年。

田中美代子「昼の生活・夜の生活」、「森鷗外全集」第二巻『普請中／青年』（ちくま文庫版）「解説」、一九九五年。

田中美代子「群がる影法師」、「森鷗外全集」第三巻『灰燼　かのように』（ちくま文庫版）「解説」、一九九五年。

谷川徹三『童話集　風の又三郎 他十八篇』（岩波文庫）「解説」、一九五一年。

デカルト（谷川多佳子訳）『方法序説』（岩波文庫）一九九七年。

十川信介『近代日本文学案内』（岩波文庫）二〇〇八年。

トルストイ、レフ（中村白葉訳）「人にはどれほどの土地がいるか」、『トルストイ民話集　イワンの馬鹿　他九篇』（岩波文庫）一九五〇年。

中村元『佛教語大辞典』東京書籍、一九七五年。

中村志朗『クライスト序説――現代文学の開拓者』未来社、一九九七年。

西本郁子『時間意識の近代――「時は金なり」の社会史』法政大学出版局、二〇〇六年。

野溝七生子「森鷗外とゲエテ再び――主として『舞姫』『うたかたの記』と『ファウスト』について」、東洋大「近代文学研究」13、一九六六年。

長谷川つとむ『魔術師ファウストの転生』東京書籍、一九八三年。

バフチン、ミハイル（北岡誠司訳）『小説の時空間』新時代社、一九八七年。

原子朗『新・宮澤賢治語彙辞典』東京書籍、一九九九年。

ビンスヴァンガー、ハンス・クリストフ（清水健次訳）『金《かね》と魔術――「ファウスト」と近代経済』法政大学出版局、一九九二年。

プーレ、ジョルジュ（井上究一郎ほか訳）『人間的時間の研究』筑摩書房、一九六九年。

フォークナー、ウィリアム（加島祥造訳）『熊　他三篇』（岩波文庫）二〇〇〇年。

福井憲彦『時間と習俗の社会史――生きられたフランス近代へ』新曜社、一九八六年。

福井憲彦『鏡としての歴史――現在へのメッセージを読む』日本エディタースクール出版部、一九九〇年。

福岡伸一『動的平衡』木楽舎、二〇〇九年。

福永武彦『草の花』新潮社、一九五四年。

福原泰平「エロス/タナトス」、今村仁司編『現代思想を読む事典』（講談社現代新書）一九八八年。

フリーデンタール、リヒャルト（平野雅史ほか訳）『ゲーテ――その生涯と時代（上）（下）』講談社、一九七九年。

ベイ、アリフィン『近代化とイスラーム』めこん、一九八一年。

ベーコン、フランシス（服部英次郎・多田英次訳）『学問の進歩』（岩波文庫）一九八三年。

ベーコン、フランシス（桂寿一訳）『ノヴム・オルガヌム』（岩波文庫）二〇一一年。

ベーメ、ゲルノート（久山雄甫訳）「ゲーテと近代文明」、「モルフォロギア」第三四号、二〇一二年。

ベック、ウルリヒ（東廉・伊藤美登里訳）『危険社会——新しい近代への道』法政大学出版局、一九九八年。

ペトラルカ（近藤恒一編訳）『ルネサンス書簡集』（岩波文庫）一九八九年。

ヘラー、エーリヒ（河原忠彦・渡辺健・杉浦博訳）『芸術の内面への旅』法政大学出版局、一九七二年。

ヘルダー、ヨハン・ゴットフリート（嶋田洋一郎訳）『ヘルダー旅日記』九州大学出版会、二〇〇二年。

ベルツ、トク編（菅沼竜太郎訳）『ベルツの日記　第一部（上）』（岩波文庫）一九五一年。

ポオ、エドガー・アラン（谷崎精二訳）「鐘楼の悪魔」、『ポオ小説全集』第4巻「探美小説」春秋社、一九六三年。

ポオ、エドガー・アラン（野崎孝訳）「鐘楼の悪魔」、『ポオ全集』第1巻、東京創元新社、一九六三年。

星野慎一『ゲーテと鷗外』潮出版社、一九七五年。

前田愛『都市空間のなかの文学』筑摩書房、一九八二年。

真木悠介『時間の比較社会学』岩波書店、一九八一年。

益田勝実「古代人の心情」、相良亨ほか編『講座　日本思想』第一巻「自然」東京大学出版会、一九八三年。

松浦純「ファウスト博士——物語の誕生」、『ファウスト博士——付　人形芝居ファウスト』（ドイツ民衆本の世界Ⅲ）「解説」、国書刊行会、一九八八年。

松村朋彦『五感で読むドイツ文学』鳥影社、二〇一七年。

丸谷才一『たった一人の反乱』講談社、一九七二年。

マン、トーマス（山崎章甫訳）『講演集　ゲーテを語る』（岩波文庫）一九九三年。

三木清『人生論ノート』（新潮文庫）一九五四年（一九八五年改版）。

見田宗介『宮沢賢治　存在の祭りの中へ』（同時代ライブラリー）岩波書店、一九九一年。

見田宗介『現代社会はどこに向かうか』（岩波新書）二〇一八年。

宮沢清六・入澤康夫編集『新修　宮沢賢治全集』第十一巻「後記（解説）」筑摩書房、一九七九年。

宮永孝「鷗外とポー――ポーの訳者としての鷗外」、森鷗外記念会〔編〕「鷗外」第二〇号、一九七七年。

三好行雄『行人』（岩波文庫）一九九〇年改版「解説」。

三好行雄『新装版　日本文学の近代と反近代』東京大学出版会、二〇一五年。

ミンコフスキー、ウジェーヌ（中江育生・清水誠訳）『生きられる時間Ⅰ』みすず書房、一九七二年。

柳父章『翻訳語成立事情』（岩波新書）一九八二年。

山口四郎『ドイツ詩必携』鳥影社、二〇〇一年。

山口徹「森鷗外『ぢいさんばあさん』論――語りなおされた『舞姫』」、『〈国語教育〉とテクスト論』ひつじ書房、二〇〇九年。

山口昌男・前田愛〈対談〉「『舞姫』の記号学」、「國文學〈特集・鷗外――その表現の神話学〉」一九八二年七月。

山口昌男「今日のトリックスター論」、ポール・ラディンほか『トリックスター』「解説」、晶文社、一九七四年。

山口昌男『道化の民俗学』新潮社、一九七五年。

山崎正和『不機嫌の時代』新潮社、一九七六年。

山下肇『ドイツ文学とその時代〔増補版〕』有信堂、一九七八年。

山中浩司「視覚技術の受容と拒絶——一七〜一九世紀における顕微鏡と科学」、大林信治・山中浩司編著『視覚と近代』名古屋大学出版会、一九九九年。

山本義隆『近代日本一五〇年——科学技術総力戦体制の破綻』(岩波新書) 二〇一八年。

養老孟司「ゲーテ『ファウスト』の今日の意味」、『脳の中の過程』哲学書房、一九八六年。

ル・ゴッフ、ジャック(渡辺香根夫訳)『中世の高利貸』法政大学出版局、一九八九年。

ル・ゴフ、ジャック(新倉俊一訳)「教会の時間と商人の時間」、「思想」一九七九年九月号。

ル・ゴフ、ジャック(加納修訳)『もうひとつの中世のために——西洋における時間、労働、そして文化』白水社、二〇〇六年。

ルソー、ジャン゠ジャック(平岡昇訳)『学問・芸術論』、『ルソー』〈世界の名著36〉、中央公論社、一九七八年。

ローザ、ハルトムート(出口剛司監訳)『加速する社会——近代における時間構造の変容』福村出版、二〇二二年。

ロッスム、ゲルハルト・ドールン-ファン(藤田幸一郎・篠原敏明・岩波敦子訳)『時間の歴史——近代の時間秩序の誕生』大月書店、一九九九年。

# あとがき

数年前、おなじところから拙著『「ファウスト」研究序説』(鳥影社、二〇一六)を出していただいた。表題の「序説」に深い意味はない。「研究」だけでは、対象の偉大さと比べあまりにささやかな成果のため、大それたわざと見えた。「序説」によってその印象をカムフラージュできぬまでも、いくらか和らげられまいかと思ってのことである――。おなじ趣旨からすれば、本書は(あまり好きな言葉ではないが)研究「余録」ないし「余滴」ということになる。いずれにしろ、貧しい『「ファウスト」研究』の副産物であることにまちがいない。

そうであればいっそう――サブタイトルを付したとはいえ――、世界文学の古典中の古典と近代日本文学を代表する文豪を並列して論ずるなど〝暴挙〟と見えるかもしれない。そもそも研究の粋を集め、精緻を極めた「鷗外学」からすれば、感想文の域をいくらも出ない、雑文の寄せ集めのような本書など「研究」として一顧だにされないだろうことは目に見えている。にもかかわらず、あえて〝暴挙〟に及んだのは、鷗外とゲーテ、洋の東西は違え、それぞれの初期近代を生きた二人の作家とその作品(特に『ファウスト』)が提起している主題の重さのためである。端的にいえば、二人の存在と芸術につよく魅かれたからに他ならない――。

以下、思いつくまま順不同で、ごく私的な契機のいくつかを書き留めておきたい。

鷗外の読書体験となると、披露するのもはばかられるほど貧弱なものにすぎない。例によって高校「現代国語」の『舞姫』が初見である。しかも鷗外独特の格調の高い「雅文体」は、田舎の凡庸な高校生には今ひとつぴんと来なかった。要するに高尚すぎたのである。ただ、この最初の出会いなくして後の再読もなかっただろうと思うと、「天の配剤」に感謝したい気がする。

この『舞姫』体験にはじつは後日談がある。それからほぼ四十年後、やはり「現代国語」で『舞姫』を読んでいた愚息が、どんな脈絡だったか唐突にこう宣《のたも》ふたのだ――「父さんは豊太郎に似ているね」。――文学には全く疎い息だったので虚を衝《こ》かれたというか、一瞬ウッと詰まって、二の句が継げなかった。「どうして?」とも「どこが?」とも訊かぬまま、生返事でお茶を濁した。思い当たる節があるどころではなかったのだ（つい数年前、「時間論的に」と称して、半ば我がこととして『舞姫』と「グレートヒェン悲劇」の比較考察を試みていた）。

また意味は違うが八〇年代末、バブル経済もようやくピークを迎え、起こるべくして起こった「リクルート事件」の渦中で発せられたという文句にも唖然とした。政治家や官僚に未公開株を譲渡して逮捕された、成長著しい新興企業の創業者・江副某《なにがし》いわく「立ち止まることは死を意味する」。――〈どこかで聞いたことがあるな〉が第一印象だった。が、瞬間的にひらめいた。何のことはない、ファウスト自身いっているではないか――「静止したら最後、おれは奴隷だ」。

畢竟するに、豊太郎にしろ江副某にしろ、高度成長期に育ったわれわれにしても、授かった器量相応に誰もがいわば〈ファウスト〉だということだろう。〈欲望 Wollen〉という「近代の神」（ゲーテ）に駆り立てられ、あるいは「成長」の強迫観念に憑かれて〈plus ultra〉（さらに彼方へ）をモットーにひたすら前へと突き進む。それによって、ホムンクルスが皮肉まじりに請け合ったもの――「黄金《かね》、地位、名誉、健康と長寿、／それに学問・科学――ことによったら人徳も」（これに、さらに「自由」を加えてもいいだろう）の点では得るところがあったかもしれない。が、一旦走りだしたら「立ち止まる」ことは許されない。無限の進歩・拡張を求めて走り続けなければならない（実情は「同じ場所にとどまるだけのために、全速力で走っている」（H・ローザ（出口剛司監訳）『加速する社会』福村出版、二〇二二）のかもしれない）。

いずれにしろ、近代（化）によって獲得したものは多かったが、失ったものも少なくなかった。「行動（活動）がすべてだ」とばかりに力を恃んで進出し、「戦争、貿易そして海賊業、／これは三位一体で切っても切れない」とうそぶいて自然をも支配しようとする。そこでは、ピレモン＝バウキス型の古い文化と社会は必然的に滅びざるをえない。何より「自然」に具現した「大いなるもの」にたいする畏敬・畏怖の精神《こころ》、謙虚さがその生き方からは失われる。

内山節は長年東京と群馬の或る山里の村との二重生活を続け、自然に囲まれて土地を耕しながら独自の思想を深めている。その在野の哲学者が、村の或る母と息子の興味深い会話を報告している。久しぶりに帰村した長男が死後の世界の存在を否定したとき、普段はどうでもいいことは黙って聞き流す老母が、めずらしくムキになって反論したというのである。

「そんなことがあるはずなかろうに」
「おかしなことを言うね。それがなければ、いま生きておれなかろう」
（『時間についての十二章』岩波書店、一九九三）

これだけの変哲もない応酬に衝撃を受けたのは、私自身かつて母と(個々の表現は、むろん違ったが)同様の「会話」を交わした記憶がよみがえったからである。北海道の山あいの辺鄙な町に生まれた母は、その町を一歩も出ることなく九十年余の生涯を終えている。四男二女の子に恵まれ、そのうち三人までも幼くして亡くしながら(悲しくなかったはずはない)涙を見せることもなく、まるでその一部のように自然と一体になり、悲傷に耐えて黙々と農作業に精出して生きてきた。「平凡が一番だ」が口癖の母には、時の経過、季節の巡りとともに、変わることなく花の春が、そして実りの秋が訪れることが「救い」であった——。

心ならずも「長男」に格上げされることになる、無能で頼りない三男坊の私には、そうは思えなかった。物心つくころ、かろうじて生き残っていた「利発だ」といわれた次兄が一度も学校に通えぬまま早生すると、早くも初めて、かのニヒリストの陰鬱な声が聞こえたような気がした——「生まれたものはすべて、/しょせん滅びるしかないものです。/それならいっそ、何も生まれないほうがましでしょう」。——「私の死のゆえに私の生はむなしい」という観念、「近代の自我の根柢を吹きぬけるあの不吉な影」(真木悠介)である。すべてがいずれ無に帰するなら、生きることにどんな意味があるのか? 本書において絶えず底流で堂々めぐりしていたのも、結局この問いに尽きるということができる——〈ファウストは救われるか?〉。

そして近代と地続きの現代に、つまり踏襲した同じ原理に拠って生きているわれわれにとって、それは〈われわれは救われるか?〉ということに他ならない。

先の息子と母親の会話を引いたあと、内山は近代社会を支配する不可逆的な直線時間とは対照的な「円環時間」についても語っている。

円環の時間は一年の周期で帰ってくるだけではない。一日を周期にしても、時間は朝に回帰し、昼に回帰し、夜に戻ってくる。一日が過ぎ去ったのではなく、昨日と同じ朝が帰ってきたのである。〔……〕

そして人間自身も、生の世界から死の世界へ、そして再び生の世界へと回帰する大きな円環運動のなかに存在している。

（同書、第二章「山里の時間」）

このような思想には、たしかにある種の「救い」がある（今なら母の言おうとしたことが分かるような気がする）。そして今世紀、成長発展を旨とする「直線時間」はまたしても文字どおり激震に見舞われる。大津波を伴う東日本大震災である。わけても罪のない多くの子供たちまでが、無差別に、一瞬にして生命《いのち》を奪われたとき、これをどう考えればよいのか。しかも、水没した三陸海岸沿いの田や町の多くが（「近代化」によって）「明治以降に干拓された」土地だったという現実を前にして、そこで覚える感慨は複雑に屈折せざるをえない——。民俗学者・赤坂憲雄はこの事態を踏まえて、海と陸とを分断し、人間と自然を疎隔する長大な防潮堤を築いて「復旧」とするのではなく、（元の）「潟や浦に還してやるところがあってもいい」（それこそ本来の「自然との共生」であろう）という発想を開陳している（「東京／東北の未来へ——赤坂憲雄 × 小熊英二 対談」、赤坂憲雄・小熊英二編著『〈辺境〉からはじまる——東京／東北論』明石書店、二〇一二）。

またまた「堂々めぐり」に陥りそうなのでこの辺で打ち切るが、私事についても最小限触れておく。歌心もない私を文学の世界に引きこんだのは、物心ついてすぐに受けた次兄の死による衝撃であった。そしてそこで支えとなり「救い」になったのも、文学であったと思う。
また震災後に発せられた多くのことばのうち最も心にしみたのは、激震をまさしくリアルタイムで体験した二人の畏友によって編まれた著書（座小田豊・尾崎彰宏編『今を生きる 1 人間として』東北大学出版会、二〇一二）におけるものであった。わずかだが引いておきたい。

いのちは生きている限りはもちろん存在しているが、喪われた者たちのいのちもまた、彼らといのちを共有した私たちの現在的な生のなかに脈々と受け継がれ、流れ続けていく。生物としての意味においてはもとより、喪われた者たちの記憶として、精神的な意味においても、私たちは彼らと共にあって初めて、真実今を生きることができるように思われる。いのちはすべて、喪われた者たちとの連なりの先端において生きられている。それぱかりではない。彼らの記憶によって、したがって、「いのち」の繋がりの記憶によって、私たちのいのちは、初めて光を放つことができるのだと思われる。
「今を生きる」ためには、喪われた者たちと共にあった喜びや悲しみ、あるいは苦しみさえも想い起こさなくてはならないだろう。〔……〕「今を生きよう！」と自分に声をかけ、己れを奮い立たせよと、私たちに呼びかけるのは、「いのち」そのものだと言ってもよいように思われる。

（座小田豊、同書「まえがき」）

私たちが時間を過去から未来に向かう一筋の流れのように想像するなら、甲と乙を運、不運という偶然に任せる以外、なすすべがないように感じる。あの時どうしてここにいなくて、

あそこにいたのか、いくら理屈をつけても納得できないところが残る。〔……〕
人は通時的な時間を生きながら、共時的な時間をかかえ込んで生きている。ときに人は、人生を振り返ったとき、取り返しのつかない偶然を呪うものだ。私にも幼い弟を眼前で死なせた痛恨事があるだけに、死者を供養するには、どうしても時間を過去・現在・未来で考えることに限界を感じる。「未生前・現世・来世」の三世を思いあわせることで、人の幸福を考えてみたくなる。この世で、幸薄きものには、未生前や来世がなくては浮かばれないではないか。どこかそうした私たちの人知を超えた世界を想うことで、人は優しくなれるのではないか。
(尾崎彰宏、同書「あとがき」)

内山ともども、期せずして「いのち」そのものの不滅、「人知を超えた世界」に想到しているのは注目に値する。信仰心が篤く、何より「ご先祖様」を大事にした我が母もまた、そうした世界を想うことによって耐え、悲しみを超えて「救われ」、「優しくなれた」のかもしれない——。
『ファウスト』全篇・最終場《フィナーレ》「山峡」では、ファウストの「不死なるもの」と共に、夭折した無垢な童子たちもまた、「未成熟の天使たち」に導かれて果て知れぬ高みへと昇ってゆく。

*

ただささえ異例の型破りな「あとがき」に、無用な駄文を長々と書きつらねてしまった。
さなきだに全体は事前の構想もなく、それゆえ順序もわきまえずに書き散らされて発表されている。掲載誌を記すことに何程の意味があろう、とも思われる。が、本書を編むに当たっては過度の重複を避けるよう心がけた以外は、ほぼ最初のかたちを保持している。以下、慣例に倣い型通り、初出における表題と掲載誌を記しておく（「はじめに」と「あとがき」は未発表である）。

序　章　ファウストは救われるか？　あるいは近代と時間――『ファウスト』と時間・「序説」、弘前大学人文学部「人文社会論叢」（人文科学篇）第一一号、二〇〇四年二月

第一章　鷗外と『ファウスト』（その一）　――「対話」『団子坂』など、「人文社会論叢」（人文科学篇）第三号、二〇〇〇年二月

第二章　鷗外と『ファウスト』（その二）――時間論的にみた『舞姫』／「グレートヒェン悲劇」、「人文社会論叢」（人文科学篇）第四号、二〇〇〇年八月

第三章　ファウストの「救い」／豊太郎の「恨み」――鷗外と『ファウスト』（その三）、東北ドイツ文学会「東北ドイツ文学研究」第五九・六〇号、二〇一八年十二月・二〇二〇年一月

第四章　節蔵（『灰燼』）とメフィスト、あるいは「ニヒリズム」の行方――鷗外と『ファウスト』（その四）、「東北ドイツ文学研究」第六一・六二号、二〇二一年三月・二〇二二年三月

第五章　望遠鏡と顕微鏡、あるいは「仮面」社会の小道具たち――鷗外と『ファウスト』（補論）、「東北ドイツ文学研究」第六三号、二〇二三年三月

一目して明らかなように、定年後に書いたものはすべて支部学会誌「東北ドイツ文学研究」の紙面を借りて発表している。その間、編集委員会の諸先生には大変お世話になった。とりわけ編集長の嶋﨑啓先生には深く感謝申し上げたい。こちらの望みのまま、好きなことを自由に書かせ

ていただいたが、先生のご理解とご寛容なくして本書は実現しえなかったであろう。
また出版に当たっては鳥影社の百瀬精一氏のお世話になり、編集室の宮下茉李南さんにも何かとご配慮・お心遣いいただいた。記して感謝したい。いろいろ無理な注文も申し述べたが、お願いついでにお許しいただいて、本書を亡き母と、ついに一日も登校できずに終わった三人の兄姉《きょうだい》たちに捧げたい。

母は最終学歴に尋常小学校卒と書いていたが、貧しい遅れてきた入植者の子として、しかも八人兄弟姉妹《きょうだい》の長女に生まれ、その学校さえ満足に行けなかったという。——やがて私と弟が通学するようになり、乏しい図書室の本を借りてくると（なにしろ家にまともに本と呼べるようなものは一冊もなかった）子供らと一緒に競うようにして読みふけっていた若かりし日の姿が、懐かしく思い出される。願わくは、奇矯に聞こえるかもしれないが、子供のころの小さな母に、好きな本を思う存分読ませてあげたかった。

最後に、つたない本書が、名のみ高く読まれることの少ない古典に触れる、また鷗外、漱石を始めとする日本近代文学に親しむ機縁にでもなれば、著者としては望外の喜びである。

二〇二三年初秋

田中岩男

〈著者紹介〉

田中岩男（たなか　いわお）

1950年、北海道に生まれる。

1973年、弘前大学人文学部文学科（ドイツ文学専攻）卒業。

1975年、東京都立大学大学院人文科学研究科修士課程（ドイツ文学専攻）修了。

同年、母校の弘前大学人文学部に助手として採用され、講師、助教授、教授を経て2016年、定年により退職。現在、弘前大学名誉教授。

著書・論文

『ゲーテと小説――「ヴィルヘルム・マイスターの修業時代」を読む』（郁文堂、1999年）、『エルンテ〈北〉のゲルマニスティク』（編著、郁文堂、1999年）。

『「ファウスト」研究序説』（鳥影社、2016年）、同書により第15回日本独文学会賞（日本語研究書部門）受賞。

論文「〈病める王子〉の快癒――『ヴィルヘルム・マイスターの修業時代』試論」（『ゲーテ年鑑』第31巻、1989年）により日本ゲーテ賞受賞。

鷗外と『ファウスト』
――近代・時間・ニヒリズム

2023年12月13日初版第1刷発行
著　者　田中岩男
発行者　百瀬精一
発行所　鳥影社 (choeisha.com)
〒160-0023 東京都新宿区西新宿3-5-12トーカン新宿7F
電話 03-5948-6470, FAX 0120-586-771
〒392-0012 長野県諏訪市四賀229-1（本社・編集室）
電話 0266-53-2903, FAX 0266-58-6771
印刷・製本　モリモト印刷

ISBN978-4-86782-051-3　C0095